Neal Shusterman und Eric Elfman

Teslas irrsinnig böse und atemberaubend
revolutionäre Verschwörung

Bisher erschienen:

Band 1: Teslas unvorstellbar geniales und verblüffend katastrophales Vermächtnis
Band 2: Teslas irrsinnig böse und atemberaubend revolutionäre Verschwörung

Neal Shusterman und Eric Elfman

TESLAS

IRRSINNIG BÖSE UND

ATEMBERAUBEND
REVOLUTIONÄRE

VERSCHWÖRUNG

Aus dem Amerikanischen übersetzt
von Ulrich Thiele

ISBN 978-3-7855-7958-9
1. Auflage 2015
Copyright © 2015 Neal Shusterman and Eric Elfman
Die Originalausgabe ist 2015 bei Disney · Hyperion Books, an imprint of Disney Book Group,
unter dem Titel *The Accelerati Trilogy – Edison's Alley* erschienen.
© für die deutschsprachige Ausgabe: Loewe Verlag GmbH, Bindlach 2015
Aus dem Amerikanischen übersetzt von Ulrich Thiele
Umschlagillustration: Fréderic Bertrand
Umschlaggestaltung: Franziska Trotzer
Printed in Germany

www.loewe-verlag.de

Für all die Lehrer und Bibliotheksmitarbeiter, die den Kindern
da draußen ein besseres Leben schenken.
– N.S

Für die Naturwissenschaftslehrer, die mich inspiriert haben,
für alle Lehrer, die mir Mut gemacht haben, und für Jan,
Robby und Mom.
– E.E

Inhalt

1. Alles ist relativ, auch die Höhe von Tieren

Dr. Alan Jorgenson, der unangefochtene Anführer und Boss der Accelerati, klingelte an der Tür des alten Hauses und wappnete sich für die Begegnung mit seinem Vorgesetzten – denn in unserer Welt hat selbst der Chef einen Chef. Selbst der, der sich für ein unglaublich hohes Tier hält, muss zu einem noch höheren, noch monströseren Tier aufblicken.

Das Tier, das Dr. Alan Jorgenson seine Marschbefehle erteilte, schwebte in erstaunlich übel riechenden Sphären, die jedem anderen die Luft zum Atmen genommen hätten.

Die Haushälterin öffnete Jorgenson die Tür und lächelte strahlend, als er eintrat. »Is mir eine Freude, Sie bei uns zu begrüßen, Mr Jorgenson.«

»*Doktor* Jorgenson«, verbesserte er sie.

»Ja, ja, wie dumm von mir.«

Jorgenson blickte sich um. Im Haus hatte sich seit Jahren nichts verändert, es veränderte sich nie etwas. Jorgenson, der den Wandel der Welt nach Kräften vorantrieb, fand es tröstlich, dass manches dennoch ewig währte. Es gab ihm einen gewissen Halt.

»Er hat Sie schon erwartet. Oh ja, das hat er«, sagte die Haushälterin in breitem Dialekt, als hätte man sie aus der Gosse des industrialisierten Englands gezogen.

Soweit Jorgenson wusste, war die Haushälterin nie in England gewesen und ihre Wurzeln lagen keineswegs in Großbritannien. Wenn überhaupt, hätte sie germanische Züge haben müssen, denn ihr Zahnradgetriebe stammte aus einer Düsseldorfer Uhrenmanufaktur. Doch ihr Besitzer, der selbst Amerikaner war, bevorzugte in seinem häuslichen Umfeld das gewisse britische Etwas. Selbst die Luft roch nach dem muffigen Geist des viktorianischen Zeitalters.

»Er is im Salon. Wie wär's mit einem Teechen, mein Lieber? Ich hätte einen hübschen OoLongLife da, oder lieber einen englischen Schwarztee?«

»Ein einfaches Wasser reicht, Mrs Higgenbotham.«

»Hätten Sie lieber transdimensional gefiltertes Wasser oder tut's auch Leitungswasser?«

»Gerne Leitungswasser. Danke.«

»Quantengekühlt oder …«

»Bringen Sie's einfach her!«

»Stets zu Diensten, Boss.«

Im Salon war es dunkel – wie immer. Und der greise Herr, der in dem roten Ledersessel mit der hohen Lehne saß, hüllte sich wie immer in eine ewige Wolke aus Zigarrenrauch. »Guten Abend, Al«, sagte er.

Jorgenson setzte sich. »Ebenso, Al.«

Dies war ihre übliche Begrüßung.

Instinktiv wartete Jorgenson darauf, dass sich seine Augen

an die Dunkelheit gewöhnen würden. Dabei war ihm doch klar, dass er darauf lange warten konnte – es war schlicht zu düster. *Welch eine Ironie,* dachte er, *dass dieser Mann, diese Lichtgestalt, einen solchen Hass auf das Licht entwickelt hat.* Oder ertrug er es bloß nicht, zu sehen, dass andere Lichtgestalten noch heller strahlten?

»Ich schätze, ich muss Ihnen gratulieren«, sagte der alte Mann. »Dazu, dass die Unfähigkeit Ihres Teams am Ende doch nicht zum Weltuntergang geführt hat.«

Jorgenson schnitt eine Grimasse. Er erinnerte sich leider noch zu gut an den gewaltigen Asteroiden, der nur ein paar Wochen zuvor um ein Haar alles Leben auf Erden ausgelöscht hätte. »Für dieses Debakel übernehme ich die volle Verantwortung.«

»Sehr nobel von Ihnen«, drang die Stimme des alten Mannes aus der Rauchwolke, »doch hier waren von Beginn an andere Kräfte im Spiel. Sie hatten nie die Kontrolle über das Geschehen.«

Die Vorstellung, irgendetwas könnte außerhalb seiner Kontrolle liegen, schmerzte Jorgenson wie eine Ohrfeige. Doch der alte Mann hatte recht: Jorgenson hatte keinerlei Einfluss auf den Verlauf des Felicity-Bonk-Vorfalls nehmen können, trotz all der Technologie, all des Geldes und all des Einflusses, die er angehäuft hatte. »Wir haben Nick Slate unterschätzt. Der Junge und seine Freunde sind cleverer als gedacht.«

»Ja, der Junge«, antwortete der Greis mit einem Seufzen. »Um den Jungen kümmern wir uns, wenn es so weit ist. Diese Ehre überlasse ich dann gerne Ihnen.«

Jorgenson lächelte. »Es wird mir eine Freude sein, das kann ich Ihnen versichern.«

»Aber erst, *wenn es so weit ist*. Bis dahin müssen wir uns anderen Dingen wid-«

Als eine Holzdiele knarrte, drehte Jorgenson sich um. Mrs Higgenbotham war eingetreten, in der Hand ein Glas Wasser, das zu gletscherblauem Eis gefroren war. »Das Quantenkühler-Dingsbums is grad ein bisschen ungezogen«, sagte sie. »Aber wie heißt es so schön? Wär die Welt perfekt, würden die Eichhörnchen singen. Und wer will denn bitte Eichhörnchen singen hören?« Sie tätschelte Jorgensons Schulter. »Früher oder später wird's schon auftauen.«

»Finden Sie es nicht erstaunlich«, fragte der alte Mann, sobald die Haushälterin wieder verschwunden war, »dass der Bonk-Asteroid eine Umlaufbahn eingenommen hat, die genauso stabil ist wie die des Mondes?«

Jorgenson wusste schon, worauf sein Gastgeber hinauswollte, doch er ließ ihm den Spaß. »Pures Glück, sagen manche. Andere behaupten, Gott hätte seine Finger im Spiel geha-«

Bei der Erwähnung Gottes winkte der alte Mann sofort ab. Der Rauch verwirbelte zu einem trägen Strudel. »Wie Sie wissen, ist das eine so unsinnig wie das andere. Der Asteroid ist Teil eines Plans, eines *sehr menschlichen* Plans, der von einem großen Geist ersonnen wurde. Doch bedauerlicherweise war dieser große Geist zu klein, um zu wissen, wie man für sich selbst sorgt.« Der alte Mann lächelte. »Deshalb werden *wir* die Früchte von Teslas kühnstem Vorhaben ernten.« Er deutete mit der Zigarre auf Jorgenson. »Aber auf kurze Sicht werden

allein *Ihre* Bemühungen den entscheidenden Unterschied ausmachen.«

Der Greis stieß den Rauch derart kraftvoll aus, dass die
Dunstschwaden den Abstand zwischen den beiden Männern
überbrückten. Sie schossen in Jorgensons Nasenlöcher und
brannten ihm in den Augen.

»Von Ihnen, dem Oberhaupt der Accelerati«, fuhr der alte
Mann mit einer unverhohlenen Drohung in der Stimme fort,
»erwarte ich nichts Geringeres als eine wahrlich beeindru-
ckende Vorstellung.«

Jorgenson klammerte sich an die Armlehnen, als könnte
sich sein Sessel jeden Moment verselbstständigen. »Und auf
lange Sicht?«, fragte er. »Ich schätze, Sie verfolgen einen eigenen Plan?«

»In der Tat.« Zum ersten Mal beugte sich der alte Mann vor.
»Einen spektakulären Plan.«

2. Der federleichte Fettwanst

Die Welt war nicht untergegangen ... und das war äußerst unpraktisch.

Der Himmelskörper Felicity Bonk – ein irgendwie unpassender Name für den gewaltigen Asteroiden, der sich bis vor Kurzem auf Kollisionskurs mit der Erde befunden hatte – hatte dem Leben, wie wir es kennen, doch nicht den Garaus gemacht. Stattdessen leuchtete er nun am Nachthimmel. Natürlich war er nicht annähernd so groß wie der Mond, aber er wirkte größer als jeder Stern.

Nach den Feierlichkeiten, die nur eine knappe Woche angedauert hatten, war die Welt wieder in den alten Trott der Zeiten vor Bonk verfallen. Ein gezielter Asteroideneinschlag hätte dem Grauen des Krieges, der Unterdrückung und des Reality-TV ein Ende setzen können, doch jetzt kehrte all das in alter Frische zurück. Und zu allem Überfluss stand Nick Slate nun vor der Aufgabe, den gigantischen Schlamassel, der beinahe zum globalen Massenaussterben geführt hatte, zu ent-masseln. Er war sich seiner Verantwortung bewusst.

Langsam, aber sicher sammelten Nick und seine Freunde

die vielen seltsamen Objekte ein, die Nick ein paar Wochen zuvor bei seinem Privatflohmarkt verscherbelt hatte, und nach und nach landete alles wieder auf dem Dachboden. Doch die heutige Bergungsaktion war eine besondere Herausforderung – Nick und Caitlin würden ihre vereinte Überzeugungskraft aufbringen müssen, ihren eisernen Willen und wahrscheinlich auch noch einen Batzen Geld, den sie nicht hatten.

»Wie sicher bist du dir, dass der Typ bei deinem Flohmarkt war?«, fragte Caitlin, während sie sich einem Haus näherten, das beinahe hinter ungestutzten Hecken und ungestört wuchernden Bäumen verschwand.

»Nicht hundertprozentig«, meinte Nick. »Aber ich weiß noch, dass da ein Fettwanst war, der dauernd rumgeschrien hat, und auf die Beschreibung passt der Kerl perfekt.«

Caitlin starrte ihn verärgert an. »›Fettwanst‹!? Das ist gemein und gefühllos. Schon mal was von krankhafter Fettleibigkeit gehört? Ein Onkel von mir leidet darunter, und ich kann dir sagen, das ist ein hartes Los.«

»Tut mir leid«, meinte Nick. Wenn er sich Caitlin so ansah, konnte er sich kaum vorstellen, dass sie Verwandte hatte, die nicht schlank und wunderschön waren. Oder zumindest gepflegt und gut gebaut. »Aber was hätte ich denn sagen sollen? Da war so ein ›beleibter Gentleman‹? Er ist halt kein Gentleman. Selbst wenn der Typ spindeldürr wär, er wäre immer noch ein Widerling.«

Caitlin nickte seufzend. »Ja, Widerlinge gibt es in allen Größen und Formen.«

Nick war ihm im Supermarkt begegnet – der dicke Mann

und der Geschäftsführer hatten sich einen erbitterten Streit um den Preis einer Zuckermelone geliefert. Zuvor hatte Nick beobachtet, wie der Mann den Strichcode-Aufkleber der Melone gegen den Aufkleber einer günstigeren Frucht ausgetauscht hatte. Er hätte ihn anschwärzen können, doch stattdessen hatte er den Dingen ihren Lauf gelassen und über die Dreistigkeit des Typen gestaunt, und auch darüber, dass es menschliche Wesen gab, die ernsthaft über Melonenpreise diskutierten. Und auf einmal hatte ihn die gehässige Art des Mannes an einen Typen erinnert, der bei Nicks denkwürdigem Flohmarkt extrem aggressiv um den Preis einer Erfindung gefeilscht hatte. Wenn das nicht derselbe kratzbürstige Kerl war …

»Weißt du noch, was er gekauft hat?«, fragte Caitlin. Nick und sie zögerten beide, als sie das Grundstück betraten und langsam auf die Haustür zugingen.

»Ich bin mir nicht sicher«, meinte er. »Aber ich glaube, es war eine Kraftmaschine. Mit Gewichten und so.«

Wenn man einen Privatflohmarkt veranstaltet und ahnungslosen Nachbarn seinen alten Schrott andreht, hofft man eigentlich, der Kram würde auf Nimmerwiedersehen verschwinden. Doch wenn es sich bei diesem »Schrott« zufälligerweise um die verschollenen Erfindungen des größten Wissenschaftlers aller Zeiten handelt, denkt man sich hinterher: »Upps.«

Vielleicht hätte Tesla seine Erfindungen lieber nicht als stinknormales Zeug tarnen und auf dem Dachboden verstauen sollen; dann hätte Nick eventuell eine Chance gehabt, zu erkennen, dass jeder dieser Gegenstände einem höheren Ziel diente. Inzwischen wusste Nick, dass Tesla durch seine Heimlichtuerei hatte verhindern wollen, dass sein Erbe einer wissenschaftlichen Geheimgesellschaft in die Hände fiel – den Accelerati. Aber damals hatte er es noch nicht gewusst, und nun waren die Erfindungen in aller Welt verstreut, wo jede Einzelne ihr spezielles Unheil anrichten könnte.

Doch trotz der unübersehbaren akuten Bedrohung, die von den Erfindungen ausging, musste Nick sich fragen, ob der ganze Wahnsinn nicht womöglich Methode hatte. Vielleicht gehörte alles zum Masterplan des Meistererfinders.

Zum Beispiel das mit dem Baseball. Ohne es zu wissen, hatte Nicks Bruder mit einem kosmischen Attraktor, der als Baseballhandschuh getarnt war, einen Asteroiden auf Kollisionskurs mit der Erde gelenkt. Konnte es da wirklich ein Zufall sein, dass Nicks Vater den Asteroiden später abgewehrt hatte, indem er einen himmlischen Deflektor geschwungen hatte, der als Baseballschläger getarnt war?

Nick war überzeugt, dass er jede einzelne Erfindung zurückerobern musste. Doch gleichzeitig hatte er den Verdacht, dass die Erfindungen zumindest für kurze Zeit draußen unter den Leuten herumschwirren mussten – denn auch die Menschen, deren Leben von den eigenartigen Objekten beeinflusst wurde, waren ein Teil von Teslas großem Mechanismus. Auf der einen Seite fand Nick es irritierend, von einem längst verstorbenen Genie manipuliert zu werden. Auf der anderen Seite tröstete es ihn ein wenig, dass er offenbar das zentrale

Rädchen einer Maschinerie war, die etwas wirklich Lohnenswertes hervorbringen könnte.

Caitlin und er hatten herausgefunden, dass die vielen Erfindungen zu einer einzigen riesigen Apparatur zusammengesetzt werden konnten: zum Far Range Energy Emitter, kurz F.R.E.E., dem Lebenswerk Nikola Teslas. Bisher war niemand sonst darauf gekommen. Aber auch sie konnten bloß raten, wozu dieser »Langstrecken-Energiesender« gut sein sollte, wenn er einsatzbereit war. Nick wusste nur eines: Er verspürte einen starken Drang, die Maschine fertigzustellen.

Als sie sich dem Haus des Zuckermelonenmannes näherten, hörte Nick ein rhythmisches Scheppern – Metall auf Metall. Jeder, der schon mal im Fitnessstudio war, weiß, welches Geräusch gemeint ist.

»Er ist zu Hause«, sagte Nick. »Und er trainiert an seiner Kraftmaschine.«

Bevor Nick der Tür zu nahe kommen konnte, packte Caitlin ihn am Arm. Ein Schatten der Angst glitt über ihr Gesicht. »Was denkst du, was die Maschine macht?«

Hätte Nick jetzt angefangen, darüber nachzudenken, hätte er sich wohl gar nicht mehr ins Haus getraut. »Das sehen wir dann schon«, antwortete er deswegen schnell.

Statt an der Tür zu klingeln, sondierten sie lieber erst mal die Lage. Auf leisen Sohlen huschten sie durch das dichte Unkrautgestrüpp an der Mauer, und als sie sich einem Fenster näherten, spürten sie, wie sich ihre Haare aufstellten. Was einen guten Grund hatte, wie sich noch zeigen sollte.

»Mach mir mal eine Räuberleiter, dann kann ich reinschauen«, sagte Caitlin. Nick verschränkte die Finger ineinander, ließ Caitlin auf seine Hände steigen und hievte sie nach oben.

Er hatte sich auf Caitlins geschätztes Gewicht gefasst gemacht – aber anscheinend hatte er sich stark verschätzt. Caitlin war verblüffend leicht. Was ebenfalls einen guten Grund hatte, wie sich noch herausstellen sollte.

»Siehst du irgendwas?«, fragte er.

»Ja, die Kraftmaschine«, erwiderte sie. »Sie steht mitten im Zimmer. Aber …«

»Aber was?«

»Aber da ist keiner.«

»Wie, da ist keiner? Ich hör doch, wie der Typ Gewichte stemmt.«

»Das meine ich ja. Die Maschine stemmt ganz alleine Gewichte.«

Plötzlich flog das Fenster auf und Caitlin wurde aus Nicks Händen in das Haus gezerrt.

»Caitlin!«, schrie Nick.

Die massige Pranke des massigen Hausbewohners schoss hervor und fasste Nick an den Haaren, und im nächsten Moment wurde auch er mit scheinbar übermenschlicher Kraft in die Luft gerissen und durch das Fenster gezogen.

Zuerst spürte Nick nichts als eine enorme Orientierungslosigkeit. Der Zuckermelonenmann, Caitlin und er taumelten gemeinsam ins Innere, fielen aber irgendwie nicht auf den Boden. Und als Nick gegen eine Wand torkelte und dabei ein gerahmtes Foto herunterriss, fiel auch der Rahmen nicht herunter, sondern drehte sich fröhlich um die eigene Achse, stieß gegen die Decke und prallte wieder zurück.

Mit einem Schlag begriff Nick, was hier los war. Als er nach oben blickte, was eigentlich unten war, sah er die altmodische Kraftmaschine. Ihre Kolben arbeiteten, ihre Drahtseile ächzten. Es war eine Kraftmaschine im wahrsten Sinne des Wortes – ein Gerät, das die Schwerkraft aufhob und die direkte Umgebung in Schwerelosigkeit hüllte. Deshalb hatte Caitlin sich so leicht angefühlt, als Nick sie am äußersten Rand des Antigravitationsfelds hochgehievt hatte. Deshalb hatten sich vorhin ihre Haare aufgestellt. Jedes metallische Scheppern erzeugte eine neue Kraftwelle. Sehen konnte man die Energie nicht, doch sie pulsierte in Nicks Eingeweiden, in seinen Augen und Ohren.

»Denkt ihr, ich weiß nicht, wer ihr seid? Und dass ihr mir schon die ganze Zeit hinterherspioniert?« Die Stimme des Mannes dröhnte genauso zornig wie neulich, als er sich mit dem Supermarkt-Geschäftsführer gezofft hatte. Der Mann war tatsächlich sehr beleibt, ja, losgelöst von den Fesseln der Schwerkraft wirkte er sogar noch beleibter als zuvor. Als er Nick schubste, flogen sie beide in entgegengesetzte Richtungen auseinander, doch Nick flog deutlich schneller.

Caitlin versuchte, den Mann zu packen, griff aber daneben. Sie schwebte hilflos an ihm vorüber und ruderte dabei verzweifelt mit Armen und Beinen, als wollte sie durch die leere Luft schwimmen.

Als Nick gegen einen Balken unter der Gewölbedecke knallte, schrie er auf – er hatte so viel Schwung gehabt, dass es trotz

Schwerelosigkeit ordentlich wehtat. Zugleich schmiss Caitlin sich wieder ins Geschehen: Sie zielte auf den Mann in der Mitte des Zimmers und stieß sich von der Wand ab wie ein menschliches Projektil. Doch der Mann hatte viel mehr Übung darin, im gravitationsfreien Raum zu manövrieren. Mit einer einzigen Handbewegung verlagerte er seinen riesigen Körper zur Seite, um Caitlin auszuweichen, flog in die andere Ecke und starrte auf sie herab – beziehungsweise herauf – wie eine Spinne in ihrem Netz.

»Ihr kriegt sie nicht!«, schrie er. »Sie gehört mir!«

Der Mann bot einen beängstigenden Anblick, wie er da im Herzen seines Reichs schwebte. Er hielt sich an einem Haltegriff fest, der an einen Deckenbalken geschraubt war. Nick entdeckte noch viele andere Griffe an strategisch günstigen Positionen an Wänden und Decke. Dadurch konnte sich der Mann ohne Probleme durch sein schwereloses Haus hangeln.

»Habt ihr eine Ahnung, wie es ist, das ganze Leben lang gegen die Kilos zu kämpfen – und auf einmal ist man sie alle los? Ihr habt doch gar keine Vorstellung davon, wie befreiend das ist. Das dürft ihr mir nicht wegnehmen. Das lasse ich nicht zu!« Erneut zischte der Mann auf Nick zu, packte ihn und schleuderte ihn quer durch das Zimmer.

Nick trudelte durch die Luft, stieß mit der Schulter gegen die Kraftmaschine, was schon wieder richtig wehtat, prallte ab und donnerte durch einen glücklichen Zufall auf ein Sofa, das mit dem Boden verschraubt war. Dort wäre er gerne liegen geblieben, doch das Sofa katapultierte ihn hoch wie ein Trampolin, sodass er wieder Richtung Decke segelte.

»Bitte«, rief Caitlin, »hören Sie sich wenigstens an, was wir zu sagen haben!«

»Auch Worte haben hier kein Gewicht«, erwiderte der Mann. »Vor allem eure nicht!«

Zum x-ten Mal kollidierte Nick mit der Decke. Aber diesmal erwischte er einen Haltegriff und konnte sich stabilisieren.

»Wir wollen Ihnen nichts vormachen«, sagte Nick. »Wir müssen die Maschine mitnehmen.«

»Wir bezahlen auch dafür«, fügte Caitlin hinzu.

Darüber lachte der Mann bloß. »Für wie blöd haltet ihr mich? Das Ding ist mehr wert als alles Geld der Welt!«

»Das wissen wir.« Nick beschloss, ein kleines Risiko einzugehen. »Aber was wird dabei aus Ihnen? Lassen Sie mich raten – seit Sie die Maschine zum ersten Mal eingeschaltet haben, fällt es Ihnen immer schwerer, ohne das Ding auszukommen.«

Die Lippen des Mannes gefroren zu einem harten Strich. »Was weißt du schon.«

»Wenn die Maschine abgeschaltet ist, wiegen Sie noch mehr als früher«, fuhr Nick fort. »Ihre Arme fühlen sich schwach an und Ihre Beine noch schwächer. Sie können sich kaum noch bewegen. Deshalb flippen Sie draußen in der echten Welt so schnell aus. Weil Sie sich ständig überanstrengen müssen … und deswegen gehen Sie kaum noch raus.«

»Das hat nicht das Geringste mit der Maschine zu tun!«, brüllte der Mann. Er sah nicht mehr aus wie eine Spinne im Netz, sondern wie ein in die Enge getriebener Hund.

Nick konnte sich relativ leicht ausrechnen, was mit dem Mann geschah: In der Schwerelosigkeit strengt man die Muskeln nicht an, und strengt man die Muskeln nicht an, verbrennt man keine Kalorien. Der Kerl nahm immer mehr zu, und das beängstigend schnell.

»Die Maschine bringt Sie langsam um«, sagte Nick. »Sie wollen es nicht wahrhaben, aber Sie wissen es genauso gut wie ich.« Er schwang sich zu einem anderen Haltegriff, etwas näher an den Mann heran. Jetzt hing Caitlin im Rücken des Kerls, wo er sie nicht sehen konnte. Hoffentlich wusste sie, was zu tun war.

Nick hielt den Blickkontakt aufrecht. Er beobachtete, wie sich das Gesicht des Mannes rötete. Tränen quollen aus seinen Augen und schwebten davon.

»Was ist das für eine Freiheit, wenn man süchtig nach einer Maschine ist?«, meinte Nick.

»Aber ich kann nicht mehr aufhören. Kapiert ihr das nicht? Ich kann die Maschine nicht abschalten. Denn dann … dann …«

Nick streckte die Hand aus und klopfte ihm auf die Schulter. »Ich weiß. Ohne die Maschine fällt alles in sich zusammen.« Er drehte sich zu Caitlin um. »Jetzt!«

Caitlin hatte sich unbemerkt zur Kraftmaschine gehangelt. Jetzt griff sie in den Mechanismus und zog den Stift aus der Halterung der Gewichte – die prompt in die Tiefe krachten. Die Maschine stand still.

Und exakt gleichzeitig plumpste alles herunter, was nicht niet- und nagelfest war. Alles, jede und jeder. Die Schwerkraft

fand es gar nicht nett, dass ihre Gesetze so lange grob miss-
achtet worden waren, und Strafe musste sein. Nick und der
beleibte Herr klatschten auf den Boden, lediglich abgefedert
von einem dünnen, zerschlissenen Teppich. Beide hätten sich
mit Leichtigkeit das Genick, den Rücken oder irgendein anderes Körperteil brechen können, doch das Schicksal beließ es
freundlicherweise bei blauen Flecken.

Nick schnitt eine Grimasse und stemmte sich hoch. Es war
erstaunlich, wie schlapp man sich schon nach einer fünfminütigen Auszeit von der Schwerkraft fühlte.

Caitlin war sowieso ziemlich nah am Boden gewesen und hatte sich deswegen nicht wehgetan. Sobald sie wieder wusste, wo
oben und unten war, erkannte sie, dass der kurze Kampf mit
dem Hausbewohner einiges durcheinandergewirbelt hatte,
etwa die Sofakissen und ein gerahmtes Foto. Das Glas des
Rahmens war beim Sturz zerbrochen und lag nun in Scherben
auf dem Teppich. *Würde die Schwerelosigkeit zurückkehren*,
dachte Caitlin, *wären die Splitter verdammt gefährlich.*

Als sie zu Nick eilte und sein schmerzverzerrtes Gesicht
sah, rechnete sie schon mit dem Schlimmsten. »Alles okay mit
dir?«, fragte Caitlin.

»Denke schon«, ächzte Nick.

Dann warf sie einen Blick auf den Mann, der wie ein großer
Haufen Elend auf dem Boden lag und von Schluchzern geschüttelt wurde. Caitlin wusste, dass er nicht nur wegen des
unsanften Aufpralls heulte.

Während Nick sich langsam aufrappelte, ging Caitlin zu

dem weinenden Mann. Eigentlich war er nicht der Besitzer der Maschine – er war ihr Opfer.

Auch der Mann wollte sich aufrichten, aber er konnte nicht. Er erinnerte Caitlin an einen Astronauten, der nach der Rückkehr von einem langen Aufenthalt im All kaum noch laufen kann, weil sich seine Muskulatur in der Schwerelosigkeit rapide abgebaut hat. Nicht zu fassen, dass Nick diesen Zusammenhang bereits erkannt hatte, als sie noch oben unter der Decke gehangen hatten.

Nick verhielt sich oft genug himmelschreiend taktlos oder einfach nur dumm, doch er machte es jedes Mal wieder wett, indem er sich kurz darauf von seiner brillanten und einfühlsamen Seite zeigte. Caitlin war klar, dass sie ihn gar nicht leiden könnte, wenn er *nur* brillant und einfühlsam gewesen wäre, und genauso wenig, wenn er *nur* gefühllos und dumm gewesen wäre. Doch Nick wandelte beständig auf einem schmalen Grat zwischen beiden Extremen und das fand Caitlin sehr interessant.

»Wie konnte das alles nur so schiefgehen!«, jammerte der schwergewichtige Mann.

Caitlin kniete sich neben ihn und legte ihm die Hand auf die Schulter. »Vielleicht musste es schiefgehen«, sagte sie leise. »Damit Sie diesen Moment erleben können.«

Er hob den Kopf und betrachtete sie fragend.

Irgendwo zwischen den Trümmern des Wohnzimmers lag ein Kugelschreiber. Caitlin suchte sich einen Fetzen Papier und notierte einen Namen und eine Telefonnummer. »Mein Onkel leidet auch unter Fettleibigkeit und langsamem Stoffwechsel. Er leitet eine Praxis für Leute, die die Nase voll haben von Mode-Diäten.« Ihre Augen zuckten zur Kraftmaschine. »Und, äh, von anderen Wundermitteln.«

Der Mann nahm den Zettel entgegen und starrte ihn an.

»Er kann Ihnen helfen, wieder ... wieder auf die Beine zu kommen, wenn man so will«, sagte Caitlin voller Mitgefühl. »Wenn Sie bereit dafür sind.«

Als Nick und Caitlin die Maschine mitnahmen, leistete der Mann keinen Widerstand – was hoffentlich bedeutete, dass er wirklich bereit war.

3. Teslanoide Objekte

Selbst die schlummernde, unvollständige Tesla-Apparatur verströmte eine Aura der Energie.

Wann immer Nick auf seinem Dachbodenzimmer vor der zusammengesetzten Erfindung stand, spürte er ohne jeden Zweifel, dass er ein Teil der Maschine war, er und seine Freunde und sein Vater und sein Bruder und alle anderen, die eines der Objekte erhalten hatten.

Nicks Dad und Danny hatten ihre Rolle im Plan des Meistererfinders schon gespielt. Der zerbrochene Baseballschläger lag noch als Andenken auf dem Dachboden, doch seine Energie war verbraucht, genau wie die des Baseballhandschuhs. Nick fühlte, dass ihre Verbindung zu den anderen Objekten abgebrochen war. Außerdem passten sie gar nicht in die Maschine. Und auch das *Klappe! Zuhören!*, eine gruselige Abwandlung eines Kinderspielzeugs, hatte seine Funktion erfüllt – es hatte Nicks Freund Mitch vorübergehend die Fähigkeit verliehen, die passende Antwort auf Fragen zu geben, die noch niemand ausgesprochen hatte.

Der Handschuh, der Schläger und das Spielzeug waren nur

noch völlig normale Gegenstände. Sie hatten ihre Schuldigkeit getan. Aber mit den anderen Erfindungen, die noch in der ganzen Stadt verteilt waren, hatten Nick und seine Freunde noch mehr als genug zu tun.

Vor dem Beinahe-Asteroideneinschlag hatten sie zwölf »Teslanoide Objekte« zusammengetragen gehabt – so nannten sie die Erfindungen inzwischen –, und in den drei Wochen, die seitdem vergangen waren, konnte Nick noch vier weitere einsammeln. Manche Leute standen urplötzlich vor seiner Tür und flehten ihn an, sie von ihrer Last zu befreien. Andere musste er ausfindig machen, indem er wilden Gerüchten nachging.

Teslanoides Objekt Nr. 13. Der Asteroid war erst vor drei Tagen in den Erdorbit eingeschwenkt, als eine übermüdete Frau an der Tür klingelte, um ihren Flohmarktkauf bei Nick abzuliefern. Sie wollte nicht mal ihr Geld zurück.

»Das war der größte Reinfall aller Zeiten«, sagte sie.

Damit meinte sie ein Spielzeug, genauer gesagt einen Springteufel, der mit einem derart sinneszerfetzenden Radau aus dem Kasten schnellte, dass das nichts ahnende Opfer für mehrere Stunden in Ohnmacht fiel. Das reinste Narkosegerät. Die Frau hatte es »Narkoseteufel« getauft und benutzt, um ihre verwilderten Kinder ins Bett zu bringen.

»Aber die Kleinen sind mir auf die Schliche gekommen«, erzählte die Frau. »Und dann haben sie den Spieß umgedreht, damit sie die ganze Nacht aufbleiben und Süßigkeiten essen und fernschauen konnten. Kannst du dir vorstellen, wie unser

Haus jeden Morgen aussah? Ich glaube kaum.« Sie stöhnte.

»Hier, nimm's einfach! Ich will es nie mehr wiedersehen.«

Teslanoides Objekt Nr. 14. In der Schule sprach sich herum, dass sich irgendein kleiner Bruder in einem Wirbelsturm den Arm gebrochen hatte. Was Nick merkwürdig fand, da es in letzter Zeit nicht besonders windig gewesen war.

Durch einen nützlichen Hinweis entdeckten Nick und Mitch ein leer stehendes Grundstück, auf dem sich ein Rudel Kinder mit einem Blasebalg von Nicks Flohmarkt vergnügte. Der Clou war, dass der Blasebalg kleine Windhosen erzeugte. Die Kids rannten in die Mini-Tornados hinein und ließen sich unter lautem Gelächter mehrere Meter weit durch die Luft schleudern. Wäre eine Mutter anwesend gewesen, hätte sie gesagt: »Klar, das ist alles sehr lustig – bis sich irgendwer den Arm bricht.«

Nick und Mitch tauschten einige sehr wertvolle Videospiele ein, um den Blasebalg zurückzukaufen, damit die Kleinen nicht unter schweren Verletzungen leiden mussten. Höchstens unter dem Karpaltunnelsyndrom, weil sie ununterbrochen einen Videospielcontroller in der Hand hielten.

Teslanoides Objekt Nr. 15. Mitch hatte zufällig mitbekommen, wie sich zwei Englischlehrer über einen sonderbaren Fall unterhalten hatten. Es ging um die Mutter eines Mathematiklehrers. Offenbar fand die Familie, dass es langsam an der Zeit war, die liebe alte Mom, die nun ja schon auf die neunzig zuging, ins Altersheim zu stecken. Doch die Greisin hatte überhaupt keine Lust, aus dem Haus auszuziehen, in dem sie ihr ganzes Leben verbracht hatte.

»Und Beth, die die Geschichte von Alice hat, hat gesagt«, tratschte der eine Lehrer, »dass sie gar nicht mehr an die alte Dame herankommen. Eineinhalb Meter vor ihr ist jedes Mal Schluss. Als stünde sie unter einem Schutzzauber!«

Natürlich hatten die beiden herzhaft über die Story gelacht. Hexerei, Voodoo, Zauberkunst, das war doch alles alberner Hokuspokus.

Aber nie da gewesene Technik war kein Hokuspokus.

Ein bisschen Detektivarbeit führte Nick, Mitch und Caitlin zu der alten Dame, und mit vereinten Kräften konnten sie schließlich ein Tauschgeschäft mit ihr aushandeln und das elektrische Mehlsieb zurückerobern. Es war ein besonderes Sieb – betätigte man den seitlichen Hebel mit der Hand, erzeugte es ein Kraftfeld mit einem Durchmesser von etwa drei Metern. Nicht auszudenken, wie groß und mächtig das Feld sein würde, wenn man das Sieb an die Energiequelle anschloss, die eigentlich dafür vorgesehen war. Nur dass Nick und Co. leider keine Ahnung hatten, was für eine Energiequelle das sein könnte.

Um den Handel zu besiegeln, musste Caitlin versprechen, dass ihr Vater die alte Dame im Kampf gegen ihre Familie als Gratis-Rechtsbeistand vertreten würde. Caitlins Vater war Anwalt.

Teslanoides Objekt Nr. 16. Eines Tages tauchte ein Mann mit Wattebällchen in den Ohren vor Nicks Tür auf und hielt ihm eine Erfindung hin, die Nick schon völlig vergessen hatte: eine Klarinette aus einem getrübten, eisengrauen Material.

»Versetz dich mal in meine Lage«, zischte der Mann zornig.

»Du schaust zu, wie sich deine Tochter bei der Schulaufführung ihre arme kleine Lunge aus dem Leib pustet – und das ganze Publikum rennt schreiend aus dem Saal! Und dann stell dir vor«, rief er, »du musst dir noch Tage nach dem traumatischen Erlebnis Watte in die Ohren stopfen, weil sich der grässliche Lärm immer weiter in deinen Gehörgang bohrt!«

Nick nahm ihm die Klarinette ab. »Ich war schon bei vielen Schulaufführungen. Ich weiß, wie schmerzhaft das ist.«

Als er das Instrument auf den Dachboden brachte, sah er gleich, dass die Klarinette vor dem Toaster eingehängt werden musste und zwischen ihnen noch ein verbindendes Element fehlte – welches auch immer das sein mochte. Wie es aussah, war es doch nicht die wahre Bestimmung der »Quälinette«, seelenzerstörerisch schlimme Musik erklingen zu lassen. Das war bloß eine Nebenwirkung.

Nun, da auch noch die Kraftmaschine in die Sammlung wanderte, hatten sie insgesamt siebzehn Objekte zurückerobert. Damit fehlten noch fünfzehn.

Normalerweise wäre es ein Ding der Unmöglichkeit gewesen, die schwere Kraftmaschine zu zweit nach Hause zu tragen. Doch Nick hatte herausgefunden, dass man das Gerät auch auf einer niedrigen Stufe einschalten konnte – man musste nur den Stift in das niedrigste Gewicht stecken, und plötzlich war die Maschine leicht genug, um sie ohne fremde Hilfe durch die Straßen und auf Nicks Zimmer zu schleppen.

Im Schatten der geheimnisvollen Apparatur, die in der Mitte des Dachbodens Gestalt annahm, wirkten Nicks Möbel winzig klein. Die vielen einzelnen Objekte griffen ineinander wie Puzzleteile, und Nick benötigte nur ein paar Sekunden, um zu erkennen, wohin die Kraftmaschine gehörte: Sie ließ sich passgenau hinter die Lampe schieben, und in ihrem Gestell befanden sich außerdem sechs kleine Löcher, die genau die richtige Größe für die sechs lockenwicklerartigen Miniatur-Teslaspulen hatten.

Caitlin verschränkte die Arme und zog die Stirn kraus. »Wie machst du das nur?«

»Was mache ich denn?«, fragte Nick.

»Wieso weißt du immer sofort, wie alles zusammenpasst? Ich bin hier die Künstlerin. Ich sollte hier das überlegene räumliche Vorstellungsvermögen besitzen.«

Nick zuckte mit den Schultern. »Ich stelle es mir einfach bildlich vor und dann weiß ich Bescheid.«

»Vorsicht«, sagte Caitlin mit einem kaum wahrnehmbaren Lächeln. »Wenn du so weitermachst, halten dich die Leute noch für ein Genie.«

»Na ja. Höchstens für ein verrücktes Genie.«

Caitlin grinste immer breiter. »Oder einfach nur für verrückt.«

»Wäre nicht das erste Mal«, antwortete Nick.

Nick betrachtete die Apparatur und musste zugeben, dass er immer ein wenig stolz war, wenn er ein weiteres Puzzleteil hinzufügte. Er fühlte sich jedes Mal, als wäre er dem brillanten Erfinder einen Schritt näher gekommen. Vielleicht hatte Caitlin ja recht. Vielleicht hatte ein klitzekleines bisschen Genialität auf ihn abgefärbt.

»Was sagt dein Dad eigentlich dazu, dass du den ganzen Kram wieder hier oben rumstehen hast?«, fragte Caitlin. »Dazu hat er doch sicher eine Meinung?«

»Hätte er bestimmt«, erwiderte Nick. »Wenn er davon wüsste.«

»Wie ... soll das heißen, dass er ...«

»Mein Dad hat Knieprobleme. Keine besonders schlimmen, aber schlimm genug, dass er lieber unten bleibt«, erklärte Nick mit einem Blick auf die steile Klappleiter, die hinunter ins Obergeschoss führte. »Solange ich meine Schmutzwäsche in den Keller bringe, das Zimmer sauber halte und kein Essen vergammeln lasse, hat er keinen Grund, sich hier raufzuquälen.«

»Aber wenn er sich trotzdem irgendwann hier raufquält?«

Nick seufzte. »Dann werde ich es schon irgendwie regeln.« Hinter der Sache mit seinem Vater steckte noch ein bisschen mehr, aber darüber wollte er jetzt nicht sprechen.

Nachdem die Kraftmaschine installiert war, konnten Nick und Caitlin in die Küche gehen und sich mit zwei Champagnergläsern voll sprudelndem Dr Pepper belohnen.

»Und als Nächstes?«, fragte Caitlin nach dem dritten Schluck.

Das, was Nick als Nächstes bevorstand, hatte nichts mit Teslas Erfindungen zu tun – aber noch wollte er Caitlin nicht damit überfallen.

»Ich hab im Netz gesehen, dass jemand in der Stadt einen antiken Karteischrank verkauft«, sagte Nick. »Ich glaube, es ist der vom Dachboden.«

»Hmm«, machte Caitlin. »Wenn sie ihn verkaufen wollen, wissen sie nicht, dass er verborgene Talente hat.«

»Oder sie wissen es sehr wohl und wollen ihn gerade deswegen loswerden.«

»Wie auch immer.« Caitlin nahm einen weiteren Schluck Dr Pepper. »Ich schätze, irgendwer sollte sich darum kümmern.«

Mit »irgendwer« meinte Caitlin wahrscheinlich »nicht ich«, aber das konnte Nick ihr nicht verübeln. Obwohl Mitch und sogar Petula genauso mit drinhingen wie sie, schienen Nick und Caitlin die ganze Schwerstarbeit zu leisten, und zwar meistens ohne verringerte Schwerkraft. Und dann war da auch noch Vince, aber der hatte wenigstens eine gute Ausrede, wieso er sich in letzter Zeit kaum beteiligte.

Als Nick nicht antwortete, entstand eine peinliche Stille.

Caitlin rutschte auf ihrem Stuhl herum, als würde sie jeden Moment aufstehen. »Ich hab noch Hausaufgaben«, murmelte sie.

Doch Nick hielt sie auf. »Caitlin«, sagte er. »Ich hab mir vorhin gedacht ...« Krampfhaft versuchte er, ihr in die Augen zu blicken. Beim schwerelosen Zuckermelonenmann war es ihm irgendwie leichter gefallen. »Also, ich hab mir gedacht ...«

Caitlin betrachtete ihn abwartend.

»Wenn wir dieses Wochenende keinen Kram mehr suchen müssen ... keinen Kram vom Dachboden, meine ich ... du weißt schon, keinen Tesla-Kram ... also nicht, dass mir das keinen Spaß macht ... na ja, eigentlich nicht, aber mit dir macht es mir schon ein bisschen Spaß ...«

»Nick«, sagte Caitlin sanft. »Du plapperst unsinniges Zeug.«

Die Unterbrechung brachte Nicks Gedankengang ins Straucheln. Wobei es sowieso eher ein Gedankentorkeln war. »Also, ich wollte eigentlich nur sagen, dass du doch total auf ausländische Komödien mit traurigem Ende stehst, und in der Stadt läuft gerade *My Big Swedish Funeral*.«

»Willst du mich zu einem Date einladen?«, fragte Caitlin. Manchmal konnte sie unerträglich direkt sein.

»Äh … ja. Denke schon.«

»Denkst du nur? Oder bist du dir sicher?«

Nick atmete tief durch. »Ich bin mir sicher.«

»Ah«, sagte Caitlin. »Okay.«

»Okay, du kommst mit? Oder okay, hiermit nehme ich zur Kenntnis, dass du mich zu einem Date einladen willst?«

»Das zweite, denke ich.«

»Denkst du nur? Oder bist du dir sicher?«

Caitlin atmete tief durch – kein gutes Zeichen. »Nick. Wir stecken da gerade mitten in einer extrem wichtigen Sache, und jetzt miteinander auszugehen, das … das würde doch nur alles verkomplizieren. Verstehst du das?«

Nick spürte, wie seine Ohren rot anliefen, und er hoffte, dass wenigstens seine Wangen blass blieben. »Also ich finde kompliziert gut.«

Caitlins Schultern sackten herab.

»Außer«, fügte Nick in vielleicht etwas zu vorwurfsvollem Tonfall hinzu, »außer du hängst immer noch an Theo.«

Sie starrte ihn an, als hätte er ihr eine Ohrfeige verpasst. »Das ist es nicht. Das weißt du doch.«

»Weiß ich das wirklich?«

Er sah, wie sie um Worte rang. *Gut so*, dachte er, *soll sie ruhig ein bisschen mit sich ringen. Wenn sie mich schon abblitzen lässt, soll sie sich wenigstens genauso quälen wie ich mich, als ich sie gefragt habe.*

»Ich weiß einfach im Moment nicht, wie es mir damit geht«, antwortete Caitlin.

Nick stand so abrupt auf, dass sein Stuhl rückwärts über den Boden schlitterte und gegen die Wand knallte. Am liebsten wäre er erbost aus der Küche gestürmt, doch ihm fiel noch rechtzeitig auf, dass er bei sich zu Hause war – es wäre komisch rübergekommen, irgendwohin zu stürmen. Deshalb blieb er einfach stehen.

»Wenn das so ist«, sagte er, »solltest du vielleicht Teslas Tonbandgerät fragen, wie es dir damit geht.«

Caitlin erhob sich von ihrem Stuhl. »Das musste jetzt wirklich nicht sein.«

Sie drehte sich auf dem Absatz um und stürmte viel effektvoller aus der Küche, als Nick es jemals gekonnt hätte.

Aber Nick nahm sich vor, kein schlechtes Gewissen zu haben, nur weil er das Tonbandgerät erwähnt hatte. Er bereute es auch nicht, Caitlin ins Kino eingeladen zu haben. Seit der heiklen Anfangsphase hatte ihre Beziehung große Fortschritte gemacht, sie hatte sogar einen Beinahe-Weltuntergang überlebt. Was war so falsch daran, dass er ihr langsam eine neue Dimension verleihen wollte?

Da Caitlin verschwunden war, ging Nick wieder auf den Dachboden und stellte sich vor Teslas Maschine.

Natürlich hatte ihn Caitlins Nein verletzt, doch in der Gesellschaft der Maschine ging es ihm gleich wieder ein bisschen besser. Er konnte sich nicht erklären, was das Ding mit ihm anstellte. Sobald er ihm zu nahe kam, wollte er fast schon hineinkriechen und selbst zu einem Teil der Apparatur werden. Die Maschine stand direkt auf dem rätselhaften Gravitationsstrudel in der Mitte des Dachbodens, genau dort, wo Nick sich immer ausgeruht hatte, als das Zimmer noch weitgehend leer gewesen war. Dort hatte er sich gefühlt wie im Zentrum der Welt – und als hätte er sein eigenes Zentrum gefunden, was fast noch wichtiger war. Aber diesen Platz nahm nun die Maschine ein. Nick konnte nur noch der Maschine nahe sein. Er empfand ein immer stärkeres Bedürfnis, sich um sie zu kümmern.

Sie fertigzustellen.

Kurz bevor Caitlin ihm eine eiskalte Abfuhr erteilt hatte, hatte sie eine gute Beobachtung gemacht: Nick wusste wirklich instinktiv, wie die einzelnen Erfindungen in das große Ganze passten; obwohl er gar keine Ahnung hatte, welche Funktion sie jeweils erfüllten. Und mit jedem Teil, das er hinzufügte, wuchs sein unterbewusster Drang, den Mechanismus zu komplettieren. Je näher er dem Ziel kam, Teslas Far Range Energy Emitter zu vollenden, desto dringender *wollte die Maschine selbst vollendet werden.*

Aber diese innere Unruhe war Nick viel lieber als das Gefühl der Erniedrigung, das Caitlin ihm hinterlassen hatte. Er war allein und unbeobachtet. Nick stellte sich dicht vor die Maschine, so dicht, wie es nur ging, als könnte er dadurch ihre rätselhaften Schwingungen spüren. Er sehnte sich nach dem Tag, an dem er sie anwerfen könnte. Dann würde er endlich erfahren, was sie draufhatte.

Später erinnerte Caitlin sich kaum noch an den Heimweg, so sehr brodelte ihr Inneres vor Wut und Frust. Doch lange bevor sie zu Hause ankam, wurde ihr klar, dass sie nicht auf Nick sauer war, sondern auf sich selbst.

Es war nicht sehr einfühlsam von Nick, das Tonbandgerät zu erwähnen. Doch seit Caitlin gehört hatte, was das Gerät über sie zu sagen hatte, war ihr bewusst, dass Nick sich aus guten Gründen über sie ärgerte. Ja, vielleicht waren sie allmählich wirklich mehr als Freunde. Aber Caitlin hielt Nick nicht zum Spaß hin. Sie hatte längst zugegeben, dass sie ihn gut leiden konnte – okay, sie hatte es nur sich selbst eingestanden und niemandem erzählt –, doch sie hatten schon genug Lasten zu schultern. Sie mussten sich jetzt keine Beziehung aufhalsen.

Caitlins Erfahrung nach lief es immer gleich ab: Am Anfang denkt man, man findet den Typen absolut super, aber wenn man ihn dann besser kennenlernt, sucht man nur noch nach einem Fluchtweg. Auf die Art würde es wahrscheinlich immer weitergehen, bis sie endlich den Bogen raushatte und wusste, wie Beziehungen funktionierten. Erst dann würde sich die wahre Liebe melden, erst dann würde sie ihren Seelenverwandten entdecken.

Sie hatte zwar den Verdacht, dass Nick schon ein guter Kandidat für einen Seelenverwandten sein könnte, aber sollte sie ihn in einen Theo verwandeln, wäre es aus und vorbei. Oder hatte sie einen Schaden, weil sie immer noch mit einem Typen zusammen war, den sie eigentlich nicht riechen konnte? Während sie ständig mit einem anderen Typen herumhing, mit dem sie nicht zusammen sein wollte, weil sie Angst davor hatte?

»Hallo, liebste Tochter«, sagte ihre Mutter, als Caitlin das Haus betrat. »Theo ist da.«

Er wartete schon in der Wohnzimmertür: Caitlins Ex-aber-nicht-wirklich-Ex-Freund.

Caitlin seufzte. »War ja klar.«

»Hast du vergessen, dass wir heute für Physik lernen wollten?«, fragte Theo.

»Sorry«, sagte sie. »Hatte noch was zu erledigen.«

Sie setzten sich an den Tisch, schlugen ihre Physikbücher auf und machten sich an die Arbeit.

Oh ja, dachte Caitlin, *ich habe zweifellos einen Schaden.* Ob es wohl irgendwo auf der großen, weiten Welt ein Pärchen gab, das noch schlechter zusammenpasste als Theo und sie?

Aber selbstverständlich.

4. Das epische Spektakel der menschlichen Tollpatschigkeit

Während Petula Grabowski-Jones in gespannter Vorfreude abwartete, schluckte Mitch Murló ein Seufzen hinunter.

»Okay, gleich kommt sie raus«, sagte Petula. »Pass auf, das wird der Hammer.«

Mitch konnte nicht behaupten, dass er gerade einen Hammerspaß hatte, aber Petula wirkte überglücklich, und deshalb stellte er seine eigenen Bedürfnisse gerne zurück. Er wollte unbedingt, dass sie glücklich war und blieb – schließlich befanden sie sich auf ihrem ersten Date außerhalb der herrlichen Stille eines Kinosaals. Zum ersten Mal mussten sie sich über einen längeren Zeitraum hinweg gegenseitig wahrnehmen und sich ernsthaft miteinander unterhalten, und das war alles andere als leicht. Sie hatten eine Weile gebraucht, um sich überhaupt auf eine Nicht-Kino-Verabredung zu einigen, mit der sie beide zurechtkamen. Die Bowlingbahn war Petula zu primitiv und ein Dinner in einem vornehmen Restaurant war ausgeschlossen, da Mitch ihrer Meinung nach »die Tischmanieren eines hirngeschädigten Lemuren« hatte.

Als Mitch darüber nachgedacht hatte, was er wohl noch alles mit Lemuren gemeinsam hatte, war er auf die Idee mit dem Zoo gekommen. Und Petula hatte eingewilligt, allerdings wie üblich aus sehr ungewöhnlichen Gründen.

Mitch hätte nicht sagen können, was er eigentlich an Petula fand. Vielleicht mochte er ihre charmant-irritierende Art, sich vorzustellen (»*PÄTT*ula wie *PAPP*rika und nicht Pe*TUU*la wie Pe*TUU*nie«)? Oder mochte er ihren mathematisch exakten Mittelscheitel und ihre beiden altmodischen, aber mit furchterregender Präzision geflochtenen Zöpfe, die sicher mit voller Absicht immer leicht schief wirkten? Oder mochte er Petula nur, weil Petula ihn mochte? Aber im Grunde war das alles egal. Jetzt saßen sie jedenfalls an einem Tisch neben einer Imbissbude im Zoo von Colorado Springs, hielten Händchen und beobachteten das am höchsten entwickelte Säugetier des Planeten. Das Säugetier, das sich nicht in einem Käfig verstecken konnte, um Petula zu entkommen.

»Du erinnerst dich doch, wie dunkel es im Reptilienpavillon war?«, fragte sie.

»Ja, schon …«, meinte Mitch.

»Und du siehst, wie hell der Marmorboden gleich hinter dem Ausgang strahlt?«

»Ja …«

»Und du siehst diese eine Stufe, mit der kein Mensch rechnet?«

»Ja, klar …«

Petula machte eine weit ausholende Geste, als würde sie ihm ein atemberaubendes Panorama präsentieren. »Siehe und staune.«

Eine Frau verließ den Reptilienpavillon und steuerte in bedenklicher Geschwindigkeit auf die unsichtbare Stufe zu.

»Äh … sollten wir sie nicht warnen?«, fragte Mitch.

Petula strafte ihn mit einem bösen Blick. »Geht's dir nicht gut, Mitch?«

Der blendend weiße Marmor ließ der armen Frau keine Chance. Sie übersah die Stufe, und im Gegensatz zu anderen, die beim Verlassen des Reptilienpavillons bloß ein paar mäßig belustigende Stolperschritte eingelegt hatten, schlug sie der Länge nach hin – eine Slapstick-Einlage für die Ewigkeit. Die Handtasche flog aus ihren Händen und deren Inhalt verteilte sich über mehrere Quadratmeter Marmorboden. Es sah aus wie nach einem Flugzeugabsturz.

Ein halbes Dutzend Leute eilten zu Hilfe, während die Frau auf dem Boden lag, als würde sie einen Gott mit sehr eigenwilligen Erwartungen anbeten. Sie zerrten sie auf die Beine und sammelten alle Habseligkeiten ein, die noch nicht von den Tauben davongetragen worden waren.

»Das war ja … heftig«, sagte Mitch.

Petula kuschelte sich auf überraschend liebevolle Weise an ihn. »Es gibt Momente, die sind so schön, dass man sie einfach mit jemandem teilen muss.«

»Aber ich finde wirklich, wir sollten der Frau helfen. Schau sie dir doch an.«

Trotz der Unterstützung mehrerer Passanten wirkte die Arme noch extrem desorientiert.

Petula stieß einen leicht entnervten Seufzer aus. »Wir können ihr nicht helfen, weil wir ihr nicht geholfen haben.«

»Hä?«

Zögerlich griff Petula in ihre Handtasche. »Ich wollte sie dir nicht zeigen, um dir nicht die Überraschung zu verderben. Aber es ist wohl besser, wenn du Bescheid weißt.«

Sie breitete eine Reihe von Schwarz-Weiß-Fotografien vor ihm aus, die genau an diesem Ort aufgenommen worden waren. Auf einem Foto war die Szene zu sehen, die sich derzeit vor ihnen abspielte, als wäre es erst vor zwei oder drei Sekunden geschossen worden. Auf einem anderen war ein Mann zu sehen, den es genauso schmerzhaft auf den Boden gelegt hatte wie die Frau, und auf dem dritten eine ganze Familie, die gemeinsam in einem Hundehaufen gelandet war.

Mitch begriff schnell. »Die Boxkamera.«

Petula nickte. »Ich war gestern schon hier. Ich habe die Kamera auf vierundzwanzig Stunden eingestellt und drauflos geknipst. Ich komme öfter her, um mich am epischen Spektakel der menschlichen Tollpatschigkeit zu erfreuen – aber früher wusste ich nie, wann die sensationellsten Stürze passieren würden. Mit der Kamera kann ich sie auf die Minute genau voraussagen. Der nächste Sturz wird sich um 15.17 Uhr ereignen und der hier um 15.32 Uhr. Ich bin schon gespannt, wie die Familie das hinkriegt.«

Mitch war noch damit beschäftigt, das zu verdauen. Die Funktionsweise von Teslas Zukunftskamera überstieg einfach seinen Horizont. »Aber wenn wir wissen, was passieren wird, und wir verhindern es …«

»Wir können es nicht verhindern!«, fiel Petula ihm ins Wort. »Die Fotos sind der beste Beweis, dass es nicht verhindert werden wird. Und dass auf den Fotos nirgends zu sehen ist, wie wir den Leuten helfen, beweist, dass wir ihnen nicht helfen werden.«

»Aber wir könnten ihnen doch trotzdem helfen.«

Petulas Hände ballten sich zu Fäusten. »Siehst du hier irgendwo ein Foto, auf dem wir umkippende Menschen auffangen? Was ist daran denn so schwer zu verstehen?«

Wenn Petula sich etwas in den Kopf gesetzt hatte, war es am klügsten, einfach klein beizugeben und der Natur ihren Lauf zu lassen. Diese Erfahrung hatte Mitch schon häufiger gemacht.

Doch Petula wusste, dass es in ihrem eigenen Interesse lag, ihr Temperament zu zügeln. Sie musste sich bloß immer wieder in Erinnerung rufen, dass Mitch eben ein Volltrottel war – aber er war auch nicht trotteliger als alle anderen vierzehnjährigen Jungs, und sie würde ihm schon helfen, diese Phase zu überwinden. Noch vor einem Monat hatte sie Mitch Murló kaum auf dem Schirm gehabt. Eigenartig, wie schnell es im Leben manchmal ging. Sie fand es tatsächlich schön, mit ihm Zeit zu verbringen, obwohl er sie immer so wütend machte. Beziehungsweise vor allem, wenn er sie wütend machte. Auch Wut war ein Quell der Leidenschaft.

Doch natürlich musste Mitch den lieblichen Moment verderben.

»Weißt du«, sagte er, »ich finde wirklich, du solltest Nick die Kamera zurückgeben.«

Als Nicks Name fiel, fühlte Petula sich gleichzeitig angegriffen, zu kurz gekommen und in ihrer Privatsphäre verletzt. Wie konnte Mitch es nur wagen, den Jungen zu erwähnen, mit dem sie viel lieber zusammen wäre?

»Warum sollte ich?«, fragte sie. »Nick behauptet immer noch, ich wäre schuld an Vince' Tod. Er hasst mich.«

Mitch zuckte mit den Schultern. »Aber wenn du ihm die Kamera zurückgibst, hasst er dich vielleicht nicht mehr ganz so sehr. Auch weil das mit Vince' Tod im Endeffekt halb so wild ist. Du verstehst schon.«

Seine Worte gaben Petula zu denken – wenn sie sich bei Nick Slate beliebt machen könnte, wäre sie dem Ziel ihrer Träume einen großen Schritt näher. Davon abgesehen hatte sie noch andere Gründe, mit Nick Frieden zu schließen. Gründe, die nicht um ihre Gefühle, sondern um den Accelerati-Anstecker kreisten, den sie heimlich unter dem Blusenkragen trug.

»Ich überleg's mir«, sagte Petula und tätschelte Mitch zärtlich die Hand. Dann deutete sie auf den Mann, der aus dem Reptilienpavillon trat und seinem glorreichen Date mit dem Marmorboden entgegenging.

5. Untotsamkeit

Manche Ehen werden wahrlich im Himmel gestiftet. Andere nicht. Ein positives Beispiel ist das Verhältnis von Sonne und Mond – wenn das keine perfekte Zweisamkeit der Gestirne ist! Der Mond schenkte der Erde die Gezeiten, die ihrerseits Strände und atemberaubende Küstenstreifen formten; die Mondphasen unterstützten die frühe Menschheit bei der Erfindung der ersten Kalender; und gelegentliche Sonnen- und Mondfinsternisse veranlassten verschiedenste Zivilisationen, theatralische Großereignisse wie Menschenopfer und Schulschließungen abzuhalten.

Doch nun hatte sich ein Asteroid zwischen Sonne und Mond geschoben und der Eindringling stiftete prompt ein nie da gewesenes Chaos. Wenn sich ein Dritter in eine funktionierende Beziehung drängt, kommt es immer zu Reibereien – oder zumindest zu ein paar elektromagnetischen Turbulenzen.

Der erste Hinweis, dass sich dort oben etwas Bedeutendes ereignet haben könnte, war noch sehr hübsch anzusehen: Die Aurora Borealis, gemeinhin als Nordlicht bekannt, die früher nur in der Nähe des nördlichen Polarkreises aufgetreten war, zeigte sich nun überall auf Erden. Jede Nacht gaben die mächtigen Flammen der Magnetenergie eine herrliche Vorstellung.

In jeder menschlichen Ansiedlung betrachteten die Leute den Himmel und staunten über das Mysterium der Schöpfung, und wenn sie dann am nächsten Morgen über ihren Schlafzimmerteppich schlurften und die Tür öffneten, verpasste ihnen die Klinke einen kleinen Stromschlag. Aber dabei dachten sie sich nichts. Nein, anfangs nicht.

Vince LaRue kannte sich mit Stromschlägen aus wie kein anderer. In letzter Zeit drehte sich sein ganzes Leben darum, eine stramme elektrische Spannung aufrechtzuerhalten.

Er hatte eine bittere Erfahrung gemacht: Der Tod konnte nicht halten, was er versprach. Der Tod fühlte sich an wie ein fieser Kopfschmerz. Oder wie ein fieser Knapp-unterhalb-des-Nackens-Schmerz, denn dort waren die Kabel angebracht.

»Liebling!«, rief seine Mutter aus dem unerträglich fröhlichen Teil des Hauses in die Tiefe, »bist du immer noch da unten? Du kommst noch zu spät zur Schule!«

»Ist doch auch schon egal!«, erwiderte er.

Vince' Freund Nick hatte ein Dachbodenzimmer. Vince hatte sich für einen Kellerraum entschieden. Beide hausten sie in schäbigen Kammern, doch die elementare Düsternis eines Kellers hatte Vince schon immer besonders zugesagt. Und daran hatte sich nichts geändert, seit er tot war.

Gut, er war nicht wirklich tot. Er war untot. Aber nicht vampirmäßig untot und auch nicht wirklich zombiemäßig untot. Er war ein realer Untoter. Ein *Ich-bin-an-eine-verdammte-Batterie-angeschlossen-und-die-hält-mich-am-Leben*-mäßiger Untoter.

Vince betrachtete sich in seinem Badezimmerspiegel – ein Anblick, der ihm in den letzten Wochen wenig Freude bereitet hatte. Kein Wunder, schließlich war er fast vier Tage lang offiziell verstorben gewesen, bevor er von seinen Freunden wiederbelebt worden war. An diesen Moment des Erwachens wollte er sich nie wieder zurückerinnern. Ihm wurde immer noch übel, sobald er an Corned Beef oder Kamele dachte.

Direkt nach der Wiederbelebung hatte er einfach nur tot ausgesehen. Blass und käsig wie ein weißer Fischbauch. Von einer »ungesunden Gesichtsfarbe« zu sprechen, wäre noch weit untertrieben gewesen.

Nach ein paar Tagen hatten sich allmählich seine obersten Hautschichten abgepellt. Zunächst war er kaum wiederzuerkennen – er sah aus wie ein Monster. Es war fantastisch. Am frühen Abend hatte er oft aus Spaß Parks und andere beliebte Örtlichkeiten aufgesucht und zartbesaitete Menschen in Angst und Schrecken versetzt. Seinen größten Triumph hatte er gefeiert, als sich eine junge Frau, die mit ihrem Freund auf einer Bank im Acacia Park saß, auf den Schoß ihres Verehrers übergeben hatte. Oder hatte sie kotzen müssen, weil sie den Typen geküsst hatte? Besonders gut hatte der Kerl nicht ausgesehen. Aber egal, Vince nahm den Erfolg trotzdem für sich in Anspruch.

»Irgendwann wird die tote Haut schon durch lebende Haut ersetzt werden«, hatte Nick ihm erklärt.

»Woher willst du das wissen?«, hatte Vince entgegnet. Oder hatte Nick irgendwo ein Handbuch über den üblichen Verlauf von Vince' »Krankheit« versteckt?

Doch Nick schien richtig zu liegen. Vince' Haut stellte sich tatsächlich wieder her, und inzwischen sah er nur noch aus, als hätte er sich einen extrem schlimmen Sonnenbrand eingefangen. Obwohl seine Körpertemperatur immer noch nicht über lauwarme 22 Grad steigen wollte, ähnelte er langsam wieder seinem früheren Ich.

Doch als Untoter hatte man noch ein anderes Problem: einen entsetzlichen Körpergeruch. Bevor Vince sein *Grateful-Dead*-Shirt überstreifte (ein Bandname, den er nun wundervoll ironisch fand), kleisterte er seine Achselhöhlen mit gesundheitsgefährdend scharfem *Right-Guard*-Deo voll, legte mit einem Schwall *Old Spice* nach und benetzte zum Schluss seinen kompletten Körper mit Haarspray. Das sollte seine Ausdünstungen für die nächsten paar Stunden in Schach halten. Wer ihm zu dicht auf die Pelle rückte, würde sich zwar trotzdem fragen, wieso es plötzlich nach Katzenfutter stank, aber wirklich unerträglich sollte es frühestens gegen Mittag werden.

Vince hatte längst herausgefunden, woher der grauenvolle Geruch kam. Zum einen schwitzte sein Leib die Hinterlassenschaften des Todes aus. Zum anderen hatte Teslas Autobatterie nicht nur ihn selbst wiederbelebt, sondern auch die toten Bakterien auf seinem Körper, und die packten die Gelegenheit beim Schopfe. Sie vermehrten sich wie blöd und produzierten massenweise Ausscheidungen.

Deshalb war es umso blöder, dass er wegen der Kabel unter seinem Nacken nicht mehr duschen konnte. Beim Duschen wurden die EKG-Klebeelektroden und das Klebeband nass, und wenn sie sich abpellten, war er gleich wieder tot. Einmal war es ihm schon passiert. Was könnte erniedrigender sein, als auf dem Boden der Dusche ins Leben zurückzukehren und in die Augen der eigenen Mutter zu blicken, die sich besorgt über dich beugt, die Hand noch an deinen gerade wieder angebrachten Elektroden?

Statt zu duschen, musste Vince nun dreimal täglich äußerst vorsichtig baden. Aber er sah ein, dass darin eine gewisse ausgleichende Gerechtigkeit lag. In seinem alten Leben hatte es ihm großen Spaß gemacht, in seinen eigenen stinkenden Säften zu schmoren.

»Vincent!«, rief seine Mutter im typischen Tonfall eines ungeduldigen Elternteils.

»Komme, Mom«, antwortete Vince und schleppte sich die Treppe hinauf.

Seine Mutter trat von der übertrieben bunten Küche in das übertrieben bunte Wohnzimmer.

»Setz dich«, sagte sie übertrieben vergnügt. »Ich frische nur schnell dein Klebeband auf.«

Dieses Ritual musste Vince nun jeden Tag über sich ergehen lassen, zusätzlich zur üblichen Abschiedsumarmung. Auch gegen die Umarmung hatte er sich nie wehren können. Gegen eine Mutter war kein Kraut gewachsen.

Behutsam löste seine Mom das alte Klebeband und überprüfte, ob die Elektroden ordentlich saßen und noch richtig hafteten. Dabei achtete sie darauf, dass die Kabel nie den Kontakt zur Haut verloren. Am Ende strich sie knapp unterhalb des Kragens einen neuen Streifen Klebeband auf Vince' Rücken fest.

Und währenddessen summte sie vergnügt vor sich hin. Vince staunte immer noch, wie schnell sich seine Mom damit angefreundet hatte, einen untoten Sohn zu haben. Aber hatte sie eine Wahl? Entweder akzeptierte sie die Situation oder sie rannte schreiend davon. Sie nannte ihn neuerdings »mein kleines Wunder«, ansonsten redete sie nicht weiter darüber.

Nur in den ersten Tagen nach seiner Wiederauferstehung hatte sie sich häufiger erkundigt, was er bei seinem kurzen Aufenthalt im Jenseits erlebt hatte. Vince hatte sich immer neue spöttische Antworten ausgedacht. Zuerst »Sie haben mir Flügel geschenkt und dann durfte ich *Halo* spielen«, dann »Ich habe einen Planeten geerbt, aber der wurde leider vom Todesstern in die Luft gesprengt«, und zuletzt »Ich war bei einer Dinnerparty mit unseren toten Verwandten. Da wusste ich, dass ich in der Hölle gelandet war«. Danach hatte sie nicht mehr gefragt.

Aber wenn er ehrlich war, konnte er sich überhaupt nicht an seine Zeit auf der anderen Seite erinnern. Diese Phase war wie ein Traum, der am Rand seines Bewusstseins herumlungerte. Sosehr er sich auch bemühte, er konnte ihn nie aus den Tiefen seines Gedächtnisses hervorzerren.

Als Vince in seinem gewohnten Schlurfschritt zur Schule latschte, folgte ihm seine Mutter in einigen Metern Entfernung im Wagen. Sie würde ihn bis zum Schulgelände beschatten, ehe sie in ihren Arbeitstag bei SmileMax Immobilien startete, den »Fröhlichsten Immobilienmaklern der Welt®«, wie es in der Reklame hieß. Nach seiner Wiederbelebung hatte sie sich eigentlich fest vorgenommen, ihn überallhin zu kutschieren, um immer sicher zu sein, dass ihm nichts passierte, aber darauf hatte Vince sich nicht eingelassen. Sie mussten einen Kompromiss finden.

Während Vince durch sein Viertel lief und versuchte, nicht über die gehsteigsprengenden Baumwurzeln zu stolpern, dachte er zum ersten Mal über seine langfristigen Perspektiven nach. Was für Aussichten hatte man als Untoter? Würde er zum Mann heranreifen oder würde er für alle Zeiten vierzehn Jahre alt bleiben? Wäre das so schlimm? Und noch was: Könnte es sein, dass man als Untoter ewig »lebte«?

Ein Vorteil war jedenfalls, dass alle seine Pickel verschwunden waren. Pickel entstehen, wenn der Körper sich von toten Bakterien reinigt, aber Vince' Bakterien erwachten immer wieder zu neuem Leben.

Doch auch diese Medaille hatte ihre Kehrseite: Sollte er sich einen schlimmen Krankheitserreger einfangen, würde der Keim sich viel schneller vermehren als im Körper eines normalen, lebendigen Menschen. So könnte Vince zum Überträger unzähliger tödlicher Seuchen werden.

Eine zugleich beängstigende und faszinierende Vorstellung.

Aber alles in allem kam Vince zu dem Schluss, dass ihm sein neues Stadium der Untotsamkeit ganz gut gefiel.

Das heißt, eines vermisste er dann doch: das Träumen. Für Vince gab es keinen Schlaf mehr. Er kannte nur noch zwei Zustände – wach und tot. Aber da er schon immer unter Schlaflosigkeit gelitten hatte, war er es gewöhnt, nachts stundenlang alte Filme zu gucken und Videospiele zu spielen. Und da er nicht mehr einnickte, weil er nie mehr müde wurde, verpasste er das Ende der Filme nicht mehr.

Einmal hatte seine Mutter vorgeschlagen, dass er sich zur Schlafenszeit »abschalten« könnte, und sie würde ihn dann wieder »einschalten«, wenn sein Wecker klingelte. »Jeder Mensch braucht doch seine acht Stunden Schlaf«, hatte sie gesagt. Vince hatte darauf hingewiesen, dass er diese acht Stunden damit verbringen würde, langsam zu verwesen. Da hatte sie die Idee schnell wieder verworfen.

Zum Glück passierte es nur selten, aber wenn sich doch einmal in der Öffentlichkeit ein Kabel löste, hatte Vince mittlerweile einen guten Trick parat: Sobald er den nahenden Tod spürte, schloss er die Augen. Wenn er dann zu Boden ging, sah es für Außenstehende aus, als wäre er bloß ohnmächtig geworden – bis ihm jemand zu Hilfe kam.

Ja, der geborene Einzelgänger Vince musste sich daran gewöhnen, so gut wie immer einen Partner an seiner Seite zu haben. Entweder war es seine wachsame Mutter, die ihm unauffällig im Auto folgte, oder einer von vier Eingeweihten, die praktischerweise alle auf dieselbe Schule gingen wie er.

Auch heute wurde Vince am Schultor von einem Mitglied des kleinen Geheimbunds in Empfang genommen. Als Mitch Murló übernahm, gab Vince' Mutter Gas und verschwand.

»Hey, Vince«, sagte Mitch wie immer etwas zu laut. »Wie geht's uns heute so?«

»Ich fühl mich wie tot«, erwiderte Vince mit seiner schönsten Frankensteinstimme.

Mitch lachte höflich und folgte ihm zur ersten Stunde.

Das Team, das aus Mitch, Petula, Caitlin und Nick bestand, konnte ihn in fünf von sechs Fächern im Auge behalten. So nervig Vince es auch fand, ständig von einem Babysitter belästigt zu werden – mitten im Unterricht tot umzufallen war noch blöder. An diesem Tag war es in der Englischstunde so weit: Als der schwere Rucksack mit der Autobatterie vom Stuhl rutschte, rissen die Kabel ab.

Nick saß zwei Plätze weiter, als er den unverwechselbaren dumpfen Einschlag hörte. Vince Kopf war mal wieder auf den Tisch geknallt und um ihn herum wurde gekichert und gegackert. Die anderen dachten alle, Vince wäre eingepennt.

Um unangenehmen Fragen vorzubeugen, hatten sie sich eine kleine Notlüge ausgedacht – Vince Mom hatte einen Brief ans Lehrerkollegium geschrieben, in dem sie erklärte, dass bei ihrem Sohn eine Schlafkrankheit festgestellt worden sei. Er könne jederzeit spontan einnicken, was die Lehrer aber bitte nicht persönlich nehmen sollten. Natürlich nahmen sie es trotzdem persönlich, und eine Gruppe von Schülern führte sogar heimlich Buch, welche Lehrer besonders schlaffördernden Unterricht machten.

Als Vince umkippte, reagierte Nick blitzartig. Er sprang quasi über das Mädchen hinweg, das zwischen ihnen saß, und brachte die Kabel schnell wieder an. Glücklicherweise hatten sie sich von der Batterie gelöst und nicht von Vince' Rücken.

Dadurch musste er niemandem erklären, wieso er seinem Kumpel unters Shirt griff, um ihn aufzuwecken, statt ihm bloß eine zu scheuern. Um die Ohrfeige beneideten ihn sicher viele Schüler und vielleicht auch einige Lehrer.

Kaum war die Verbindung wiederhergestellt, öffnete Vince die Augen und richtete sich auf, als wäre nichts gewesen. »Bin wieder da!«, rief er.

Vince' Sitznachbarin beäugte Nick misstrauisch. »Wie hast du das gemacht?«

Nick zuckte mit den Schultern. »Ich hab doch gar nichts gemacht. Ich wollte nur an sein Handy, um seine Mom anzurufen. Sie will immer sofort informiert werden, wenn er wieder einen Schlafanfall hat.«

Das überzeugte sie nicht. »Was hat er da eigentlich im Rucksack? Sieht superschwer aus.«

Die Lehrerin rettete die Lage – sie wollte unbedingt wieder im Mittelpunkt der Aufmerksamkeit stehen. Aber Nick wusste, wie es über kurz oder lang kommen musste: Irgendwann würde jemand ein bisschen zu neugierig werden und herausfinden, dass Vince mit beiden Beinen im Grab stand.

Am Ende der Stunde ging Vince schnurstracks zur Tür, doch Nick lief ihm hinterher.

»Erwartest du jetzt von mir, dass ich mich bei dir bedanke?«, fragte Vince. »Da kannst du lange warten.«

»Keine Sorge, das erwartet keiner mehr«, antwortete Nick. »Du hast dich ja nicht mal bedankt, als Caitlin und ich dich damals wiederbelebt haben. Überhaupt, nach der Sache im Leichenschauhaus hätten wir ein bisschen mehr verdient als ein Dankeschön. Mindestens eine Medaille.« Nick schüttelte sich. »Ich krieg immer noch Albträume über Stachelschweine und Spitzhacken.« Er blickte sich um, um sicherzugehen, dass sie nicht belauscht wurden, doch alle anderen Schüler eilten bereits zur nächsten Stunde. »Übrigens brauche ich immer noch deine Hilfe, Vince.«

Vince verschränkte seine dürren Arme und sah Nick an wie ein toter Fisch. »Und warum sollte ich dir helfen? Ist doch deine Schuld, dass ich an der Batterie hänge.«

Da hatte Vince irgendwo recht. Aber Nick fand, dass er selbst in einer viel wichtigeren Sache recht hatte. »Ob's dir passt oder nicht, wir müssen da jetzt alle zusammen durch.«

»Und wessen Schuld ist *das* jetzt noch mal?«

Nick spürte, wie sich seine Hände vor Ärger verkrampften. »Ich schätze, das wird dir ziemlich egal sein, wenn die Accelerati die Batterie klauen und du endgültig im Sarg liegst.«

»Dazu wird es nicht kommen. Ich will mich einäschern lassen.«

Fast hätte Nick ihn gepackt und ordentlich durchgeschüttelt, doch dadurch wären die Kabel schon wieder abgerissen. Also atmete er lieber tief ein, um sich zu beruhigen. Sie hatten es alle nicht leicht, aber er durfte nicht vergessen, dass es Vince am schlimmsten erwischt hatte.

»Warum gibst du den Accelerati nicht einfach das restliche Zeug?«, brummte Vince. »Dann lassen sie uns vielleicht in Ruhe.«

Beinahe hätte Nick ihm gesagt, dass sie jede einzelne Erfindung benötigten, um die Maschine auf dem Dachboden fertigzustellen. Aber dann fiel ihm etwas auf: Er hatte Vince nie verraten, dass sich die einzelnen Teile zu einem großen Ganzen zusammensetzen ließen. Davon wussten weder Vince noch die Accelerati.

Und auf einmal begriff Nick, dass Vince es auch nicht erfahren durfte … denn um die Maschine zu vollenden, würde er irgendwann auch die Batterie einbauen müssen. Das war eine Tatsache. Eine so grauenvolle Tatsache, dass Nick den Gedanken schnell wieder verdrängte. »Aber willst du's den Typen nicht auch heimzahlen?«, fragte er nur. »Nach allem, was sie dir angetan haben?«

Vince zögerte. Mittlerweile waren sie fast allein auf dem Flur. Nick würde zu spät zu Geschichte kommen, aber das juckte ihn wenig. Vince war wichtiger.

»Ich muss drüber schlafen«, sagte Vince schließlich.

»Aber du schläfst doch nicht mehr«, stellte Nick fest.

»Dann hab ich ja genug Zeit zum Nachdenken, was?«

6. Von Hummern und harten Verhandlungen

Ein Stromgenerator ist ein unberechenbares Biest. Er kann jederzeit durchbrennen oder in die Luft fliegen, und ihm persönlich ist es einerlei, ob er einen elektrischen Stuhl betreibt oder eine elektrische Zahnbürste auflädt.

Je größer der Generator, desto mehr Strom produziert er, und desto größer ist daher auch die Zerstörung, die er im Fall des Falles anrichten kann.

Bisher war die Drei-Schluchten-Talsperre, deren zweiunddreißig Riesenturbinen zehn Prozent des chinesischen Stroms liefern, der mächtigste Stromgenerator der Welt gewesen. Doch selbst die größte Turbine war letztlich nur ein Haufen Kupferdraht, der um einen Magneten kreiste – und gegen einen Kupferklumpen mit einem Durchmesser von achtzig Kilometern, der um den magnetischen Kern des Planeten Erde kreiste, sah jede Turbine alt aus. Im Orbit hatte sich ein Mega-Generator ohnegleichen niedergelassen und er nannte sich Bonk.

Niemandem blieb verborgen, dass sich unten auf der Erde immer mehr statische Elektrizität aufbaute, doch die meisten sagten sich bloß: »Es ist, wie es ist.« Man wundert sich ja auch nicht, dass bestimmte Lutschbonbons im Mund bitzeln oder dass manchmal kleine Blitze aufflammen, wenn man unter frisch gewaschener Bettwäsche mit den Füßen wackelt.

Petula war eine führende Expertin für Stromschläge.

Ihre Eltern erzählten gerne heitere Geschichten über ihre vielen Nahtoderfahrungen als Kleinkind, als sie immer wieder mit Gabeln in Steckdosen gestochert hatte, sodass schließlich der gesamte Haushalt auf Plastik umgestellt worden war. Petula erinnerte sich noch einigermaßen genau an diese Phase – sie wusste noch, dass sie damals bestimmt keine Selbstmordgedanken gehegt hatte. Nein, sie wollte bloß das »fiese Monster« umbringen, das in der Wand wohnte und ihr ständig ohne jeden Grund Stromschläge verpasste.

Nun war das Monster zurückgekehrt. Und es war aus der Wand ausgebrochen.

Der Tag fing bereits schlecht an. Beim Aufwachen stellte Petula fest, dass sich ihr Bettzeug mit so viel statischer Elektrizität aufgeladen hatte, dass ihre geflochtenen Pferdeschwänze rechtwinklig abstanden. Sie sah aus wie Pippi Langstrumpf! Erst nach zahlreichen schmerzhaften Berührungen mit Türknäufen hatte sie die Ladung wieder abgebaut und erst eine Familienpackung Haargel konnte ihre Zöpfe bändigen.

Petula ging in die Schule und durchlitt die Vormittagsstunden klaglos. Doch seit sie von Ms Planck, der »Essensausteilerin« in der Mensa, in den Geheimbund der Accelerati aufgenommen worden war, erschien ihr der vorschriftsmäßige Lehrplan nur noch wie sinnlose Beschäftigungstherapie.

Andererseits war Petula vor Kurzem etwas Blödes aufgefallen: Ms Planck hatte sie in eine Schläferzelle mit zwei Mitgliedern eingeführt, deren Aufgaben allein im Beobachten und Abwarten bestanden und sonst nichts.

Im Beobachten war Petula sehr gut, aber Warten fand sie unerträglich. Sie hatte Informationen über Nick Slates Aktivitäten gesammelt. Sie hatte Ms Planck gemeldet, welche Objekte sich in Nicks Besitz befanden. Sie hatte bemerkenswert langweilige Fotos der Zukunft geschossen. Sie hatte sich stets an Ms Plancks Befehle gehalten und die ganze Zeit gehofft, dass Ms Planck ihr endlich eine wirklich wichtige Mission übertragen würde. Aber nichts da.

Als der Geschichtslehrer einen langwierigen Vortrag über den alten Glauben an die göttliche Bestimmung der USA hielt, beschloss Petula, dass ihre eigene Bestimmung schon viel zu lange auf sich warten ließ. Kaum läutete es zur Mittagspause, stapfte sie auf kürzestem Weg zur Mensa.

Ms Planck stand wie immer hinter ihren dampfenden Warmhalteschalen. Diese Frau, die seit so vielen Jahren undercover tätig war, gehörte zu der kleinen Gruppe von Menschen, vor denen Petula Respekt hatte, und zu der noch winzigeren Gruppe, die Petula wirklich mochte. Aber im Moment versperrte sie Petula den Weg zur Macht.

Einige Schüler warteten schon in der Schlange. Petula ließ sie gerne vor; dadurch blieb ihr mehr Zeit, um ihre Gefühle in Worte zu fassen und ihre Entschlossenheit zu festigen. Als niemand in ihre Richtung sah, fasste sie sich unter den Kragen und betastete den verborgenen Anstecker. Daumen und Zeigefinger fuhren über das glatte, goldene *A* mit dem Unendlichkeitssymbol als Querstrich. »Trag ihn über dem Herzen«, hatte Ms Planck ihr gesagt. »Aber pass auf, dass ihn niemand sieht.« Eine Mitgliedschaft bei den Accelerati musste doch mehr bedeuten, als mit einem idiotischen Anstecker herumzulaufen! Petula stand vor dem Tor zu einer glanzvollen Zukunft, und sie hatte keine Lust, noch länger anzuklopfen.

Als Petula an der Reihe war, spiegelten sich ihre düsteren Gedanken offenbar in ihrem Gesicht – Ms Planck begrüßte sie mit einem verschwörerischen Grinsen und den Worten: »Du siehst aus, als könntest du eine Leckerei aus meiner Notfall-Überraschungsreserve gebrauchen.«

Petula hatte errechnet, dass fünfundsiebzig Prozent aller Überraschungen schlechte Überraschungen waren, aber neugierig war sie trotzdem.

»Klar«, antwortete sie. »Was haben Sie auf Lager?«

Die Essensausteilerin stocherte mit ihrer langen Silberzange unter der Theke herum und deponierte einen perfekt gegrillten Hummerschwanz auf Petulas Tablett.

»Nicht übel«, sagte Petula. »Und wem hätten Sie das Ding sonst gegeben?«

»Irgendwem, der es verdient hat und keine Allergie auf Schalentiere hat«, meinte Ms Planck.

»Ich kenne Mitschüler, die *haben* eine Allergie auf Schalentiere und hätten es genau deswegen verdient.«

Ms Planck zwinkerte ihr zu. »Verrat mir, wie sie heißen. Dann schaue ich, was sich machen lässt.«

»Hey«, sagte der Junge, der hinter Petula in der Schlange

stand. »Warum kriegt die einen großen Shrimp? Ich will auch einen großen Shrimp!«

»Geht leider nicht«, erwiderte Ms Planck trocken. »Einem Jungen wie dir kann ich kein widerwärtiges Schleimviech servieren. Das wäre ja Kannibalismus. Du kriegst Sojapizza. Nächster!«

Hinter Petula drängten die hungrigen Schüler nach vorne, doch sie hielt dem Ansturm stand und rührte sich nicht vom Fleck. »Wir müssen reden«, zischte sie.

»Wir reden später«, erwiderte Ms Planck und teilte seelenruhig ihren Kladderadatsch aus, als wäre Petula schon wieder verschwunden. Petula blieb nichts anderes übrig, als sich einen Tisch zu suchen und Platz zu nehmen. Niemandem fiel auf, dass sie einen Hummerschwanz verspeiste, aber wen wunderte das noch? Selbst wenn sie mit dem Hummerschwanz auf dem Kopf Hula getanzt hätte, hätte sich höchstens der eine Junge, der Appetit auf »einen großen Shrimp« hatte, für sie interessiert – und sonst niemand.

Auch das, fand Petula, musste sich schleunigst ändern.

Nach der Schule schoss Petula wie jeden Tag ihre Fotos für die Accelerati. Sie stellte den Fokusring der alten Tesla-Boxkamera auf vierundzwanzig Stunden in der Zukunft und lichtete den Zeitungskiosk mit den morgigen Schlagzeilen ab, machte ein paar Bilder des digitalen Börsentickers, der sich an der Fassade der Wells Fargo Bank entlangwand, und knipste die Front der nahen Bowlingbahn.

Als sie fertig war, verschwand sie in Ms Plancks Dunkelkammer, und nachdem die Negative entwickelt waren, führten sie sich die Vergrößerungen gemeinsam zu Gemüte. Petula und Ms Planck studierten die Schlagzeilen des nächsten Tages, überprüften die kommenden Schlusskurse an der Börse und stellten mal wieder fest, dass sich bei der Bowlingbahn nichts getan hatte. Ms Planck hatte ihr nie verraten, was es mit dem letzten Fotomotiv auf sich hatte, wodurch Petula sich erst recht ausgeschlossen fühlte.

»Schauen Sie mal.« Petula deutete auf eine Schlagzeile. »Bei den Basketball-Playoffs werden die Phoenix Suns morgen Abend die L.A. Lakers schlagen. Wer hätte das gedacht, was?«

»Du sagst es«, antwortete Ms Planck. »Damit können die Accelerati bestimmt so einiges anfangen.«

»Sie meinen, sie werden auf einen Sieg der Suns wetten?«

»Sei nicht albern, Schätzchen. Sie werden die Suns kaufen.«

Und alles wegen mir!, hätte Petula sie am liebsten angeschrien. Sie war die Accelerati-Topspionin im Umfeld von Nick Slate *und* sie fütterte den Geheimbund mit Unmengen unbezahlbarer Informationen über die Zukunft. Aber wussten die Accelerati überhaupt von ihr? Oder heimste Ms Planck den ganzen Ruhm ein? Dieser unerhörte Gedanke brachte das Fass endgültig zum Überlaufen.

»Schauen Sie sich die Fotos nur gut an«, sagte Petula. »Das sind nämlich die letzten, die Sie kriegen werden. Ich befinde mich ab sofort im Streik.«

Ms Planck wirkte nicht sonderlich besorgt. Sie lächelte sogar. »Ach ja? Nur du oder die ganze Gewerkschaft der Zukunftografen?«

»Ich lasse mich gerne ausnutzen«, meinte Petula. »Aber nur, wenn ich auch was davon habe.«

Darüber musste Ms Planck einen Moment nachdenken. »Vielleicht ist es an der Zeit, dich mit gewissen Personen bekannt zu machen.«

Das konnte alles Mögliche heißen. Ms Plancks Ankündigung erinnerte Petula an einen Gangsterfilm im Kabelfernsehen – dort hatte ein Mafiaboss ein Treffen mit »gewissen Personen« versprochen und damit letztendlich einen brutalen Schlägertrupp gemeint.

»Ist das eine Drohung?«, fragte Petula und verfiel in eine Verteidigungsposition, die sie im Onlinekurs »Theoretisches Ju-Jutsu für Anfänger« gelernt hatte.

Ms Planck hob eine Augenbraue. »Nur die Ruhe, Schätzchen. Ich meinte nur, dass du vielleicht langsam ein paar Führungskräfte unserer kleinen Vereinigung kennenlernen solltest.«

Petula atmete lautlos aus und lächelte. Darauf hatte sie die ganze Zeit gewartet – auf die Chance, einen bleibenden Eindruck zu hinterlassen. Sie würde die Gelegenheit nutzen. Mit ihrer einzigartigen Persönlichkeit und ihrer enormen Wortgewandtheit würde sie das Tor zur Zukunft weit aufstoßen.

»Wenn das so ist ... einverstanden«, sagte sie. »Der Streik wurde im letzten Moment abgewendet.«

Oh ja, sie würde die großen Visionäre der Accelerati mit ihrem Charme bezaubern. Und Gott stehe ihnen bei, wenn sie sich nicht bezaubern lassen wollten.

7. Panzerspiele

Dr. Alan Jorgenson saß in seinem Büro an der Universität von Colorado und köchelte vor sich hin wie ein Braten im Schmortopf. Er verfügte über sämtliche Mittel der technologisch fortschrittlichsten Geheimgesellschaft der Welt. Er konnte das Wetter umstellen, indem er einen Schalter umlegte; er konnte im Handumdrehen die Zeit anhalten und zwischen den Sekunden umherhuschen; und die Beseitigung eines Widersachers kostete ihn ebenso wenig Mühe wie das Wechseln eines Fernsehsenders.

Also warum ließ er sich ständig von einem Trupp mittelmäßiger Mittelstufler an den Karren fahren!?

Ein schüchternes Klopfen. Kurz darauf öffnete sich die Bürotür gerade so weit, dass der Mensch auf der anderen Seite den Kopf durch den Spalt stecken konnte. »Entschuldigung, Dr Jorgenson?«, fragte der ungezogene Doktorand. »Ich warte jetzt schon fast eine Stunde lang ...«

»Und Sie werden noch eine Stunde lang warten, wenn ich es für nötig befinde«, erwiderte Jorgenson.

»Ja, Sir.« Der Doktorand schloss hastig die Tür.

Selbst als hoch angesehener Lehrstuhlinhaber an einer großen Universität sollte man sich noch mit Doktoranden herumschlagen, mit dieser Geißel der Wissenschaft! Doch Jorgenson musste seine Tarnung aufrechterhalten, solange es eben nötig war, und sein guter Ruf in der akademischen Welt könnte eines Tages noch von Vorteil sein. Deshalb ernannte er seine Studenten brav zu wissenschaftlichen Mitarbeitern und kümmerte sich ansonsten nicht weiter um sie. Außer sie hatten interessante Ergebnisse vorzuweisen.

Genau damit konnte der junge Brillenträger vor der Tür angeblich dienen. Doch so bedeutend Jorgensons Unternehmungen an der Universität auch waren, verglichen mit dem Potenzial der »verlorenen« Erfindungen Teslas waren sie ein Witz. Und es wäre kein Problem, zumindest einige Erfindungen zurückzuerobern: Man müsste nur Nick Slate umbringen und seinen Dachboden leer räumen, und die Sache wäre erledigt. Aber das hatte *der da oben* ausdrücklich verboten. Jorgenson hatte klare Befehle erhalten: Er sollte den Jungen in Frieden lassen. Jedenfalls fürs Erste.

»Den schaffen wir uns noch früh genug vom Hals«, hatte der alte Mann gesagt. »Je länger er sich mit der Suche nach den verlorenen Objekten abplagt, desto weniger Mühe haben wir später.«

Früh genug? Damit konnte Jorgenson sich nicht zufriedengeben. Er wusste mehr als der Alte. Er wusste, wie clever der Junge war. Wie ausgekocht. Trotz seines unterlegenen Intellekts hatte er Jorgenson ein ums andere Mal ein Schnippchen geschlagen. Die Accelerati durften ihn auf keinen Fall unterschätzen. Sollten sie zulassen, dass er sich immer mehr Tesla-Erfindungen unter den Nagel riss – und herausfand, wozu sie dienten –, könnten er und seine Freunde zu ernst zu nehmenden Gegnern heranwachsen. Manche Dinge gehörten einfach nicht in Kinderhände.

Und wie konnte man sicherstellen, dass sie nicht in Kinderhände gerieten? Indem man die Kinder umbrachte. Aber das wollte der alte Mann nicht einsehen.

Wieder das schüchterne Klopfen, wieder der bebrillte Doktorandenkopf in der Tür. »Ich weiß, ich soll warten, Dr Jorgenson, aber ich muss in zehn Minuten eine Einführungsvorlesung in Physik halten, und ...«

Seufzend winkte Jorgenson ihn herein. »Na schön.«

Der junge Mann hatte einen Schuhkarton mitgebracht. »Ich leite das TTT-Projekt. Sie wissen schon, die Titan-Testudines-Testreihe?«

»Stimmt, die Schildkröten ...«

Nachdem der Doktorand sich auf dem Besucherstuhl niedergelassen hatte, entnahm er dem Schuhkarton drei Schildkrötenpanzer und legte sie auf Jorgensons Schreibtisch. Allen Panzern haftete ein blasses metallisches Schimmern an.

Die Ergebnisse der Studie interessierten Jorgenson brennend, doch nach außen hin gab er sich restlos gelangweilt. »Nun sagen Sie schon«, meinte er. »Im Gegensatz zu Ihnen habe ich keine Zeit zu vergeuden. Ich höre!« Er hielt inne, um die Wirkung seines Tonfalls auf die studentische Psyche zu überprüfen, und als er das leichte Beben der Knie des jungen Mannes bemerkte, lächelte er innerlich.

»D-die W-wachstumsraten wurden durch Ihren biotemporalen Feldgenerator beschleunigt und die sich entwickelnden Zellen mittels dreier verschiedener Verfahrensweisen mit Titan versetzt.« Er deutete auf zwei Schildkrötenpanzer. »Bei den ersten beiden Versuchsobjekten war keine erhöhte Widerstandskraft festzustellen, aber beim dritten – Volltreffer.« Stolz klopfte er auf den dritten Panzer.

Jorgenson hob einen der Panzer an. Der Plastron, also der Bauchpanzer der Schildkröte, war entfernt worden, sodass nur die kuppelförmige Schale übrig war. »Und was ist aus den Bewohnern der Panzer geworden?«

Der Doktorand schlug die Augen nieder, wie um seinen Respekt vor den Toten zu bezeugen. »Sie haben ihr Leben der Wissenschaft geopfert.«

»Ja, tun wir das nicht alle?« Jorgenson fing an, die drei Panzer auf dem Tisch hin und her zu schieben. Wieder und wieder vertauschte er ihre Positionen. »Schauen Sie genau hin!«, rief er. »Beobachten Sie das stärkste Exemplar! Ihren ›Volltreffer‹, wenn Sie so wollen!« Er sprach immer schneller, seine Stimme verfiel in den atemlosen Rhythmus eines Jahrmarktschreiers. »So ist's gut! Nicht aus den Augen lassen! Sonst geht's Ihnen wie den kleinen Schildkröten!«

Dann hielt er inne, beugte sich vor und präsentierte dem jungen Mann, der tendenziell entgeistert auf die drei Panzer starrte, sein herzlichstes Lächeln.

»Was denken Sie, welcher Panzer ist Ihr Volltreffer?«, fragte Jorgenson. »Los, legen Sie die Hand drunter.«

»Die Hand? Aber warum?«

»Kommen Sie schon. Wer nicht wagt, der nicht gewinnt.«

Nach kurzem Zögern entschied sich der Doktorand für den mittleren Panzer. Er schob die Finger durch den Wirbelbogen, unter dem einst der Hals des Reptils Platz gefunden hatte.

Jorgenson blickte dem jungen Mann in die Augen. »Sicher, dass das der Richtige ist?«

»Ich denke ... ich denke schon.«

»Dann ist's ja gut.«

Ohne Vorwarnung zog Jorgenson einen schweren Hammer aus der Schreibtischschublade, den er dort aufbewahrte, um sich im Notfall gegen unzufriedene Studenten oder erboste Kollegen verteidigen zu können. Einen Moment lang hielt er den Hammer in die Luft, bis sich die Panik tief in den Augen des jungen Mannes eingenistet hatte – dann donnerte er ihn auf den leeren Panzer auf der linken Seite. Schalenstücke flogen in alle Richtungen. Der Doktorand zuckte zusammen und schnitt eine Grimasse. Immerhin war er Manns genug, nicht die Hand unter dem mittleren Panzer zurückzuziehen.

»Hmm«, sagte Jorgenson. »Alles deutet darauf hin, dass der linke Panzer nicht der richtige war. Und jetzt? Bleiben Sie bei Ihrer ursprünglichen Wahl? Oder wollen Sie es sich noch einmal überlegen?«

Der Doktorand starrte ihn nur an, die Augen fast so groß wie seine Brillengläser.

»Haben Sie verstanden? Ich gebe Ihnen die Chance, sich anders zu entscheiden. Rein von der Wahrscheinlichkeit her wäre es günstiger – die Chancen stünden fifty-fifty und nicht eins aus drei.«

»A-aber …«

»Ich weiß, es widerspricht Ihrem Instinkt. Aber es ist wahr.« Der Doktorand war starr vor Schreck. Selbst wenn er gewollt hätte, er konnte sich nicht rühren.

»Also bleiben Sie bei Ihrer Entscheidung? Das ist riskant.« Jorgenson streckte die Hand aus und nahm den letzten leeren Panzer vom Tisch.

»Äh … wollen Sie den denn gar nicht kaputt hauen?«, fragte der Doktorand.

Wieder lächelte Jorgenson. »Aber das wäre doch langweilig.« Und wieder warnte er den Doktoranden nicht, bevor er den Hammer mit aller Macht niedergehen ließ – auf den Panzer über dessen Hand.

Der junge Mann schrie … und der Hammer prallte ab. Der Panzer war unversehrt, die Hand darunter unverletzt.

»Wie interessant«, murmelte Jorgenson. Um vollends sicherzugehen, knallte er den Hammer noch ein zweites Mal auf die Schale, nun noch stärker. Der Hieb hinterließ keinerlei Spuren. »Gut gemacht!«

Der zweite Schlag schien den Doktoranden aus seiner Versteinerung zu erlösen. Ruckartig zog er die Hand zurück und schüttelte sie ein paarmal durch, als müsste er sich vergewissern, dass noch alle Knochen und Sehnen heil waren.

»Also«, sagte Jorgenson, »was lernen wir aus unserem kleinen Experiment? Was können wir mitnehmen?«

»Sie … Sie hätten mich verstümmeln können!«

»Falsch!«, brüllte Jorgenson. »Die Lektion lautet: *In Zukunft bringen Sie mir NUR NOCH Ihr bestes Versuchsobjekt! Keine minderwertigen Exemplare mehr! Verstanden!?«* Er ließ den Hammer auf den Tisch fallen und nahm den makellosen Panzer in die Hand. »Und jetzt gehen Sie schon.«

Während der junge Mann aus dem Büro floh, begutachtete Jorgenson den Metallic-Panzer genauer. Eine Vielzahl von Anwendungsmöglichkeiten flutete seine Gedanken: unzerstörbare Kampfpanzer und Truppentransporter, uneindellbare Automobile … das war nur die Spitze des Eisbergs. Und mit den 725 Millionen Dollar, die die Accelerati in ihren Besitz gebracht hatten, sollte es kein Problem sein, all diese Ideen in die Tat umzusetzen.

Doch das süße Hochgefühl des Triumphs wurde bald wieder von Jorgensons jüngster bitterer Niederlage getrübt. Er sehnte den Tag herbei, an dem er endlich seine wissenschaftlichen Mitarbeiter beauftragen würde, Teslas Erfindungen auseinanderzunehmen und ihre Funktionsweise zu ermitteln. Was man daraus alles machen könnte! Wie viel Geld man damit verdienen könnte! Noch konnte Jorgenson nur erahnen, was Tesla der Welt alles hinterlassen hatte. In den Händen eines Mannes, der wusste, wie man technischen Fortschritt ausbeutet, wäre das Potenzial unermesslich.

Also nicht in Nick Slates Händen.

Der alte Mann wollte noch abwarten. Aber Jorgenson hatte lange genug gewartet. Er musste die Sache endlich in die eigenen Hände nehmen.

Jorgenson schob den gehärteten Panzer vom Tisch in die Manteltasche. Und wie nebenbei legte er den anderen noch intakten Panzer zurück auf den Tisch.

Der Junge war ein Nichts. Er war genauso leer – und zerbrechlich – wie diese morsche Schale, die ihren Reptilienbewohner nicht vor einem verfrühten Tod bewahren konnte.

Ein letztes Mal hob Jorgenson den Hammer, nahm all seine Kraft zusammen und knallte ihn auf den dritten Panzer. Die Schale zerbarst zu einer befriedigenden Explosion silbrig-grüner Splitter. Jorgenson atmete tief durch und lächelte.

Schon bald würde es Nick Slate genauso ergehen.

8. Das war Absicht.
Das weißt du genauso gut wie ich.

Nick hatte keine Lust, nach der Schule zum Baseballmatch seines kleinen Bruders zu gehen.

Das konnte nur bedeuten, dass irgendetwas faul war. Erstens war Baseball Nicks absoluter Lieblingssport, zweitens war Nick stolz darauf, ein guter großer Bruder zu sein, und drittens brauchte Danny ihn in diesen Tagen besonders. Der Hausbrand, der sie aus ihrer alten Heimat Florida vertrieben hatte, war zwar weniger weltbewegend gewesen als ein Asteroideneinschlag, aber Nick, Danny und ihren Vater hatte er genauso hart getroffen. So eine Wunde heilte nicht innerhalb von vier Monaten. Nicks Familie würde nie wieder dieselbe sein, und es könnte noch Jahre dauern, bis sie sich damit abfinden konnten.

Sie brauchten Zeit. Zeit und Ruhe. Aber im Moment kamen weder Nick noch sein Bruder noch sein Vater zur Ruhe.

Dannys letztes Spiel hatte ein abruptes Ende gefunden, als Danny einen grapefruitgroßen Meteoriten vom Himmel in seinen Baseballhandschuh gelockt hatte; und einige Tage später hatte er sich nachts allein auf das Spielfeld geschlichen und seinen Tesla-Spezialhandschuh in die Luft gereckt, um Dutzende Steine aus dem All zu zerren. Er hatte verzweifelt gehofft, eine der Sternschnuppen würde ihm seinen größten Wunsch erfüllen und seine Mutter wieder zum Leben erwecken. Und der letzte Weltraumfels, den er in Richtung Erde gelenkt hatte, war dann das ganz dicke Ding gewesen.

Heute sollte Danny wieder auf dem Platz stehen, allerdings auf einem anderen Platz. Die Fertigbaukasten-Sportanlage, wo er zuletzt aufgelaufen war, war noch immer übersät von Meteoritenkratern. Doch mittwochnachmittags war das Baseballfeld im Memorial Park frei und deshalb wurden die Partien nun dort ausgetragen.

Der Park lag in einem älteren Stadtteil, der früher auch Teslas Laboratorium beherbergt hatte. Mit gemischten Gefühlen strampelte Nick auf seinem Fahrrad durch die von angegrauten Häusern gesäumten Straßen und hielt gegenüber von Teslas ehemaliger Adresse. Natürlich war das Laboratorium längst durch ein 08/15-Einfamilienhaus ersetzt worden, und ein Eisenzaun und zwei Wachhunde sollten die Geisteskranken fernhalten, die das Grundstück bis heute als geheiligten Boden betrachteten.

Das war das Problem – es waren praktisch nur Geisteskranke. Der größte Erfinder aller Zeiten hatte es nicht verdient, nur von brabbelnden Gestalten vom äußersten Rand der Gesellschaft bewundert zu werden.

Dies war die Gedankengischt, die durch Nicks Kopf schwappte, als er sich zu seinem Vater auf die Tribüne setzte. Unten lief Danny bereits auf das Spielfeld.

»Danny macht das schon«, sagte Mr Slate, als wollte er sich selbst gut zureden. »Baseball liegt ihm im Blut. Der macht das schon.«

Wenn er Danny beim Baseball zusah, konnte Nicks Dad eine Zeit lang alles andere vergessen. Wayne Slate arbeitete als Kopierertechniker beim nordamerikanischen Luftwaffenkommando NORAD, was eigentlich ein guter Job war. Das Problem war nur, dass ihm kein anderer als Dr. Alan Jorgenson, das Auge in der sinnbildlichen Accelerati-Pyramide, die Stelle verschafft hatte. Auf diese Weise hatte Jorgenson die ganze Familie in seiner Gewalt.

Selbstverständlich wusste Nicks Vater weder von den Accelerati noch von Teslas Erfindungen. Nick fragte sich, ob ihm klar war, dass sein heldenhafter Schwinger mit dem Baseballschläger die Erde vor dem Untergang bewahrt hatte – obwohl er den Ball, den Nick geworfen hatte, gar nicht getroffen hatte. Ja, sein Dad hatte bestimmt einen Verdacht. Doch sie hatten nie darüber gesprochen und dabei würde es vermutlich auch bleiben.

Jeder Mensch hat seine eigene Art, traumatische Erlebnisse zu verarbeiten, aber Mr Slates Strategie war besonders kurios: Er war andauernd schwer beschäftigt. Beschäftigter als je zuvor. Als müsste er sein Blut unbedingt in seine Hände und Beine schicken, damit es nicht in sein Gehirn strömte und ihn dazu zwang, über seine jüngsten Erlebnisse nachzudenken. Und wenn er das Tempo ausnahmsweise drosselte, versank er in sich selbst wie ein Stein.

»Mir geht's gut«, hatte er seinen Söhnen einmal gesagt.

»Mehr als gut. Die Welt ist nicht untergegangen – das ist doch, als hätte man uns allen ein zweites Leben geschenkt, oder? Ich will das Beste daraus machen.«

Das Publikum erhob sich, als die amerikanische National-hymne erklang, dargeboten von einem dicklichen, mittelalten Typen, der früher in einer Boyband gesungen hatte. Dann nahm Dannys Team seine Positionen ein. Die Frau, die neben ihnen auf der Sitzbank hockte, warf Nicks Dad währenddessen immer wieder verstohlene Blicke zu, bis sie ihn endlich ansprach: »Ihr Sohn hat doch letztes Mal den Meteoriten gefangen, oder?«

Es war nicht zu überhören, wie unangenehm Mr Slate diese Frage war. »Hey, kann es sein, dass ich Ihnen damals den Popcorneimer aus der Hand gehauen habe?«, wechselte er schnell das Thema. »Ich hoffe, das hat keine Flecken hinterlassen.«

»Nein, gar nicht. Aber nett, dass Sie fragen.«

Flecken. Plötzlich erinnerte Nick sich. Genau dieselbe Frau hatte erzählt, dass ihr Sohn, ein Mannschaftskamerad von Danny, ihr einen überirdisch wirkungsvollen Fleckenentfer-ner vom Flohmarkt mitgebracht hatte! Damit war Nicks Interesse geweckt. Wahrscheinlich ahnte die Dame überhaupt nicht, was für ein Wunderding sie da in die Finger bekommen hatte. *Und dadurch*, dachte Nick, *könnte ich es ihr vielleicht umso leichter wieder abnehmen.*

Die Popcornfrau rutschte näher an Nicks Vater heran. »Wie Sie damals zu Ihrem Sohn gesprintet sind, als er von dem Meteoriten durchs Gras geschleift wurde … das war sehr rüh-rend. Es freut mich, dass es ihm wieder besser geht.«

»Ja, danke«, antwortete Nicks Vater.

Die Frau lächelte und streckte die Hand aus. »Hi. Ich bin Beverly, die Mom vom kleinen Seth Hills.« Sie deutete auf den Zehnjährigen, der die dritte Base bemannte.

Nicks Dad grinste. »Sie heißen Beverly Hills? Wie nett.«

Sie seufzte. »Gott sei Dank nicht. Nicht mehr. *Früher* schon, als ich verheiratet war, aber *danach* habe ich gleich wieder meinen Mädchennamen angenommen – Webb.«

Nick, der das elterliche Drama schweigend verfolgt hatte, wurde von einer Art Schwindelgefühl erfasst. Die Dame hatte keine Zeit verschwendet. Sie hatte sich an seinen Dad rangewanzt und ihn sofort unauffällig wissen lassen, dass sie zu haben war. Aber sorry, Nicks Dad war definitiv nicht zu haben.

»Aha«, platzte er fast gegen seinen Willen heraus. »Und ist Ihr Mann auch gestorben? So wie meine Mom – erst vor dreieinhalb Monaten?«

»Nick!«, rief sein Dad mit scharfer Stimme. Es war das erste Mal, dass Nick den Tod seiner Mom als Waffe eingesetzt hatte. Aber er ging davon aus, dass sie unter diesen Umständen nichts dagegen gehabt hätte. Waren sie nicht Verbündete? Sie mussten doch zusammenhelfen, um seinen Dad vor Popcorn-Beverly zu retten.

»Das ist ja schrecklich«, sagte Beverly und wich ein Stückchen zurück. »Das tut mir sehr leid.«

»Ja, unser Haus ist abgebrannt«, meinte Nick. »Und hatte ich schon erwähnt, dass es erst dreieinhalb Monate her ist?«

Ein gerader Schlag zur dritten Base bewahrte sie alle davor, das unangenehme Gespräch fortzusetzen. Der Ball flog auf

Beverlys Sohn zu, doch der pflückte ihn ohne Probleme herunter und schmiss damit den ersten Angreifer raus.

Beverly Webb sagte nichts mehr. Sie hatte sich aus dem Luftraum von Nicks Dad zurückgezogen. Doch statt zufrieden zu sein, begriff Nick, dass er gerade eine einmalige Chance verpasst hatte – hätten sich die beiden angefreundet, wäre der Fleckenentferner zum Greifen nah gewesen.

In seinem Inneren tobte ein Sturm. Nick müsste nur ein Wort sagen, und das peinliche Schweigen, das er ausgelöst hatte, wäre beendet. Er konnte Beverly Webb in den Kreis der Familie einladen oder sie für immer ausschließen. Aber durfte er das Andenken an seine Mom verraten, nur um sich einen bescheuerten Fleckenentferner zu sichern? Andererseits ging es um viel mehr als um einen simplen Fleckenentferner. Trotzdem, könnte er danach noch in den Spiegel schauen? Oder würde er sich später in den Hintern beißen, wenn er jetzt nichts tat? Und was war schlimmer, der Spiegel oder der Hintern?

Als er einen krachenden Schlag hörte, schüttelte Nick die Gedanken ab. Der Schlagmann hatte den Ball hoch ins Right Field geschickt. Und im Right Field stand Danny.

Der Schlagmann umrundete die erste Base, kurz bevor der Ball den Höhepunkt seiner Flugkurve überwand. Nun hielt das Geschoss direkt auf Danny zu und sämtliche Zuschauer verstummten. Anspannung und ein Hauch von Furcht legten sich auf die Ränge. Die anderen Feldspieler wichen sogar zurück.

Niemand hatte vergessen, was geschehen war, als das letzte

Mal ein Ball auf Danny zugeflogen war: Der Himmel hatte sich geteilt und einen flammenden Brocken Weltall auf ihn herabgeschleudert.

Auch diesmal hob Danny den Arm und streckte seinen Handschuh in die Höhe …

… und der Ball plumpste eineinhalb Meter neben ihm ins Gras.

Unter donnerndem Jubel sprang das Publikum auf. Selbst Dannys Mannschaft johlte vor Freude, während der gegnerische Schlagmann unbeachtet die Bases umkurvte. Dannys Kameraden vergaßen vollkommen, den Ball aufzuheben, als hätten sie durch sein geniales Missgeschick das Endspiel der Meisterschaft gewonnen. Danny wusste natürlich nicht, wie ihm geschah. Zuerst starrte er bloß auf die frohlockende Menge, dann bedankte er sich mit einer übertriebenen Verbeugung, die ihm noch mehr Applaus einbrachte.

»Weiter so, Danny!«, schrie Nicks Dad, der wie immer vor Stolz auf seinen Sohn platzte.

Auch Nick bejubelte den fantastischen Fehlgriff seines Bruders. Und da kam ihm eine Idee.

Er fuchtelte überschwänglich mit den Armen – und stieß dabei mit dem Ellenbogen gegen Beverly Webbs Handtasche, die daraufhin von der Bank und in den dunklen Unterbau der Tribüne kippte. Im Fallen überschlug sie sich mehrmals, sodass Schlüssel und Kleingeld herausrieselten und über die staubigen Stahlstreben klimperten und klirrten, bis sie endlich unten angekommen waren.

»Upps«, sagte Nick.

Beverly Webb sah ihn an. Es war kein böses Starren, sondern ein durchdringender, wissender Blick.

»Das war Absicht. Das weißt du genauso gut wie ich.« Nick wünschte, sie wäre richtig wütend geworden, aber ihre Stimme blieb ruhig.

Nicks Vater öffnete schon den Mund, um seinen Sohn in Schutz zu nehmen, doch Nick ließ ihn nicht zu Wort kommen.

»Ja, vielleicht war es Absicht«, sagte Nick.

»Und vielleicht gehst du jetzt die Tasche holen«, erwiderte Beverly Webb.

»Nichts da ›vielleicht‹«, mischte sich sein Vater ein. »Du entschuldigst dich und gehst die Tasche holen. Sofort.«

Nick stand auf. »Das war dumm von mir. Tut mir leid.«

Als er sich durch die Sitzreihe schob, hörte er seinen Vater noch sagen: »So einer ist er eigentlich gar nicht ...« Das brachte Nick auf besorgniserregende Gedanken. Er fragte sich, was für einer er war ... oder was gerade aus ihm wurde.

Unter der Tribüne war es noch finsterer, als er gedacht hatte. Nur ein paar schmale Lichtstrahlen kämpften sich durch das Gebälk und auf dem Boden lag ein Meer aus Limonadendosen, Kaugummipapieren und Popcorn. Doch im Moment war die Dunkelheit Nicks bester Freund, denn sollte irgendjemand durch die Lücken zwischen den Holzlatten spähen, würde er nicht das Geringste erkennen. Nick war ungestört. Er fand die Tasche und sammelte die Sachen ein, die offensichtlich hineingehörten – darunter auch den Geldbeutel. Den untersuchte er näher.

Beverly Webb dachte, er hätte ihre Handtasche umgestoßen,

weil er sie nicht leiden konnte. Damit lag sie falsch, obwohl er sie wirklich nicht leiden konnte. Aber solange sie daran glaubte, würde sie niemals den wahren Grund erraten.

Nick zog ihren Führerschein hervor und hielt ihn ins Licht, bis er sich die Adresse eingeprägt hatte. Danach schob er ihn wieder in den Geldbeutel, schob den Geldbeutel in die Handtasche und kehrte nach oben zurück, wo er die Tasche ihrer Besitzerin überreichte.

»Danke«, sagte Beverly Webb.

Nicks Dad vermied es, in seine Richtung zu blicken.

»Wie gesagt, es tut mir leid«, meinte Nick.

Beverly Webb lächelte verständnisvoll. »Entschuldigung angenommen. Und nur damit du Bescheid weißt – ich hab's kapiert, okay?«

Nick zuckte mit den Schultern. »Da gibt's nichts zu kapieren.«

Oh doch, es gab etwas zu kapieren – aber Ms Webb würde nie kapieren, dass Nick nur wissen wollte, wo sie wohnte. Der Fleckenentferner wartete schon auf ihn.

9. Alles fällt

Die Spieltheorie besagt, dass die Menschen dazu tendieren, immer die Entscheidungen zu treffen, die für sie selbst am günstigsten sind. Das kommt einem vielleicht extrem naheliegend vor, richtig albern. Doch in der Welt der Wissenschaft wimmelt es nur so von Erkenntnissen, die einem lächerlich naheliegend vorkommen, in Wirklichkeit aber sehr komplex sind. So lässt sich auch Newtons größte Leistung, die Theorie der Schwerkraft, in fünf knappen Worten zusammenfassen: »Alles, was fällt, fällt runter.«

Und genau wie die Theorie der Schwerkraft ist auch die Spieltheorie nicht halb so simpel, wie sie auf den ersten Blick erscheinen mag. Schon weil mit »Spiel« nicht nur harmlose Vergnügungen wie Baseballpartien in der Kleinkinderliga oder auch der Major League gemeint sind. Das weite Feld der Spieltheorie umfasst Politik, Wirtschaft, Biologie, die menschliche Zivilisation selbst – und wenn Entschlüsse getroffen werden müssen, die über Leben oder Tod entscheiden, spielt sie oft das Zünglein an der Waage.

Auch in dem Spiel, das Nick Slate im Moment zockte, ging

es um Leben und Tod. Es ging nicht nur um ihn persönlich, sondern um die ganze Welt. Dessen war er sich bewusst, und trotzdem spielte er weiter – wenn man sowohl Spielfigur als auch Spieler ist, gibt es keinen anderen Ausweg als Sieg oder Niederlage. Im Fall einer Niederlage würde sich die Welt grundlegend verändern. Die Accelerati würden die Kontrolle über Teslas gesammelte Erfindungen erlangen und höchstwahrscheinlich auch über Nicks Leben. Nick konnte weder das eine noch das andere akzeptieren.

Vince LaRue spielte ebenfalls mit, wenn auch eher am Rand der Geschehnisse. Er hatte eine ganz eigene Perspektive auf Leben und Tod. Beide nahm er als vorübergehenden Zustand wahr und beide nervten ihn gewaltig. Oft wünschte er, es gäbe noch einen dritten Daseinszustand, der ihm weniger auf den Senkel ging, doch die Elektrizität ist nun mal binärer Natur. Es gibt nur An oder Aus, Ja oder Nein, 1 oder 0.

Er ließ sich nichts anmerken, doch als Nick abends anrief, freute Vince sich ziemlich. Nick trug zwar die indirekte Verantwortung für seinen gegenwärtigen Binärzustand, aber gleichzeitig hatte er die aufregendste Verkettung von Ereignissen ausgelöst, die Vince je erlebt hatte. Hey, um ein Haar wäre die Welt untergegangen! Vielleicht würde sie noch mal um ein Haar untergehen! Das war die Strapazen allemal wert.

»Vince, ich brauche deine Hilfe!« Es klang, als säße Nick mit dem Telefon am Ohr auf dem Fahrrad und strampele eine Steigung hinauf, und so war es auch.

»Womit?«, erwiderte Vince und gähnte herzhaft – aber nur zur Show. Die Batterie gönnte ihm keine Müdigkeit.

»Bei einem Einbruch«, antwortete Nick.

Vince war überrascht – Nick war kein typischer Einbrecher. Aber na ja, Menschen änderten sich. »Und du denkst, damit kenne *ich* mich aus? Das ist beleidigend.«

»Aber du kennst dich doch damit aus?«

»Ja, schon. Aber ich bin trotzdem beleidigt.«

Nick verschaffte ihm schnell einen Überblick über die Lage: Nachdem ihr Spiel 33:0 verloren gegangen war, war die Baseballmannschaft seines kleinen Bruders mit den Eltern eine Trostpizza essen gegangen. Damit blieb Nick und ihm ein Zeitfenster von circa zwei Stunden, um in das Zuhause eines Teammitglieds einzusteigen und eine Erfindung zu entwenden.

Am Ende ließ Vince sich gerne überreden, sich vor Beverly Webbs Haus mit Nick zu treffen. Doch er tat so, als wäre es eine riesige Zumutung. »Aber wenn wir dann irgendwann den ganzen Mist zusammenhaben«, sagte er, »hörst du bitte endlich auf rumzunerven und lässt mich in Ruhe mit meinem sogenannten Leben weitermachen.« Beim Auflegen lächelte Vince über seine geistreiche Wortwahl. Er war der wahrscheinlich einzige Mensch der Welt, der mit vollem Recht von einem »sogenannten Leben« sprechen konnte.

Die Sonne sank hinter den Pikes Peak, als Vince mit dem Fahrrad zu der Adresse fuhr, die Nick ihm gegeben hatte. Die Schatten der Rocky Mountains streckten die Finger aus, um ganz Colorado Springs in Dunkelheit zu hüllen. Östlich der Rockys brach die Nacht immer blitzschnell herein. Sie senkte sich auf die Stadt wie ein Sargdeckel, und die Bevölkerung blinzelte verdutzt vor sich hin, bis sich ihre Augen an die Finsternis gewöhnt hatten. Vince fand es großartig.

Und so war es schon tiefste Nacht, als Vince das schuhkartonförmige Haus auf der Anhöhe erreichte. Er hatte alles dabei, was sie auf der Mission benötigen sollten: zwei Paar Einmalhandschuhe, zwei LED-Stirnlampen und ein Dietrich-Set, obwohl er gar nicht wusste, wie man Dietriche benutzte. All das befand sich in der vorderen Reißverschlusstasche des Rucksacks, den Vince seit einiger Zeit immer über der Schulter trug. Der Rucksack enthielt seine einzige Verbindung zur Welt der Lebenden.

Nick stand tief in den Büschen am Rand des Grundstücks, wo ihn niemand sehen sollte. Außer man wusste, wonach man suchen musste.

»Ich dachte schon, du hast es dir anders überlegt«, meinte er, als Vince das Fahrrad neben ihm ausrollen ließ.

»Wär schlauer gewesen, was?«, sagte Vince. Obwohl es steil bergauf gegangen war, war er kein bisschen außer Atem – einer der vielen Vorteile eines batteriegestützten Lebens. Nachdem er das Fahrrad hinter das Gestrüpp geschoben und gegen Nicks gelehnt hatte, stellte er die Frage, die ihm während der gesamten Fahrt durch den Kopf gegangen war: »Warum brechen wir eigentlich ein, statt erst mal mit den Leuten zu verhandeln?«

»Das ist kompliziert.« Nick wich seinem Blick aus. »Bringen wir's einfach hinter uns, okay?«

Vince bohrte nicht weiter nach. Eigentlich kümmerte es ihn

gar nicht, was an dieser Mission so besonders sein sollte. »Konntest du schon einen Zugangspunkt ausmachen?«

»Haustür, Hintertür und die Garagentür an der Seite. Alle abgesperrt.«

»Keine Tür dieser Welt ist wirklich abgesperrt«, erklärte Vince, kurz bevor er die Bekanntschaft der hinterhältigen Doppelzylinderschlösser machte, die alle drei Türen sicherten. »Außer diese drei«, berichtigte er sich. »Hast du schon mal geklingelt?«

»Wieso sollte ich das tun?«

Vince verdrehte die Augen. Warum war er seinem Kumpel immer drei Schritte voraus? »Um zu überprüfen, ob wir mit vierbeiniger Gesellschaft rechnen müssen?«

»Wenn da ein Hund wäre, hätte er doch schon angeschlagen.«

»Nein, so klug sind die Viecher nicht. Man kann stundenlang um ein Haus herumschleichen, aber solange man nicht gegen die Wand hämmert oder die Klingel läutet, ist es den meisten Hunden total egal. Aber wenn man dann auf sich aufmerksam macht, ist es ihnen überhaupt nicht mehr egal.«

Auf das Schrillen der Türklingel folgte nichts als Stille. Vince nickte zufrieden und führte Nick zum Küchenfenster. Das Küchenfenster stand erfahrungsgemäß am häufigsten offen.

»Früher bin ich öfter bei den Nachbarn eingebrochen«, gestand er. »Nicht weil ich irgendwas klauen wollte, sondern um Fernsehen zu schauen. Meine Mom weigert sich bis heute, für die guten Kabelsender zu blechen.«

Das Fenster war nicht mit einer Alarmanlage verdrahtet

und nur locker verriegelt. Vorsichtig entfernten Nick und Vince das Fliegengitter, ehe Vince den Riegel mit einem Dietrich aufhebelte.

»Babyleicht«, meinte Vince, als sie nebeneinander in der Küche standen. »Und solltest du irgendwem verraten, dass ich ›babyleicht‹ gesagt habe, werde ich alles abstreiten.« Da stutzte er – in der Nähe der Spüle stand eine Schale mit Katzenfutter auf dem Boden. »Oh-oh.«

»Was denn?«

»Die haben eine Katze. Und Katzen finden mich neuerdings irgendwie unsympathisch.«

Das lauteste Fauchen, das Vince je gehört hatte, unterstrich und bestätigte seine Aussage. Als er sich umdrehte, wäre er nicht überrascht gewesen, sich einem Puma gegenüberzusehen. Doch auf dem Kühlschrank hockte nur eine gewöhnliche Hauskatze.

»Buh!«, rief Vince.

Das Vieh schoss vom Kühlschrank, stieß sich an einem Lampenschirm ab und peste aus dem Zimmer, ein Manöver von wahrhaft katzenhafter Eleganz.

Sobald das Untier aus dem Weg war, zerrte Vince den Rucksack nach vorne und öffnete die Vordertasche, angelte die beiden Stirnlampen hervor und gab Nick eine davon. »Hier, setz auf.« Als die Lampen an ihrer Stirn leuchteten, fiel Vince noch eine wichtige Frage ein. »Wonach suchen wir noch mal?«

»Nach einem Fleckenentferner«, hauchte Nick, als wäre man bei einem Einbruch in ein leeres Haus verpflichtet, sich im Flüsterton zu unterhalten.

»Und wie soll der aussehen?« Aus Trotz sprach Vince besonders laut.

»Keine Ahnung«, wisperte Nick. »Beim Flohmarkt hab ich nichts verkauft, das nach einem Fleckenentferner aussah.«

»Und wie sollen wir das Ding dann finden?«

»Wenn ich's sehe, werde ich es schon wiedererkennen.« Endlich passte Nick seine Lautstärke an Vince an. »Schau dich einfach nach alten und … und teslamäßigen Sachen um.« Der Ratschlag war hilfreicher, als er klang. »Okay«, sagte Nick. »Wir schwärmen aus und durchsuchen das Haus.«

»Wie sollen zwei Mann ›ausschwärmen‹?«, erwiderte Vince. »Zwei Mann sind kein Schwarm.«

»Dann eben so: Du übernimmst das Erdgeschoss, ich gehe hoch. Okay?«

Vince ließ sich nicht gerne herumkommandieren, doch da er sowieso denselben Plan im Kopf gehabt hatte, willigte er ein. Als Nick hochging, sah Vince noch zu, wie das Licht der Stirnlampe die Treppe hinaufhoppelte. Dann entschied er sich, zuerst die Wäschekammer zu checken – doch die war offensichtlich die derzeitige Zuflucht der Katze. Das Tier stand mit gewölbtem Rücken und gesträubten Haaren auf dem Trockner wie eine furchterregende Halloween-Dekoration.

»Buh!«, sagte Vince erneut.

Schlagartig verschwand die Katze, als wäre sie zu einem Nichts verpufft.

Aber in der Wäschekammer war nichts zu entdecken. Flüssigwaschmittel, Bleiche, diverse Putzutensilien … alles nicht sehr teslamäßig.

Im Wohnzimmer stieß Vince auf eine Lavalampe, wie sie in den Siebzigern in Mode gewesen war. Aber war sie alt genug, um Tesla gehört zu haben? Eher nicht.

Doch sein Blick blieb an einem aufgeschlagenen Klatschblättchen auf dem Wohnzimmertisch hängen – es war die *Planetary Times*, eine Zeitung, die in jeder Schlagzeile und jedem Foto irgendwelche bedrohlichen Aliens und/oder längst verstorbenen Berühmtheiten unterbrachte. Aber das Foto, das Vince neugierig machte, war anders …

»Nick!«, rief er. »Das musst du dir anschauen!«

Aber Nick war zu weit entfernt, um ihn zu hören.

Und im selben Moment schwenkte ein heller Lichtschein durch den Raum. Autoscheinwerfer! Ein Wagen bog in die Einfahrt ein.

Vince fuhr herum und eilte zur Treppe, um Nick zu warnen – und übersah dabei die Garderobe. Und als die Kabel, die oben aus seinem Rucksack hervorragten, am mittleren Kleiderhaken hängen blieben und von seinem Nacken gerissen wurden, wurde Vince mal wieder zum perfekten Beispiel für Newtons berühmte Theorie.

Nur diesmal vergaß Vince sogar, vor dem Sterben die Augen zu schließen.

Nick sah die Scheinwerfer nicht. Er hörte auch nicht, wie sich die Autotüren öffneten. Erst als sich unten Stimmen erhoben, erkannte er, was die Stunde geschlagen hatte.

»Ich muss gleich kotzen!«, rief Seth.

»Ich hab dir doch gesagt, dass du nicht so viel Pizza essen

darfst«, erwiderte seine Mutter noch relativ gelassen auf dem Weg zur Haustür.

»Aber ich muss gleich kotzen!«, rief Seth erneut.

»Ich geb dir was für deinen Magen.«

Nick ratterte die Treppe hinunter. »Vince!«, zischte er. »Wir müssen hier weg. Wir müssen hier sofort weg!«

Vince musste gar nichts mehr. Er musste nur noch daliegen, wie eine Leiche eben daliegt – aber leider lag er zur falschen Zeit am absolut ungünstigsten Ort, nämlich wie ein Fußabtreter direkt hinter der Haustür.

Die sich gleich öffnen würde.

Es ist kaum zu glauben, an welch bizarren Orten schon Tote gefunden worden sind. Man erinnere sich nur an den armen kanadischen Touristen, der als dümpelnde Leiche in einem Wassertank entdeckt wurde, nachdem sich Hotelgäste über die lasche Dusche beschwert hatten. Oder an die bedauernswerte Kreatur, die das irdische Leben hinter sich gelassen hatte, deren sterbliche Hülle aber weiterhin auf Google Maps zu sehen war. Oder an die Sache mit der Krimiserie – als eine Folge über eine verdorrte Leiche in einer Mietswohnung gedreht werden sollte, stieß die Filmcrew in der Wohnung, die als Kulisse angemietet worden war, auf eine echte verdorrte Leiche.

Beverly Webb und ihr Sohn Seth waren überhaupt nicht darauf eingestellt, bei ihrer Rückkehr vom Pizzaessen über eine Leiche im Flur zu stolpern. Seth wurde von einer Übelkeit heimgesucht, wie sie nur von dreizehn Stücken *Pizza mit allem* hervorgerufen werden konnte, während Beverly sich voll und ganz darauf konzentrierte, ihren Sohn ins Badezimmer zu schaffen. Sie hatte keine Lust darauf, den restlichen Abend lang Seths Schweinerei aufzuwischen.

Beverly drückte gegen die Haustür ... aber die wollte sich nicht öffnen. Da war irgendetwas im Weg.

»Ich muss gleich kotzen!«, jaulte Seth.

Mit aller Kraft stemmte Beverly sich gegen die Tür, die sich aber einfach nicht rührte. Musste das unbedingt jetzt sein? War das nicht die schlimmstmögliche Situation überhaupt? Das Kind steht kurz vor einer Kotzattacke – und man kommt nicht ins eigene Haus!?

Tja, vielleicht wäre es *noch* schlimmer gewesen, zusehen zu müssen, wie das Kind die Leiche vollreiherte, die zufälligerweise im eigenen Flur herumlag. Aber von dieser Leiche wusste Beverly nichts und darüber konnten alle Beteiligten froh sein.

»Es kommt gleich! Es kommt jetzt gleich!«, beteuerte Seth und wandte sich vorsorglich zur Seite. Doch als er sah, dass er kurz davor stand, seinen Verdauungstrakt auf das frisch gepflanzte Blumenbeet seiner Mom zu entleeren, überlegte er es sich anders. Er rannte zum Auto, riss die Tür auf und erbrach zehn bis elf Stücke halb zersetzte Pizza auf die Rückbank. Leder ließ sich doch bestimmt leichter säubern als Blütenblätter, oder?

Beverly verfolgte das Geschehen mit einer Art dumpfer Entgeisterung, als würde sie einer grottenschlechten Tanzdarbietung beiwohnen. In dieser Welt war so vieles möglich –

warum hatte sich das Universum dazu verschworen, ihr ausgerechnet diesen Mist zu bescheren?

Doch sie tat, was eine Mutter tun muss. Sie ging zu ihrem Sohn, tätschelte ihm den Rücken und versuchte, nicht daran zu denken, dass sie nun den gesamten Innenraum ihres Autos reinigen lassen musste … bis sie sich plötzlich erinnerte, dass sie doch einen magischen Fleckenentferner besaß.

»Geht's wieder?«, fragte sie.

»Nein«, antwortete Seth, doch statt sofort eine Zugabe zu geben, rannte er zum Haus und stürmte durch die Tür, die sich auf einmal problemlos öffnen ließ. Ein Wunder!

Seth hatte noch ein bisschen was auf Lager, aber diesmal hatte er das Gefühl, dass er es bis ins Bad schaffen könnte. In einem gefliesten Raum kotzte es sich nämlich immer noch am komfortabelsten. Doch als er endlich ins Haus gelangte, erwartete ihn ein völlig unerwarteter Anblick: Er sah einen Teenager, der einen anderen Teenager durch die Hintertür ins Freie schleifte.

Der Teenager und er blickten einander in die Augen.

»Oh Gott. Wer bist du?«, japste Seth. Einen Moment lang vergaß er sogar seine Magenkrämpfe.

Der Teenager zögerte, wie ein Eichhörnchen, das in einer Mülltonne ertappt wurde. Dann machte er einfach weiter und drei Sekunden später war er verschwunden. Doch vor seinem inneren Auge sah Seth noch das Gesicht des Mörders, und er wollte schon losschreien – als sein Magen einen Befehl grollte, dem er sofort gehorchen musste.

Seth fuhr herum und spuckte die restliche Pizza auf den

Küchenboden. Und auf die Katze, die sich im falschen Moment entschlossen hatte, ihr Revier gegen den untoten Eindringling zu verteidigen.

Nick hatte sich noch nie so sehr gefreut, einen anderen Menschen kotzen zu sehen. Seths Magenprobleme verschafften ihm ein paar entscheidende Sekunden Vorsprung, sodass er Vince in den seitlichen Garten zerren konnte. Doch dort war es zu dunkel, um zu erkennen, wo die Kabel hingehörten, da half selbst das sanft schimmernde Nordlicht nichts. Nick traute sich auch nicht, die Stirnlampe einzuschalten, die immer noch an seinem Kopf hing. Aber Wasser leitete doch Strom, oder? Statt sich mit dem Klebeband auf Vince' Rücken abzumühen, schob er ihm daher einfach die beiden Kabel in den Mund und drückte ihm den Unterkiefer nach oben.

In Vince' Augen, die sowieso die ganze Zeit offen gestanden hatten, loderte das Licht des Bewusstseins auf.

»Pssst«, zischte Nick. »Lass bloß den Mund zu. Beiß einfach auf die Kabel, bis wir hier weg sind.«

Vince knurrte ihn an, befolgte aber seine Anweisungen.

Nick sah, wie sich Beverly im Haus um ihren Sohn kümmerte. Aus den Geräuschen, die dabei aus dem offenen Küchenfenster drangen, schloss er, dass der Junge noch lange nicht imstande war, von seinen Beobachtungen zu erzählen. Nick konnte nur hoffen, dass Seth den Teenie-Mörder später nicht identifizieren konnte.

Schnell setzten sich Nick und Vince auf ihre Fahrräder und flohen vom Schauplatz der gescheiterten Mission.

10. Schwarze Löcher und Grays Anatomie

Es ist allgemein bekannt, dass Wissenschaftler mit großer Geduld gesegnet sein müssen. Im Reich der Natur bewegt sich vieles nur im Schneckentempo fort; und tatsächlich müssen Schneckenforscher nicht halb so viel Geduld aufbringen wie einige ihrer Kollegen. Um Atome zu studieren, die in einer Milliardstelsekunde zerfallen, mussten Partikelphysiker ein Jahrzehnt lang ausharren, bis endlich der Large Hadron Collider vollendet war. Zehn Jahre sind jedoch der reinste Wimpernschlag, wenn man an das Pechtropfenexperiment denkt, das seit beinahe einhundert Jahren läuft. Bei diesem Versuch soll ermittelt werden, wie schnell Pech bei Zimmertemperatur fließt, und bisherige Messungen sprechen für eine Geschwindigkeit von etwa neun Tropfen pro Jahrhundert (wobei die genialen Wissenschaftler es irgendwie fertiggebracht haben, den jüngsten Tropfen zu verpassen).

Auch die NASA-Mitarbeiter, die den kupfernen Neuankömmling in der Erdumlaufbahn beobachteten, kamen kaum aus den Startlöchern. Sie wägten derzeit noch ab, ob man eine Untersuchung über die Faktoren einleiten sollte, die man in Betracht ziehen müsste, um darüber zu entscheiden, ob man eine Studie über eine eventuelle Entsendung einer Sonde zu dem Asteroiden planen sollte.

In der Zwischenzeit sammelte sich in der Erdatmosphäre immer mehr elektromagnetische Energie an, die sich nirgendwo entladen konnte. Was sich unten am Boden durch scheinbar unzusammenhängende Vorfälle bemerkbar machte: Auf Schreibtischen stellten sich magnetisierte Büroklammern auf. Autos ließen ohne ersichtlichen Grund den Motor an. Zahnspangen in Kindermündern schleuderten zischende Blitzsalven durch die Gegend. Manche dieser nebensächlichen Vorkommnisse erregten bloß leichte Neugier, andere gingen den Menschen richtig auf den Keks, und in einem waren sich alle einig – die Fälle häuften sich. Die führenden Wissenschaftler der Erde versicherten der Bevölkerung dennoch, dass schon alles glattgehen würde. Was sie insgeheim dachten, war natürlich nicht bekannt.

Mit ebenjenen Spitzenwissenschaftlern hatte Mitch Murló vieles gemeinsam. Er war ein geduldiger Mensch, den kaum etwas aus der Fassung brachte. Niemand konnte sich an eine Gelegenheit erinnern, bei der seine Lunte heruntergebrannt und die Bombe in seinem Inneren detoniert wäre. Es hat seine Gründe, dass die zerstörerischsten Bomben immer die längsten Lunten haben. Doch an diesem Tag sollten die Menschen erkennen, was in Mitch Murló schlummerte.

Er hatte keine Ahnung, wieso er ausgerechnet jetzt explodierte. Die anderen hatten ihn schon oft damit aufgezogen, dass sein Vater im Gefängnis saß. Er wusste aus erster Hand, wie grausam Teenager sein können, vor allem wenn sie in Gruppen auftreten, aber bisher war es ihm immer gelungen, die Gemeinheiten der Idioten zu überhören. Keine Frage, ihre dummen Sprüche ärgerten ihn, manche machten ihn sogar richtig wütend. Aber bisher hatte er sich nie ernsthaft provozieren lassen. Bisher.

Vielleicht lag es an seiner langsam erblühenden Beziehung zu Petula, vielleicht war dadurch sein Selbstvertrauen gewachsen – oder machte Petula ihn so nervös, dass er einen Tick leichter aus der Haut fuhr? Oder es lag an der Prophezeiung, die das *Klappe! Zuhören!* vor Kurzem getätigt hatte: Sein Vater würde nie wieder freikommen. Diese Erkenntnis hatte sich in Mitchs Kopf festgesetzt wie ein Wirbelwind, den er kaum noch kontrollieren konnte.

»Hey, Murló!«, rief Steven Gray kurz vor dem Mittagessen, wenn jeder normale Mensch besonders leicht zu reizen ist. »Hier, die muss dein Daddy vergessen haben.« Gray schleuderte ihm eine Handvoll Centstücke entgegen, die von Mitch abprallten wie Granatsplitter von einem Panzer.

Was war daran noch witzig? Die ganze Schule wusste, dass Mitchs Vater im Knast saß, weil er einen einzigen Cent von jedem Bankkonto der Welt geklaut hatte – 725 Millionen Dollar in Pennys. Aber nur seine eigene Familie nahm ihm ab, dass er von seinen Partnern hereingelegt worden war.

Unzählige Münzduschen hatte Mitch kommentarlos ertragen. Doch diesmal plumpste ein Centstück in seine Hemdtasche, in eine schmale, enge Tasche, in die Mitchs kurze, dicke Finger kaum hineinpassten. Er bekam die Münze nicht mehr heraus. Und er begriff, dass er sie bis in alle Ewigkeit mit sich herumtragen würde. Seine Familie und er würden sich nie von den gestohlenen Pennys befreien können.

Da ging Mitch in die Luft.

Es folgte ein Drei-Lehrer-Kampf – drei Lehrer mussten zusammenhelfen, um Mitch von Gray herunterzuzerren, und einer dieser Lehrer trug dabei ein blaues Auge davon.

Zu seiner eigenen Überraschung verwandelte Mitch sich während der Schlägerei wieder in ein menschliches *Klappe! Zuhören!*. Zum einen, weil er so wütend war. Zum anderen, weil Steven Gray einfach nicht den Mund halten konnte.

»Wenn ich mit dir fertig bin, Murló, dann …«

»… dann gehst du nach Hause und spielst mit deinen Stofftieren!«, beendete Mitch seinen Satz.

Grays Augen weiteten sich. »Halt die Klappe! Du hast doch keine Ahnung …«

»… wie die Antwort auf die fünfte Frage im heutigen Physiktest lautet.«

»Genau! Ich werde …«

»… die Highschool abbrechen und als Rodeo-Clown arbeiten.«

Ansonsten konnte Mitch sich später an keine Einzelheiten mehr erinnern. Er wusste nur noch, was für ein schönes Gefühl es gewesen war, seine Fäuste in verschiedene Teile von Grays Anatomie zu rammen. Gray landete zwar auch ein paar Treffer, doch als die Schlacht endete, sah er deutlich ramponierter aus als Mitch.

Es versteht sich von selbst, dass Mitch hinterher zu Rektor

Watt beordert wurde, während Gray zur Schulkrankenschwester musste. Als er vor der Bürotür ankam, hatte Mitch sich wieder halbwegs beruhigt. Aber noch lange nicht so weit, dass er irgendetwas bereut hätte.

Ein anderer wartete schon auf eine Audienz beim Rektor: Theo Blankenship. Theo war zwar nicht der letzte Mensch, den Mitch jetzt sehen wollte, aber er war sicher unter den letzten zehn. Auch weil Theo sofort in lautes Gelächter ausbrach, als er die beiden blutigen Taschentücher in Mitchs Nasenlöchern entdeckte.

Mitch atmete durch den Mund ein und hielt die Luft an, um nicht erneut auszurasten.

Unterdessen traf Mrs Gray in der Schule ein, um ihren Jungen von der Krankenstation abzuholen und nach Hause zu fahren, wo der kleine Steven bestimmt zum Trost mit seinen Stofftieren spielen würde. Während er sich fragte, woher Mitch von seinem heimlichen Traum wusste, sich als Rodeo-Clown zu verdingen.

Als Gray und seine Mutter verschwunden waren, drehte Theo sich zu Mitch. »Muss ein heftiger Kampf gewesen sein. Schade, dass ich ihn verpasst habe.«

Aus Rektor Watts Büro drang das gedämpfte Heulen eines Mädchens.

»Das ist Sydney Van Hook«, sagte Theo. »Sie hat einen unanständigen Aufsatz geschrieben.«

»Und warum bist du hier?«, nuschelte Mitch.

Theo blickte zu Boden. »Du weißt doch, dass die Galileo Highschool unsere Erzrivalin im Football ist?«

»Ja.«

»Genau … und ich hab ihr Maskottchen gegrillt.«

»Was haben die denn für ein Maskottchen?«

Theo schüttelte den Kopf. »Glaub mir, das willst du nicht wissen.« Während Mitch noch überlegte, ob er es nicht vielleicht doch wissen wollte, beugte Theo sich zu ihm. »Du und Nick Slate, ihr seid doch richtig dicke Freunde, was?«

Mit dieser Frage hatte Mitch schon gerechnet, seit er Theo im Wartezimmer erblickt hatte. »Hey«, sagte er jetzt. »Ich weiß auch nicht, was da zwischen Nick und Caitlin läuft. Das geht mich nichts an.«

»Also läuft da wirklich was«, erwiderte Theo.

»Das habe ich nicht gesagt.«

Theo starrte Mitch zornig an. »Sag deinem Freund, er soll sich bloß vorsehen«. Er stieß ihm den Zeigefinger auf die Brust, um jedes einzelne Wort zu unterstreichen. »Sonst mach ich ihm ein Angelboot, das er nicht ablegen kann … und wenn er nicht spurt, schläft er bald bei den Fischen.«

»Hä? Du willst ihm Fische ins Bett legen?«

»Da kannst du Gift drauf nehmen. Und das wäre nur der Anfang.«

Die Bürotür öffnete sich und Sydney Van Hook stürmte mit tränenverschleiertem Gesicht heraus. Mit einem gierigen Grinsen, das auch dem Gevatter Tod gut zu Gesicht gestanden hätte, winkte Rektor Watt den nächsten Gast herein.

Theo stand auf, wandte sich aber noch einmal an Mitch. »Ich weiß nicht, was Nick da abzieht, aber er wird nicht damit durchkommen. Wenn er so weitermacht, sitzt er bald zwischen allen Mühlen. Und wird zermahlen. Hä Hä.« Damit drehte er sich um und betrat Rektor Watts Büro des Verderbens. Die Tür fiel hinter ihm ins Schloss und Sekunden später hörte Mitch ihn weinen.

Mitch war allein mit seinen Gedanken und dem Penny in seiner Hemdtasche. Wütend versuchte er noch einmal, die Münze herauszufischen, aber sie klebte an einem alten Kaugummi, der mit dem Stoff verwachsen zu sein schien.

Wenn er sich doch nur irgendwie an den gruseligen Geschäftsleuten rächen könnte, die seinen Vater ans Messer geliefert hatten! Aber die bekam er ebenso wenig zu fassen wie den Penny.

»Darf ich's mal versuchen?«, fragte eine Stimme aus dem Nichts.

Als Mitch aufblickte, stand Ms Planck vor ihm, die Essensausteilerin aus der Mensa. Statt seine Antwort abzuwarten, griff sie mit langen, spitz zulaufenden Fingern, die vom täglichen Schleimschöpfen gestärkt waren, in seine Hemdtasche, packte den Penny und zog ihn hervor, als wäre es die leichteste Übung der Welt.

Ms Planck hielt ihm die Münze hin. »Ein Penny für deine Gedanken.«

»Behalten Sie das Ding«, sagte Mitch mit bitterem Unterton. »Ich will's nicht. Ich will nie wieder eine Centmünze sehen.«

»Kann ich verstehen.« Ms Planck setzte sich zu ihm. »Das hilft dir wahrscheinlich nicht weiter, aber ich glaube nicht, dass dein Vater sich das Geld unter den Nagel gerissen hat.«

Mitch blickte sie an. War das ihr Ernst? Oder wollte sie ihn nur aufmuntern? Eigentlich war sie eine Frau, die immer ihre ehrliche Meinung sagte. Nein, sie wollte ihn bestimmt nicht veralbern.

»Was machen Sie hier eigentlich?«, fragte Mitch. »Müssen Sie auch zum Rektor?«

Sie hielt ein Klemmbrett hoch. »Rektor Watt muss den Essensplan für nächsten Monat absegnen. Der hat die Finger in allen Töpfen.«

Mitch grinste. »Hab ich's doch geahnt. Da sind Finger in der Suppe.«

Ms Plancks Augenbrauen wanderten nach oben. »Ja, klar. Gutes Protein. Ist gesund *und* schmeckt lecker!«

Hinter der geschlossenen Tür flehte Theo jammernd um Gnade. Mitch schwor sich, später eine bessere Figur abzugeben. Egal, welche Strafe der Rektor ihm auferlegen würde, er würde keine Gemütsregung zeigen.

»Du verbringst ziemlich viel Zeit mit Petula Grabowski-Jones, was?«, sagte Ms Planck plötzlich.

Die Frau redete wirklich nicht um den heißen Brei herum. Sie klatschte den heißen Brei lieber auf Teller. »Petula muss auch alles ausplaudern«, brummte Mitch.

Ms Planck zuckte mit den Schultern. »Es gibt schlimmere Laster. Ich weiß, Petula ist anders als die anderen – aber in ihrem Fall ist das was Gutes. In deinem Fall übrigens auch, was ich ihr auch gesagt habe.«

»Was soll das denn jetzt werden?«, überlegte Mitch laut.

»Wart's nur ab.« Ms Planck legte ihm den Penny auf die

Handfläche und schloss seine Finger. »Du kannst nur gewinnen. Versprochen.« Damit stand sie auf und ging.

Als Mitch die Hand öffnete, sah er, dass er tatsächlich etwas gewonnen hatte. Wie hatte sie das nur gemacht? War das ein simpler Taschenspielertrick oder … oder was?

In seiner Hand lag eine Fünf-Cent-Münze.

Andernorts stand auch Caitlin vor einem Rätsel. In Mathe hatte sie noch nie Schwierigkeiten gehabt, doch während des heutigen Tests wurde sie auf einmal von einer unerklärlichen Furcht gepackt. Sie bekam kaum noch Luft. Und weil sie normalerweise nicht zu Panikattacken neigte, machte es ihr so große Angst, dass sie so große Angst hatte, dass sie den eigentlichen Grund ihrer Angst beinahe vergaß. Verzweifelt blickte sie sich um – und stellte fest, dass sie nicht als Einzige Höllenqualen litt. Der ganze Kurs samt Lehrer schwitzte oder zitterte oder stöhnte. Ein Junge kaute so verbissen auf seinem Bleistift herum, dass er ihn schließlich entzweinagte.

Doch inmitten des Aufruhrs gab es eine Oase der Ruhe, die aus einer einzigen Person bestand: Carter Black, der immer in der letzten Reihe saß und von Geburt an von seinen meisten Mitmenschen übersehen worden war. Carter war auf einmal zu einem Brennpunkt intensivster Konzentration und Rechentätigkeit geworden. Er jagte durch den Test, als ginge es um das kleine Einmaleins.

Bei der heutigen Prüfung waren Hilfsmittel offiziell zugelassen, die Schüler durften sich also mit Taschenrechnern und anderen Gerätschaften bewaffnen. Carter hatte keinen Taschenrechner mitgebracht. Mit geübten, überhaupt nicht zittrigen Fingern schnippte er die Perlen eines kleinen Abakus hin und her, einer Art Zählhilfe aus längst vergangenen Zeiten.

Dabei war Carter Black nun wirklich kein Rechenkönig. Die anderen nannten ihn »Carter Black Hole«, weil sämtliche mathematischen Zusammenhänge in sich zusammenbrachen, sobald sie in den alles verschlingenden Sog seines Gehirns gerieten. Bisher hatte er in jeder einzelnen Matheprüfung eine 5- geschrieben. Andere Schüler mussten hart arbeiten, um derart konstante Leistungen abzuliefern.

Caitlins mathematische Pein steigerte sich im Gleichschritt mit Carters Konzentration. Caitlin hatte noch nie so große Probleme gehabt, eins und eins zusammenzuzählen – doch sie biss sich durch und kam zu einem logischen Ergebnis.

Carter hatte den Abakus bei Nicks Flohmarkt gekauft.

Der Draht, auf dem die Perlen saßen, versprühte Funken, wann immer Carter eine davon verschob. Und jeder Funke schenkte Carter genau so viel Hirnschmalz und Selbstvertrauen, wie er den anderen abluchste.

Während ihre Umgebung allmählich aus allen mathematischen Fugen geriet, tat Caitlin das einzig Richtige. Sie stand auf, rannte zu Carter Black und riss ihm den Abakus aus den Händen.

»Hey, der gehört mir!«, rief Carter.

Caitlin schob den Abakus in die Hülle, die daneben herumlag. Die Hülle war überraschend schwer, höchstwahrscheinlich aus Bleigarn gewoben.

Im selben Moment löste sich Caitlins Anspannung in Luft auf. »Er gehört zu einem Zehntel dir und zu neun Zehnteln der wissenschaftlichen Weltgemeinschaft!«

Carters Rechentalent war wieder auf das Niveau eines Höhlenbewohners gesunken, und so war er erst einmal damit beschäftigt, mit den Mysterien des Bruchrechnens zu ringen. Der Rest des Kurses stieß einen gemeinschaftlichen Seufzer der Erleichterung aus. Niemand wusste, was geschehen war oder wer sie so plötzlich erlöst hatte.

»Stifte fallen lassen«, sagte der Lehrer und tupfte sich mit dem Ärmel den Schweiß von der Stirn. »Der Test wird auf morgen verschoben.«

Caitlin drückte den Abakus an die Brust, als könnte Carter Black – oder ein Accelerati-Spion – jederzeit versuchen, ihn ihr wieder wegzuschnappen. Fast wäre sie sofort aus dem Klassenzimmer gesprintet, um Nick zu suchen und ihm die Erfindung zu überreichen. Aber sie wusste, dass sie die Situation geschickter nutzen sollte. Seit sie Nicks Einladung zum Kino abgelehnt hatte, zeigte er ihr die kalte Schulter, und dieser Riss, der durch ihre kleine Gruppe von Eingeweihten ging, machte ihnen das Leben nur noch schwerer. Jetzt hatte sie einen guten Grund, den Graben zu überbrücken. Der Abakus war das ideale Friedensangebot – aber Friedensangebote mussten mit Anstand und Würde vorgebracht werden. Sie würde ihm den Abakus geben, wenn ein passender Zeitpunkt gekommen war. Sie würde zusehen, wie Nick ihn in die Maschine einbaute. Danach wären sie zumindest wieder ein Team, wenn sie schon kein Liebespaar waren.

Und was tat Carter Black? Carter bombardierte Caitlins Hinterkopf mit giftigen Blicken, aber er versuchte nicht, sich den Abakus zurückzuholen. Im Grunde seines Herzens war er froh, seine fünfzehn brillanten Minuten hinter sich zu haben. Für Carter Black war übernatürliche Genialität noch absolutes Neuland. Er fühlte sich, als wäre er in einem kleinen, wackeligen Kanu einen reißenden Wildwasserfluss hinuntergerauscht, ohne zu wissen, ob hinter der nächsten Biegung nicht vielleicht ein tödlicher Wasserfall lauerte. Von daher hatte er nichts dagegen, wieder zu einem lichtlosen Weltraumphänomen zu mutieren ... das aber die berauschende Erinnerung an eine vorübergehende Erleuchtung mit sich herumtrug.

Carter hatte mal gelesen, dass selbst Einstein in Mathe durchgefallen war. Manche Leute sollen Einstein sogar für einen Vollidioten gehalten haben. Da ging es Carter genau wie Einstein – und zum ersten Mal fragte er sich, ob es nicht toll wäre, ein Vollidiot wie Einstein zu sein. Der Abakus ermutigte ihn, etwas zu tun, was ihm noch nie in den Sinn gekommen war. Er ermutigte ihn, es einfach mal zu versuchen.

11. Alles andere wäre beängstigend

Das Letzte, was Nick im Moment gebrauchen konnte, war eine weitere bittere Niederlage – doch der antike Karteischrank aus dem Internet entpuppte sich in der Realität als stinknormale Kommode. Nick und Mitch sahen sich das Möbelstück an, verloren im Nu das Interesse und wollten gleich wieder verschwinden. Doch je näher sie der Tür kamen, desto weiter sank der Preis, und am Ende wollte die Verkäuferin ihnen das Ding sogar schenken, um es endlich vom Hals zu haben.

Nick drehte sich um und wedelte der Frau mit der Hand vor dem Gesicht herum, wie er es von Obi-Wan Kenobi gelernt hatte. »Das ist nicht der Schrank, den wir suchen.« Dann gingen sie.

»Das war voll sinnlos«, meinte Mitch. »Du hättest sagen müssen: ›Das ist nicht der Schrank, den *Sie* suchen.‹ Aber das wär verkehrt herum gewesen. Auch blöd.«

»Ist doch egal«, meinte Nick. »Die Aktion hat mal wieder überhaupt nichts gebracht, und wir haben keine Ahnung, wo wir weitersuchen müssen.«

Mitch schlug vor, beim Beef-O-Rama Fastfood essen zu gehen, um die Enttäuschung zu lindern. Das schlug er eigentlich in jeder Situation vor.

Als sie beim Beef-O-Rama ankamen, sah Nick schon durch die Fensterscheibe, dass Petula in einer Sitznische saß und offensichtlich auf sie wartete. Ihr fordernder Blick traf sie schon aus dieser Entfernung wie ein Hammer.

»Irgendwie hab ich plötzlich keinen Hunger mehr«, sagte er, warf Mitch einen vorwurfsvollen Blick zu und marschierte davon.

Mitch hielt ihn auf. »Ich weiß, du kannst sie nicht ausstehen. Aber immerhin hilft sie uns, Vince am Leben zu halten, weil sie mit ihm in Mathe sitzt – und es tut ihr wirklich, wirklich leid, dass sie dir damals nicht gesagt hat, dass Vince gleich stirbt.«

»Sie wusste nicht, dass *Vince* stirbt«, erwiderte Nick. »Sie wusste nur, dass *irgendwer* stirbt. Das ist ein riesengroßer Unterschied. Was soll ich denn jetzt zu ihr sagen? Hey, ist halb so wild, dass du mich damals nicht vorgewarnt hast, dass ich gleich eine Leiche im Haus habe!? Es hätte jeden erwischen können! Auch dich!«

»Oder Petula selbst!«, rief Mitch. »Sie ist ein großes Risiko eingegangen, indem sie zu dir gekommen ist – aber sie hat es trotzdem getan, weil sie dich retten wollte. Das musst du ihr lassen!«

Nick hatte keine Lust, Petula irgendwas zu lassen. Aber vielleicht hatte sie seinen Zorn tatsächlich nicht verdient? Hatte Petula sich damals nicht bloß ein bisschen verrannt? War sie wirklich sein Feind? Nein, diese Ehre gebührte nur Jorgenson und den Accelerati.

»Und davon abgesehen«, meinte Mitch, »wollte sie dir etwas geben ...«

Mitch schob sich neben Petula in die Sitznische. Nick hockte sich auf die Bank gegenüber und sah zu, wie Petula die Hände vorsichtig auf das Gesicht ihres Liebsten legte, das noch die Spuren des erbitterten Zweikampfs mit Gray trug.

»Mein ärmstes Kürbischen!«, rief Petula.

»Hast du mich grad ›Kürbischen‹ genannt?«, fragte Mitch.

Petula nickte vergnügt. »Ja, weil dein Kopf aussieht wie ein zerstampfter Kürbis.«

»Und, Petula?« Nick sah keinen Grund, sich noch mehr gesäuselte Zärtlichkeiten anzuhören. »Du hast mir was mitgebracht?«

Petula rümpfte die Nase. »Wie wär's mit einem ›Hallo‹? Mit einem ›Schön dich zu sehen, Petula, wie geht's denn so‹?« Sie legte den Kopf in den Nacken, um auf Nick herabblicken zu können. »Höflichkeit ist eine Zier. Selbst hier im Beef-O-Rama.«

Wenigstens der Kellnerin ging es wie Nick – sie wollte überall sein, nur nicht hier. Nachdem sie im Halbschlaf ihre Bestellungen aufgenommen hatte, riss sie ihnen die Speisekarten aus den Händen.

»Tja«, sagte Nick danach zu Petula, »ich finde es halt nicht besonders schön, dich zu sehen, und es ist mir egal, wie es dir geht. Aber ein ›Hallo‹ kann wohl nicht schaden. Hallo.«

Nick hatte sich Mühe gegeben, so richtig gemein zu sein, doch Petula strahlte vor Freude. »Das ist doch ein guter Anfang. Dir auch ein herzliches Hallo, Nick. Und obwohl du kein Interesse an meinem persönlichen Befinden hast, besitze ich den Anstand, mich nach deinem zu erkundigen. Wie geht es dir?«

»Nicht so toll«, antwortete Nick aufrichtig. »Im Großen und Ganzen läuft's grad ziemlich … mäßig.«

»Dann hoffe ich, ich kann dich ein bisschen aufmuntern«, sagte Petula und hob den Rucksack an, der neben ihr auf der Sitzbank lag.

Darunter befand sich die Boxkamera.

Nick wusste nicht, was er sagen sollte, als Petula die Kamera über den Tisch reichte. Er sah Mitch an. Mitch grinste.

»Hast du sie dazu überredet?«, fragte Nick.

»Ich hab's ihr nur vorgeschlagen«, erwiderte Mitch. »Sie hat die Entscheidung getroffen.«

»Moment mal.« Mit zusammengekniffenen Augen betrachtete Nick die Kamera – und die leere Fassung an ihrer Vorderseite. »Wo ist die Linse?«

»Die behalte ich vorerst«, meinte Petula. »Als kleine Versicherung.«

»Als kleine Versicherung wogegen?«

Seufzend schüttelte Petula den Kopf. »Wenn man immer wüsste, gegen welche unvorhersehbaren Katastrophen man sich absichern muss, bräuchte man keine Versicherungen.«

»Komm schon, Nick«, sagte Mitch. »Nimm das Ding einfach. Ist doch besser als nichts.«

Nick griff sich die Kamera. »Na schön.« Und obwohl es ihn viel Überwindung kostete, fügte er hinzu: »Danke.«

»Gern geschehen«, sagte Petula.

Die Kellnerin brachte ihre Malzbiere und einen Korb Zwiebelringe mit Chili-Käsesoße – der wahrscheinlich schmierigste Snack in den Weiten des Universums. In Mitchs Fall war das besonders problematisch, denn Mitch hatte die Angewohnheit, beim Essen zu reden *und* zu gestikulieren. Die Soße spritzte in alle Richtungen.

Mitch erzählte von seiner Schlägerei und von seinem Besuch bei Rektor Watt. »Ich hab ein dreitägiges Schulverbot mit Anwesenheitspflicht bekommen«, sagte er nachdenklich kauend und beäugte die andere Hälfte seines Zwiebelrings, als besäße sie die Antworten auf die ewigen Fragen der Menschheit.

»Schulverbot mit Anwesenheitspflicht?«, fragte Nick. »Wie soll man denn anwesend sein, wenn man nicht in die Schule darf?«

»Du kriegst auch gar nichts mit, oder?«, sagte Petula. »Das bedeutet, dass man den ganzen Tag unter Aufsicht in einem Zimmer sitzen muss, aber dabei nichts lernen darf.«

Mitch winkte ab. »Könnte schlimmer sein. Überhaupt, mir geht's schon wieder besser. Ich hatte ein gutes Gespräch mit Ms Planck.«

»Ms Planck?«, fragte Nick überrascht. »Die aus der Mensa?«

»Ja. Wär's nicht irgendwie schlauer, wenn Ms Planck Rektorin wäre? Manchmal habe ich das Gefühl, die Frau ist fast schon … fast schon *allwissend*.«

Da musste Nick zustimmen. An seinem ersten Tag an der

neuen Highschool hatte Ms Planck ihm geraten, sein Mittagessen über Heisenbergs Kopf zu kippen – eine Heldentat, die ihn sofort zur Schullegende gemacht hatte. Wenn ein Schüler in Not war, fand Ms Planck immer die richtigen weisen Worte. Sie war wirklich allwissend.

Und was, wenn sie nicht nur über die Schule Bescheid weiß?, überlegte Nick. *Wenn sie ihre Fühler in der ganzen Stadt hat?* Es könnte doch sein, dass Ms Planck Insiderinformationen zu allen möglichen Themen besaß …

Diesen Gedanken wälzte Nick immer noch, als die Kellnerin die Rechnung brachte und er seinen Anteil zahlte. Auch Mitch legte ein paar Scheine auf den Tisch. Genug, um auch Petulas Rechnung zu begleichen, wie Nick auffiel.

»Glaubt ihr, Ms Planck könnte eine Ahnung haben, wo das restliche Zeug vom Flohmarkt gelandet ist?«, fragte Nick, als sie das Lokal verließen.

»Das ist ein hervorragender Einfall!« Petula lächelte Nick an. »Und das, obwohl es dein Einfall war!«

Draußen blieb Mitch vor einem schwarzen Brett stehen, das unter den vielen Visitenkarten, Postkarten und Flugblättern für künftige Veranstaltungen kaum noch zu sehen war. »Schaut euch das an!« Sein Finger bohrte sich in einen Flyer, der mit einem großen Foto um Aufmerksamkeit buhlte. »Die Harfe!«

»Was für eine Harfe?«, zwitscherte Petula.

Nick verzog das Gesicht. Petula war wie der Sand beim Badeurlaub – sie drängelte sich überall rein und raubte jedem den letzten Nerv. Trotzdem sah er sich den Flyer an.

Die Überschrift warb für ein Wohltätigkeitskonzert, bei dem eine Harfenistin aus der Stadt auftreten würde.

Mitch deutete auf die Harfe, die mitsamt der Musikerin abgebildet war. »Das ist doch die Harfe von deinem Flohmarkt, oder? Ja, ich erinnere mich genau.«

Zufällig kam gerade ein anderer Gast aus dem Lokal, der sich noch mit der Serviette das Fett von den Lippen wischte. Er sah die drei Teenager vor dem Flyer stehen.

»Ihr interessiert euch für Musik?«, fragte er.

»Vielleicht«, sagte Petula. »Vielleicht auch nicht.«

Der Mann tippte das Foto der Harfenistin mit dem Zeigefinger an. »Das hier«, meinte er, »das ist Zeitverschwendung. Das ist keine Musik. Fragt mich nicht, *was* das ist – letzte Woche habe ich sie in einem Café ›spielen‹ gesehen, und ihre Harfe hat gar keine Saiten! Aber trotzdem hat sie …« Kurz schienen seine Gedanken in weite Ferne abzudriften. Er schüttelte sich. »Was auch immer sie da gemacht hat, es hat alle Hunde in der Nachbarschaft zum Heulen gebracht. In C-Dur!«

Als der Mann verschwunden war, runzelte Petula die Stirn. »Klingt verdächtig. Klingt nach einem Teslanoiden Objekt.«

Nick begutachtete den Flyer genauer und nickte – beim Flohmarkt hatte er wirklich eine Harfe ohne Saiten verkauft. Das Konzert sollte schon in zwei Tagen stattfinden. »Wir können nicht zulassen, dass die Accelerati an das Ding rankommen. Wir müssen es vor Samstagabend finden.«

»Ich finde raus, wo die Frau wohnt«, meinte Mitch.

»Und ich laufe durch die Straßen und reiße die Flyer ab«, schlug Petula vor. »Damit die Acceleritis sie nicht sehen.«

»Die Accelerati«, korrigierte Nick sie, und er hätte gerne hinzugefügt, dass sie auf Petulas Hilfe verzichten konnten. Doch das konnten sie nicht. »Okay, Petula. Aber wenn du bei der Sache mitmachen willst, müssen wir dir vertrauen können.«

Nicks Andeutung schockierte Petula sichtlich. »Selbstverständlich könnt ihr mir vertrauen. Ich will doch auf keinen Fall riskieren, dass es dir noch mäßiger geht!«

Als Nick an diesem Nachmittag nach Hause kam, spielte sein kleiner Bruder im Wohnzimmer ein Videospiel. Er hatte sich mit voller Absicht von der realen Welt abgekapselt.

»Kannst froh sein, dass du gestern nicht zum Pizzaessen mitgekommen bist«, sagte Danny, ohne den Blick vom Bildschirm abzuwenden. »Hinterher musste die halbe Mannschaft kotzen.«

»Ja, hab davon gehört.«

Durch das Wohnzimmerfenster sah Nick, dass sein Dad hinten im Garten einen Baum pflanzte. Eigentlich war Nicks Mom das einzige Familienmitglied mit grünem Daumen gewesen. Vielleicht sollte der Baum an sie erinnern, wie so vieles andere auch? Oder Nicks Dad brauchte bloß irgendeine Beschäftigung.

Nick trat aus der Gartentür. »Was für eine Sorte ist das?«

»Angeblich ein Blutorangenbaum«, antwortete sein Vater. »Aber die ersten Früchte wird er erst in ein paar Jahren tragen.«

Nicks Dad machte eine Pause und fuhr sich mit dem

T-Shirt-Ärmel über die verschwitzte Stirn. Dann durchbohrte er Nick mit einem maximal aufdringlichen Blick, den nur besorgte Eltern hinkriegen. »Geht's dir auch gut, Nick?«

Nick zuckte mit den Schultern. So toll ging es ihm nicht, aber sein Vater kannte nur einen Teil der Gründe, und dabei sollte es auch bleiben. »Ja, klar. Wieso?«

»Nur weil … weil du nie über deinen Freund sprichst. Über den Jungen, der bei uns im Wohnzimmer … na ja … gestorben ist. Ich weiß, als dann der Asteroid kam, ist das alles ein bisschen untergegangen, aber trotzdem …«

Nicks Körper versteifte sich. Sie hatten noch nie über Vince geredet. »Ja … ich versuche einfach, nicht dran zu denken.« Und als ihm plötzlich ein irrwitziger Einfall kam, fügte er hinzu: »Aber sein eineiiger Zwilling hat's wirklich schwer.«

Sein Vater machte ein trauriges Gesicht. »Wie schrecklich«, sagte er. Damit betrachtete er seine Pflichten als väterlicher Seelsorger als erfüllt und widmete sich wieder naheliegenderen Dingen. Er deutete auf das Loch, das er gerade schaufelte. »Was denkst du, was das ist?«

Unten in der Erde glitzerte etwas – eine glatte Metallkante. Bei näherem Hinsehen war das Loch gar kein Loch, sondern ein flacher Graben. Anscheinend hatte Nicks Vater zunächst eine Grube für den Baum ausheben wollen, sich dann aber nur noch für das geheimnisvolle Stahlobjekt interessiert. Er hatte gut eineinhalb Meter davon freigelegt, sodass man eine leichte Krümmung erkennen konnte.

»Als der Spaten auf das Ding gestoßen ist«, sagte Nicks Dad, »konnte ich irgendwie nicht mehr aufhören.«

Nick wusste auch nicht, was das sein sollte, aber sein Instinkt sagte ihm, dass es mit Tesla zu tun hatte. Damit war es Nicks Problem und nicht das seines Vaters. »Schütt's doch einfach wieder zu und pflanz den Baum woanders.«

»Kann ich machen. Aus den Augen, aus dem Sinn.« Er zögerte. »Aber das ändert nichts an den Tatsachen, oder?«

Nein, musste Nick zugeben, *ganz bestimmt nicht.*

Sein Vater setzte sich auf einen Baumstumpf, nahm die Mütze ab und kratzte sich am Kopf. »Ist schon komisch. Seit wir damals im Park waren, muss ich immer wieder daran denken, dass der Baseballschläger zerbrochen ist, obwohl ich den Ball gar nicht getroffen habe. Und daran, dass dann überall die Fenster zersplittert sind. Und daran, dass der Asteroid dann genau das Gegenteil von dem gemacht hat, was die ganzen klugen Wissenschaftler vorausgesagt haben. Und ich frage mich immer wieder … war ich das? Hab ich das Ding in den Orbit gedroschen? Aber das ist doch Quatsch!?«

Nick spürte, wie seine Augen feucht wurden. Er versuchte, die Tränen zurückzuhalten, aber es fiel ihm schwer. Als er endlich seine Stimme wiederfand, brachte er nur ein Flüstern heraus. »Und wenn es kein Quatsch ist?«

Sein Dad blickte ihn an. »Aber es muss Quatsch sein. Verstehst du das? Es *muss*. Alles andere wäre beängstigend.«

Ohne darüber nachzudenken, warf Nick sich in die Arme seines Vaters. Sie klammerten sich aneinander, so fest sie konnten, und ein paar Sekunden lang konnte ihre Umarmung den unerklärlichen Schrecken vertreiben, den die Welt ihnen entgegenschleuderte.

Erst als Nick spürte, wie seine Tränen trockneten, ließ er seinen Dad wieder los. Aus dem Augenwinkel sah er, wie sich auch sein Vater über das Gesicht wischte.

»Ich habe keine Ahnung, was da unter der Erde liegt«, sagte Nick. »Aber ich finde, wir sollten es wieder vergraben und den Baum woanders pflanzen. Es ändert auch nichts daran, dass es da unten rumliegt, aber wir müssen uns jetzt nicht damit auseinandersetzen.«

Was auch immer es war, eines Tages würde Nick sich damit auseinandersetzen müssen – das war ihm klar. Doch jetzt suchte er sich eine zweite Schaufel und half seinem Vater, das Mysterium wieder zu verscharren. Den Baum pflanzten sie dann neben dem Haus. Und irgendwann, dachte Nick, würde er vielleicht die Äste strecken, das Küchenfenster mit idyllischem Grün erfüllen und ihnen die süßesten Orangen schenken, die sie je gekostet hatten.

12. Bye-Bye Kitty

Zu Vince' größten Talenten gehörte es, sich in anderer Leute Angelegenheiten hineinzuwieseln und ihnen ihre rechtmäßig erworbenen Teslanoiden Objekte abzunehmen. Passend dazu hatte man ihn schon in früher Kindheit (gegen seinen Willen) »das Wiesel« genannt, wegen seines dürren Körperbaus und seiner Milchschneidezähne, die ihm eine Zeit lang eine gewisse Ähnlichkeit mit einem Nagetier verliehen hatten. Eine unglückliche Kombination, die seinen Startpunkt in ein Leben als Außenseiter markiert hatte.

Doch selbst ein Außenseiter wie Vince verfügte über einen eigenen unsozialen Freundeskreis, und eben jene zwielichtigen Kumpane lieferten ihm die Spuren, die ihn zu weiteren Objekten führten. Denn die Lieblingsbeschäftigung aller schrägen Gestalten ist es, über merkwürdige Phänomene und noch merkwürdigere Menschen zu tratschen.

Vince hing an der Halfpipe rum und sah wehmütig zu, wie die anderen Tricks übten, die er nicht mehr riskieren konnte, weil er sich dabei nur die Batterie ausgestöpselt hätte. Da kam die nächste Fährte angelaufen.

»Mann«, sagte ein Skateboarder, dessen Beine zu neunzig Prozent aus Schorf bestanden, »bei uns in der Straße wohnt so 'ne alte Frau, der kommen die Katzen zu den Ohren raus.«

»Im Ernst oder bildhaft gesprochen?«, fragte Vince. Bei den Erfindungen, mit denen er zu tun hatte, war nicht auszuschließen, dass echte Katzen aus echten Ohren kamen.

Sein Kumpel starrte ihn an und zwinkerte, als könnte er ihm nicht ganz folgen. »Mann, die hat ungefähr eine Million Katzen im Haus!«

Vince seufzte. »Im Ernst oder bildhaft gesprochen? Hat sie wirklich eine Million Katzen im Haus oder bloß sehr viele?«

»Sehr viele«, antwortete der Junge. »Aber das Kranke ist: Jetzt sind die Katzen plötzlich alle verschwunden. Und dafür laufen jetzt haufenweise Mäuse auf der Straße rum.« Er beugte sich vor und senkte die Stimme. »Aber die Alte schleppt immer noch Katzen ins Haus … doch danach tauchen die Viecher nie wieder auf. *Sie verschwinden spurlos.*«

Dieser Spur musste Vince nachgehen, auch wenn sein letzter Einbruch schwer in die Hose gegangen war. Die Frage war nur, wer ihm gefährlicher werden könnte: die Katzen selbst oder die Katzenkillerin?

Die Frau wohnte in einer Straße, die schon bessere Zeiten erlebt hatte. Selbst die Bäume schienen sich von den Häusern abzuwenden, als wollten sie sich ausdrücklich von den Bruchbuden distanzieren. Kaum näherte Vince sich der Adresse, hörte er die Katzen – ein leises Miauen in der Ferne. Ein sonderbares, irgendwie falsches Miauen. Aber noch konnte Vince nicht sagen, was daran so falsch war.

Vince hatte schon eine Menge Erfahrungen mit Tesla-Erfindungen gemacht. Zum Beispiel war es nicht ratsam, die Häuser ihrer Besitzer durch die Haustür zu betreten. Also schlich er herum, bis er eine praktische Hundeklappe fand, die aber bestimmt nicht für Hunde gedacht war. Die Klappe war von außen zugeklebt worden, als wollte man verhindern, dass die Tierchen aus dem Inneren ins Freie gelangten. Nachdem Vince das Klebeband abgekratzt hatte, konnte er sich dank seines wieselhaften Körperbaus zur Hälfte durch die Öffnung schieben.

Das Erste, was er sah, waren Mäuse.

Überall waren Mäuse! Und da die Öffnung zu schmal war, um wieder rückwärts hinauszurutschen, ohne einen tödlichen Rucksackverlust zu riskieren, musste Vince sich wohl oder übel vollständig ins Haus quetschen. Fauchend stoben die Mäuse auseinander.

Als er sich aufrichtete, stellte er fest, dass er in einer Küche stand. Direkt vor einer Frau.

Riesige, flauschige, pinke Pantoffeln. Strähniges Haar. Ein geistesabwesendes Starren. Selbst wenn Vince ihr auf der Straße begegnet wäre, hätte er sofort erkannt, dass das die Verrückte mit den Katzen sein musste. Sie bedrohte ihn mit einem Wischmopp.

»Wer bist du? Verschwinde aus meinem Haus! Scher dich zum Teufel!«

Die Frau schlug zu, der Bodenwischer zischte in einem weiten Bogen durch die Luft. Vince konnte problemlos ausweichen.

Gleichzeitig entdeckte er die Mäuse, die sich am Wollpullover der Frau festhielten. Doch die Mäuse machten ein komisches Geräusch. Sie maunzten. Sie maunzten wie … wie …

Okay, dachte Vince, *hier bin ich richtig.*

»Wow!«, rief er. »Sie haben aber tolle Minikatzen!«

Die Frau fragte misstrauisch: »Findest du wirklich?«

»Aber hallo! Minikatzen sind doch super! Meine Freunde haben mir erzählt, dass Sie winzig kleine Katzen haben, und das musste ich mir einfach selber anschauen. Darf ich mal?«

Nach einem weiteren skeptischen Blick auf den Einbrecher zupfte sich die Frau eine Mieze vom Blusenkragen und hielt sie ihm hin. Es war eine Miniatur-Tigerkatze – sehr niedlich, wenn man auf so etwas stand.

Vince griff nach dem Tierchen, doch es fauchte zornig. »Vielleicht schaue ich sie mir doch lieber von Weitem an.«

»Das Gesundheitsamt hat gesagt, ich darf nicht so viele Katzen halten. Aber wenn sie doch so klein sind …«

Als Vince sich in der unordentlichen Küche umsah, stellte er fest, dass sein Kumpel sich gar nicht so sehr verschätzt hatte. Es war wohl keine Million Minikatzen, aber es waren locker Hunderte, wahrscheinlich Tausende.

»Wie haben Sie das nur hingekriegt?«, fragte er.

Die Frau wirkte überglücklich, dass sich jemand für ihre Haustiere interessierte, statt sich sofort angewidert abzuwenden. Sie erteilte ihm gerne Auskunft.

»Ich hol sie mir einfach aus den Tierheimen«, sagte sie. »Sind alle aus Tierheimen, die Kleinen. Ist ein Jammer, wie viele Kätzchen kein Zuhause haben. Ich rette die armen Dinger vor dem Einschläfern und bringe sie hierher. Bis vor ein paar Wochen konnte ich sie natürlich nicht alle herbringen … aber jetzt gibt es keine Grenzen mehr!«

»Aber wie … wie haben Sie das nur hingekriegt!?«

Die Frau schenkte ihm ein Lächeln. »Ich zeig's dir. Aber du darfst es nicht weitersagen!« Als hätte sie schon lange darauf gebrannt, jemandem von ihrem Geheimnis zu erzählen.

Vince folgte der Frau in die Wäschekammer. Dort lag ein Berg Schmutzwäsche herum, der nicht aussah, als wollte er sich in nächster Zeit in die Waschmaschine begeben, und ganz oben auf dem Haufen saß eine Katze in Originalgröße. Die Frau packte sie, drückte sie mit einem festen Klammergriff ins Spülbecken und drehte den Hahn auf.

»Nein!«, rief Vince automatisch. »Nicht!«

»Keine Sorge«, sagte die Frau. »Das tut ihr nichts. Ich muss sie nur ein bisschen nass machen. Die Mieze muss nass sein, sonst funktioniert's nicht.«

Das Tier, das wie jede Katze Wasser verabscheute, wollte sich mit allen Mitteln freikämpfen, doch die Frau ließ nicht locker. Als das Fell gründlich durchweicht war, öffnete sie mit der freien Hand die Tür eines auffällig altertümlichen Wäschetrockners. »Und rein mit dir!«

»Nein!«, rief Vince wieder.

»Du machst mich ja ganz kirre, Junge«, sagte die Frau.

Sie schloss den Trockner und schaltete ihn ein. Die Maschine rumpelte und rumorte, aber durch die Glastür war zu erkennen, dass die Wäschetrommel nicht rotierte. Da drinnen ging etwas anderes vor sich. Etwas ganz anderes.

Die Katze leuchtete.

»Wie sagt man so schön?«, meinte die Frau. »Bitte nicht zu Hause nachmachen!« Dann schaltete sie die Maschine wieder aus und öffnete die Tür.

Die Katze war staubtrocken und klein wie ein Hamster.

»Ich hab den Trockner bei einem Flohmarkt abgestaubt«, sagte die Frau, aber das überraschte Vince nicht mehr. »Beim ersten Mal hab ich meine Wäsche reingetan, aber die hatte danach nur noch Puppengröße. Und in einer Tasche hab ich einen Dollarschein gefunden, der war nur noch so groß wie ein Zettel aus einem Glückskeks. Und da dachte ich mir, wenn der Trockner nicht nur Kleidung einlaufen lässt, sondern *alles* ...« Die winzige Katze sprang auf ihren Pullover und kletterte zu den vielen anderen, die sich schon an ihre Schultern schmiegten. »Mein Traum ist in Erfüllung gegangen. Ich hab so viele Jahre drauf gewartet, aber jetzt hab ich endlich genug Katzen.«

Da wusste Vince plötzlich, wie er die Dame packen konnte. Bei jedem Objekt, das er zurückeroberte, machte er die gleiche Erfahrung: Die Erfindungen hatten den Besitzern immer etwas geschenkt, was sie schon lange wollten – oder sie hatten ihnen so übel mitgespielt, dass die Besitzer eine wertvolle Lektion gelernt hatten. Die Frau würde immer eine verrückte Alte mit einer übertriebenen Zuneigung zu Katzen bleiben, doch ihr unersättlicher Hunger nach immer mehr Miezen war endlich gestillt.

»Hmm«, sagte Vince. »Das Ding könnte ich gut gebrauchen. Es gibt so viele Welpen, die kein Zuhause haben ...«

Vor Rührung überließ sie ihm den Trockner gratis.

13. Der Gang über die Plancke

Am nächsten Tag ging Nick früher zur Schule. Er wollte sich einreden, es gäbe keinen speziellen Grund dafür. Aber hätte er den Gefühlsrekorder befragt, hätte ihm dieser mit Nicks eigener Stimme erklärt, dass der Grund sogar sehr speziell war.

Nick befand sich in einer verzwickten Lage und er konnte mit niemandem darüber sprechen. Natürlich hätte er sich an seine Freunde wenden können, aber die wussten auch nicht mehr als er. Und seit dem Gespräch, das er am gestrigen Abend mit seinem Dad geführt hatte, war ihm erst recht klar, dass er ihm nicht von der Wahrheit erzählen durfte. Nick brauchte den Rat einer außenstehenden Person. Einer gütigen, weisen und vor allem vertrauenswürdigen Person.

Deshalb ging Nick früher zur Schule, um mit Ms Planck zu reden. Mitch hatte recht – Ms Planck schien wirklich alles zu wissen. Außerdem taten ihre Ratschläge immer mindestens so gut wie eine Schüssel Schokoladenpudding.

Ms Planck war schon in der Mensa und räumte Zimtbrötchen und Croissants in die Vitrine. Ansonsten war niemand zu sehen. Die anderen Mitarbeiter wären nie und nimmer zu einer solch unchristlichen Stunde aufgetaucht.

»Du bist heute aber ein früher Vogel, Nick«, sagte Ms Planck, als sie ihn entdeckte. »Bist du auf Wurmjagd?«

»Ich konnte nicht schlafen«, antwortete er. Er vergrub die Hände im Lieferkarton und half Ms Planck, das eingeschweißte Gebäck in die Vitrine zu sortieren.

Als das erledigt war, kümmerte Ms Planck sich um die warmen Speisen. Sie legte Würste auf den Großküchengrill, kippte Fertig-Rührei in eine radkappengroße Pfanne und fing an, Früchte zu schnippeln. Nick beobachtete staunend, wie Ms Planck, die bescheidene Essensausteilerin, ungeahnte Fähigkeiten offenbarte. Geschickt jonglierte sie ihre vielen Aufgaben – wie eine Künstlerin! Oder eine Wissenschaftlerin! Ja, ihre Art zu kochen war wirklich eine Wissenschaft für sich.

Draußen hellte sich der Tag langsam auf, die letzten Spuren des Nordlichts verblassten. Trotzdem würde es noch gut eine halbe Stunde dauern, bis Nick und Ms Planck Gesellschaft bekämen. Zeit genug zum Reden … wenn Nick gewusst hätte, wie er das Thema anschneiden sollte. Doch irgendwann war es ihm peinlich, bloß dazustehen und Ms Planck bei der Arbeit zuzuschauen, und so legte er los.

»Wenn ich Ihnen sagen würde, dass ich von einem Geheimbund gejagt werde und möglicherweise in Lebensgefahr schwebe, was würden Sie dazu sagen?«

Ms Planck lachte. »Dass du zu viel fernsiehst.« Dann hielt sie inne und dachte nach. »Hat das irgendwas mit deinem Flohmarkt zu tun?«

Nicks Blick zuckte zu ihren Augen. »Woher wissen Sie von meinem Flohmarkt?«

»Du hast mir davon erzählt. Weißt du nicht mehr? Ein paar Tage vor dem schrecklichen Trubel mit dem Asteroiden.«

»Ach ja, stimmt.« Nick räusperte sich. »Also, das Problem ist … das Zeug, das ich damals verkauft habe … das Zeug war ein bisschen wichtiger, als ich sagen wollte.«

Ms Planck wuchtete eine Wassermelone auf die Theke. »Inwiefern?«

»Es hat mal wem anders gehört.«

Aus dem Nichts zauberte sie ein großes, glänzendes Hackbeil hervor. »Und wem?«

»Nikola Tesla.«

In einer einzigen flüssigen Bewegung spaltete Ms Planck die Melone. *Zack.* »Tesla? Dem wahnsinnigen Tesla?«

»Tesla war ein Genie.«

Ms Planck zerhackte die Melonenhälften zu Vierteln. »Seine Experimente haben den Generator des städtischen Kraftwerks durchbrennen lassen. In Colorado Springs war es tagelang stockdunkel.«

»Ein Unfall«, meinte Nick. »Das kommt vor.« Doch Ms Plancks Bemerkung bereitete ihm Kopfschmerzen. Der Mann, der die Apparatur auf seinem Dachboden erfunden hatte, hatte hochpräzise gearbeitet und nichts dem Zufall überlassen. Er baute keine Unfälle.

Oder etwa doch?

»Aber egal«, sagte Nick. »Ich versuche gerade, ein paar der Flohmarktsachen zurückzukaufen, und meine Freunde glauben, Sie könnten mir dabei helfen. Ich glaube das auch, schätze ich. Sie wissen doch immer, was in der Stadt läuft.«

Ms Planck bearbeitete die Melone weiter, um mundgerechte Stücke herzustellen. »Das ist wahr. Wusstest du, dass ich einem Antiquitäten-Liebhaberkreis angehöre? Einige von uns sind ständig auf Flohmärkten unterwegs – ich wette, sie haben ein paar deiner Sachen erbeutet.« Sie sah ihm ins Gesicht. »Du hattest einen Geheimbund erwähnt … denkst du, da ist noch irgendwer anders hinter den Sachen her? Denkst du, jemand ist dir hierher gefolgt?«

Instinktiv warf Nick einen Blick über die Schulter, was ihm aber gleich wieder albern vorkam. »Nein, nein. Kein Mensch weiß, wo ich bin.«

»Gut«, sagte Ms Planck. »Vorsicht ist die Mutter der Porzellankiste.« Sie tat einen Schritt in Nicks Richtung. Melonensaft tropfte von der Klinge des Hackbeils. »Schreib mir doch eine Liste mit den Sachen, die du suchst«, meinte sie mit einem herzlichen Lächeln. »Dann schaue ich, was ich machen kann.«

Das klang doch vielversprechend. Nick griff in den Rucksack, um Stift und Papier herauszuholen.

In extremen Stresssituationen macht das menschliche Gehirn die seltsamsten Sachen. Zum Beispiel, als Nick die Liste für Ms Planck schreiben wollte.

Er riss eine Seite aus seinem Notizbuch und legte sie auf die Küchentheke, durchwühlte den Rucksack nach einem Kugelschreiber und bemerkte dabei nicht, wie nahe der Rand des Papiers an der Gasflamme unter der Eierpfanne war. Das Papier fing Feuer. Schnell zog Nick es beiseite, doch dadurch manövrierte er es bloß auf den Grill, wo die Würste in ihrem Fett brutzelten – und sofort ging das Fett in Flammen auf, die bis zum Edelstahl-Dunstabzug emporschlugen.

Und Nick? Nick war nicht mehr in der Mensa.

Nick befand sich wieder in Tampa, an einem Tag vor fast vier Monaten. Das Feuer! Seine Mutter! Alles ging von vorne los. Ihm war klar, dass er in Wirklichkeit immer noch neben Ms Planck in der Küche stand, doch gegen das absolute Grauen in seinem Inneren war die Vernunft machtlos. Die Flammen waren überall, sie züngelten über jede Wand und jede Oberfläche.

Er packte Ms Planck. »Wir müssen hier raus!« Das Adrenalin verzehnfachte seine Kräfte, und er zerrte so heftig an ihrem Arm, dass das Hackbeil aus ihrer Hand fiel und sich ins Linoleum bohrte. »Schnell! Sonst ist es zu spät!«

Ms Planck riss sich los und schritt mitten in die Flammen.

»Nein!«, brüllte Nick. Was tat sie da nur? Er wollte sie doch retten! Er konnte nicht zulassen, dass sich alles wiederholte!

Ms Planck ging in die Hocke, in die Knie gezwungen von den Rauchschwaden. Nick konnte sich nicht rühren. Er konnte nur noch zusehen, wie …

… wie sie in den Unterschrank griff, einen kleinen Feuerlöscher herauszog, die Düse auf den Grill richtete und den Fettbrand mit einer einzigen Schaumsalve löschte.

»Schade«, seufzte sie. »Die schönen Würstchen.«

Und mit einem Mal begriff Nick, dass die übermächtigen, alles vernichtenden Flammen nur in seinen Gedanken gelodert hatten. In der Realität hatten sie sich auf eine kleine Ecke des Grills beschränkt. Der Rauch hatte sich schon wieder verzogen, er hatte nicht mal den Rauchmelder ausgelöst. Aber das kalte Grauen wollte Nick immer noch nicht loslassen.

»Okay«, sagte Ms Planck. »Schreibst du mir dann die Liste?«

Nick hatte Atemprobleme. Er sehnte sich nach frischer Luft. Nach ein bisschen Wind, der ihm das Gehirn durchpustete. Das Feuer in der Küche war gelöscht, aber in seinen Gedanken tobten die Flammen weiter.

»Ich muss los.« Nick drehte sich um, lief zum Ausgang und stolperte dabei fast über das Hackbeil.

Das Mittagessen zog Nick sich an diesem Tag aus dem Automaten auf dem Flur. Wäre er in die Mensa gegangen, hätte er sich wieder gefühlt wie heute früh. Noch schlimmer als die Angst war die totale Hilflosigkeit.

Nick hatte schon in kritischeren Situationen einen kühlen Kopf bewahrt. Selbst als Vince hinter Beverly Webbs Haustür tot umgefallen war, war er relativ ruhig geblieben und hatte die richtigen Entscheidungen getroffen. Doch dieser Morgen hatte einen dicken, fetten Spalt in seinem seelischen Schutzpanzer offenbart – er neigte zu sinnlosen Panikattacken! Wann würde ihn die nächste erfassen? Vielleicht in einem Moment, in dem er alles verspielen könnte.

Nick versuchte, nicht darüber nachzudenken, und da kam ihm der Unterricht ausnahmsweise gerade recht. Er konzentrierte sich auf die Aufgaben und auf die Vorträge der Lehrer, bis er in Geschichte aus Versehen einen Blick auf Caitlin warf. Sie reagierte mit einem schmalen, möglicherweise entschuldigenden Lächeln.

Mit diesem Lächeln reagierte sie seit Tagen, wenn er sie ansah. Nick hatte keine Ahnung, was es bedeuten sollte, vermutlich hatte sie selbst keine Ahnung. Es war eine unangenehme Situation, und im Moment hatte Nick weder die Zeit noch die Nerven, um sich damit zu befassen. Die Sache würde sich schon irgendwie einrenken, wenn … wenn es eben so weit war. Er konnte jetzt nicht darüber nachgrübeln. Im Moment schleppte er schon genug schwierige Gedanken mit sich herum.

Gedanken an seine Mom, an das Feuer und an das Leben, das er vor dem Umzug nach Colorado verloren hatte. Hinter jeder Ecke seines Gehirns lauerten sie ihm auf und beinahe wäre er an ihnen erstickt. Doch als die letzte Schulstunde endete, hatte er die Flammen endlich gelöscht. Eine leichte Unruhe blieb, aber er war wieder er selbst.

Leider konnte er sich noch nicht von dem anstrengenden Feuerwehreinsatz erholen. Nach der Schule musste er gleich zu Mitch, um die Telefonnummer der Harfenistin herauszufinden.

Mitchs kleine Schwester öffnete ihm die Tür. »Du hast meinem Bruder das Spielzeug verkauft, das so komische Sachen gesagt hat«, verkündete sie, als sie Nick erblickte. »Jetzt ist es kaputt.«

»Ich weiß«, antwortete Nick. »Darf ich trotzdem reinkommen?«

Mit ernster Miene dachte sie über Nicks Ansinnen nach und gewährte ihm schließlich Eintritt.

Nick war zum ersten Mal bei Mitch. Oberflächlich betrachtet war es ein ganz gewöhnliches Haus, doch alles, selbst die Wände, schien Nick zuzuflüstern, dass Mitchs Vater nicht mehr da war. Oder bildete er sich das nur ein?

Mitchs Zimmer war ein richtiger Schweinestall – und so ähnlich, dachte Nick, sah es wahrscheinlich auch in Mitchs Kopf aus. Nick hatte Mitch erst nach Mr Murlós Festnahme kennengelernt und konnte daher nicht wissen, ob sein Freund auch früher schon ein Riesenchaot gewesen war. Aber er spürte, dass das Durcheinander in Mitchs Zimmer eine direkte Folge seines Familiendurcheinanders war. Als wäre Mitchs Leben von einem Wirbelsturm eingesogen worden, der die Trümmer kreuz und quer auf den Boden gespuckt hatte.

»Ich hab die Nummer schon!« Mitch saß gut getarnt zwischen seinem Gerümpel und winkte Nick mit einem Zettel zu. »Ich hab bei dem Café angerufen, wo die Harfenlady auftritt, und ihnen gesagt, dass ich bei ihr Harfenunterricht nehme und dass ich ihre Telefonnummer vergessen habe.«

»Und die haben dir die Nummer einfach so gegeben?«

»Ja. Ich war selbst überrascht. Vor allem, weil ich der schlechteste Lügner der Welt bin.«

»Hast du sie schon angerufen?«, fragte Nick.

Mitch reichte ihm den Zettel. »Das überlasse ich dir.«

Nick stellte das Telefon laut. Wenn Mitch schon die Nummer ermittelt hatte, sollte er auch bei dem entscheidenden Anruf dabei sein.

»Hallo, Ms … Deveraux?« Nick las den Namen vom Flyer ab und war überzeugt, ihn falsch ausgesprochen zu haben.

»Am Apparat«, sagte die Dame.

»Ich, äh … ich hab vor ein paar Wochen einen Flohmarkt veranstaltet?« Dummerweise klang es nach einer Frage. »Und Sie haben da eine Harfe gekauft?«

»Ah! Du willst die Harfe zurück, nicht wahr?«, sagte sie sofort. Sie klang weder überrascht noch besorgt, was Nick sowohl überraschte als auch Sorgen bereitete.

»Ja, können wir morgen Vormittag vorbeikommen?«, platzte Mitch heraus. »Bloß, um drüber zu reden?«

Die Dame stimmte ohne Weiteres zu – am nächsten Tag um neun Uhr früh. Nachdem sie aufgelegt hatten, drehte Nick sich zu Mitch: »Kam dir das auch seltsam vor?«

»Auch nicht seltsamer als alles andere«, erwiderte Mitch, und damit hatte er recht. Jede Messlatte für den Seltsamkeitsfaktor eines Ereignisses war in den letzten Wochen zu Sägespänen zerkleinert worden. Nick hoffte, das morgige Abenteuer würde wenigstens nicht so schmerzhaft verlaufen wie ihre Auseinandersetzung mit dem schwerelosen Kraftsportler.

Bis dahin freute er sich darauf, endlich nach Hause zu gehen, sich auf das Wohnzimmersofa zu schmeißen und die Welt für ein paar Stunden auszusperren.

Unglücklicherweise hatte sich die Welt bereits in Nicks Wohnzimmer breitgemacht.

Als er die Tür öffnete, sah er seinen Vater auf dem Sofa sitzen, und ihm gegenüber saß keine andere als Beverly Webb.

In null Komma nichts reimte Nick sich zusammen, was geschehen war: Kaum hatte sich Beverly Webbs Sohn von seinen Pizzaproblemen erholt gehabt, hatte er Nick identifiziert, und seitdem warteten Beverly und Nicks Vater darauf, ihn hinterrücks als Einbrecher zu enttarnen.

Nicks Instinkt riet ihm, *Ich war's nicht!* zu schreien. Dann riet er ihm, sich umzudrehen und die Beine in die Hand zu nehmen. Doch Nick hielt lieber den Mund und wartete auf das Unvermeidliche.

»Nick«, sagte sein Vater mit strenger Stimme.

»Äh ... ja?«

»Wie du siehst, haben wir Besuch von Beverly. Und auch von Seth ...«

Nick stählte sich für den entscheidenden Schlag.

»Seth gibt Danny ein bisschen Baseball-Nachhilfe.«

Nick atmete tief ein und langsam wieder aus. »Baseball-Nachhilfe. Verstehe.«

Beverly betrachtete ihn voller Wärme und Mitgefühl. »Nick«, sagte sie. »Ich will, dass du weißt, dass ich dir wegen neulich nicht böse bin oder so.«

»Danke.« Nick atmete erneut tief ein. »Und wo ... wo ist Seth?«

»Danny und er sind hinten im Garten«, antwortete sein Vater. »Beverly und Seth bleiben übrigens zum Abendessen – und bevor du jetzt wieder irgendwie rumspinnst: Das war meine Idee. Bei den beiden wurde gerade eingebrochen, und da dachte ich mir, es wäre vielleicht besser, wenn sie den Abend bei Freunden verbringen.«

»Eingebrochen!?«, erwiderte Nick und fragte sich, wie überzeugend er wohl klang. »Wurde was geklaut?«

Beverly schüttelte den Kopf. »Nein. Wir haben sie noch überrascht, als wir nach Hause gekommen sind. Seth hat den einen sogar noch deutlich gesehen. Ein Riesenkerl. Beängstigend.«

»Sicher nur irgendein armseliger Knallkopf«, meinte Nicks Dad. »Die kommen bestimmt nicht zurück.«

Nicks Vater hatte chinesisches Essen bestellt (Pizza kam momentan nicht infrage), und vor Nicks geistigem Auge lief bereits das Abendessen ab: Seth und er saßen nebeneinander am Tisch, und … und was dann geschah, gefiel ihm nicht.

»Wisst ihr was?«, sagte Nick. »Ich hab noch haufenweise Hausaufgaben. Ich glaube, ich lass das Abendessen heute ausfallen.«

Sein Vater wollte protestieren, doch Beverly hielt ihn zurück. »Schon gut, Wayne. Wirklich.«

Da sie sowieso dachte, Nick wäre unhöflich zu ihr, hatte er kein Problem damit, wirklich unhöflich zu sein. Ohne sich zu verabschieden, rauschte er an ihr vorbei und ging in die Küche, um sich etwas zu trinken zu holen. Auf dem Weg durch den Flur nahm er das einzige Familienfoto von der Wand, das den Brand überlebt hatte, und schob es unauffällig unter seine Jacke. Auch darauf durfte Seth sein Gesicht nicht sehen.

Wäre Seth ein bisschen mehr auf Zack gewesen, hätte er vielleicht bemerkt, dass er zu der Adresse zurückgekehrt war, wo er den Fleckenentferner erworben hatte. Oder ihm wäre vielleicht aufgefallen, dass der Junge, der ihm den Fleckenentferner verkauft hatte, vor Kurzem in sein Zuhause eingebrochen war. Aber wie es aussah, hatte Nick noch mal Glück gehabt. Solange Seth ihn nicht sah, war er in Sicherheit.

Doch wenn sich Seths Mutter weiter an Nicks Vater heranmachte, müsste er auf Dauer sehr viel Glück haben.

Über diese Problematik dachte Nick nach, während er am Kühlschrank stand – bis ihm plötzlich einfiel, wie er zumindest eines seiner Beverly-Probleme lösen konnte.

Er durchsuchte den Kühlschrank und fand schließlich das ideale Getränk: Granatapfelsaft. Davon schenkte er sich ein schönes, hohes Glas ein, bevor er mit ausgefahrenen Ellenbogen ins Wohnzimmer zurückkehrte.

Unfälle können schon mal vorkommen, darauf hatte Nick noch am selben Morgen hingewiesen. Nick kollidierte mit Beverly, ließ dadurch beinahe das Glas fallen, und ein Schwall blutroten Granatapfelsafts ergoss sich auf sein weißes Hemd.

»Nick! Pass doch auf!«, schimpfte sein Vater.

»Tut mir leid.«

»Es war meine Schuld«, sagte Beverly.

»Nein, war es nicht«, erwiderte Nick und begriff erst danach, dass er viel zu ehrlich war. »Ich meine, schön wär's, aber leider war es meine eigene Schuld.« Er blickte an sich hinab. »Na super. Ein Riesenfleck. Auf meinem Lieblingshemd!«

»Ich hol schnell eine Serviette«, meinte Beverly.

»Lassen Sie's. Es hat sich schon vollgesogen.«

»Aber wenn wir den Saft gleich auftupfen …«

»Das glauben Sie doch selbst nicht«, entgegnete Nick. »Das ist Granatapfelsaft. Das geht nie wieder raus.«

»Tja«, sagte sein Vater. »Schade um das schöne Hemd.«

»Das ist ein Fleck für die Ewigkeit«, stellte Nick fest.

Beverly schüttelte den Kopf. »Ja, wirklich schade.«

»Das Hemd ist hinüber«, klagte Nick. »Kein Fleckenmittel kriegt einen Granatapfelfleck aus einem weißen Hemd raus.« *Meine Güte*, dachte er, *ich komme mir hier vor, als würde ich zwei Stöckchen aneinanderreiben, um Feuer zu machen!* »Kein Fleckenmittel der Welt.«

»Da fällt mir ein«, sagte Beverly endlich, »ich hab einen Fleckenentferner zu Hause, der kriegt alles aus allem raus!« Sie streckte die Hand aus. »Gib her.«

Nick starrte sie verständnislos an. »Wie bitte?«

»Zieh dein Hemd aus. Ich nehm's mit nach Hause, und wenn du es zurückbekommst, ist es wieder wie neu.«

»Äh …«

»Das ist sehr nett von dir, Beverly«, meinte Nicks Dad.

»Na gut …« Da kam ihm der nächste Geistesblitz. »Ich tu nur schnell das Glas weg.« Nick beugte sich zum Beistelltisch, um das nun halb leere Glas abzustellen.

In Nicks Augen war das Glas halb voll.

In einem Anfall absichtlicher Tollpatschigkeit stieß er mit dem Arm gegen die Tischlampe – und das Glas flog aus seiner Hand und verteilte seinen purpurfarbenen Inhalt auf dem elfenbeinweißen Sofa.

»Mann!«, rief Nick.

»Du haust heute echt nur daneben«, knurrte sein Vater.

Nick riss das Sofapolster heraus und hielt es Beverly hin. »Das nehmen Sie dann besser auch noch mit.«

»Wisst ihr was?«, sagte Beverly seufzend. »Ich bringe den Fleckenentferner einfach das nächste Mal mit.«

Gleichzeitig knallte die Hintertür. Nick hörte, wie sein Bruder und Seth hereinkamen.

»Gute Idee«, antwortete Nick. Dann sprang er mit großen Schritten die Treppe hinauf, rettete sich auf den Dachboden und fuhr die Leiter ein, ehe Seth ihn sehen konnte.

14. Sekunde noch

Um die Harfe nach Hause zu holen, mussten sie zu zweit sein. Noch besser wäre ein Auto gewesen, aber dazu hätte Nicks Vater an der Mission teilnehmen müssen, und Nick hatte sich geschworen, ihn aus allem herauszuhalten.

Andererseits hatte ein Privatflohmarkt in der Garageneinfahrt einen großen Vorteil: Die meisten Sachen landeten in der Nachbarschaft. Auch die Harfe, die überraschenderweise nur zwei Straßen weiter auf Nick und Co. wartete.

Nicks Dad und Danny waren frühmorgens zum Baseballtraining aufgebrochen und würden nicht vor Mittag zurückkehren. Nick und Mitch könnten die Harfe also nach Hause schleifen, ohne eine nervige *Warum-schleift-ihr-da-eine-Harfe-durchs-Haus*-Diskussion führen zu müssen.

Mitch traf überpünktlich ein, doch er wirkte leicht desorientiert. Nick vermutete, dass er noch unter den Nachwirkungen des Freitagabends litt. Ein Abend mit Petula hätte jedem Menschen die Lebenskraft entzogen.

»Glaubst du, die Harfenlady rückt die Harfe einfach so raus?«, fragte Mitch und gähnte.

»Wenn nicht, werden wir sie schon irgendwie überreden«, meinte Nick.

»Glaubst du, wir können das Ding überhaupt tragen?«

»Es ist keine ausgewachsene Harfe. Und ich kann mich erinnern, dass sie leichter war, als sie aussah.« Doch es gab noch ein anderes Problem: Jorgenson und die Accelerati waren immer noch hinter Nick her – vielleicht beobachteten sie ihn. Sie müssten die Harfe irgendwie abdecken, bevor sie sie durch die Straßen schleppten. Dann wüssten die Accelerati zwar, dass Nick die nächste Erfindung zurückerobert hatte, aber wenigstens nicht welche.

Nick schlang eine Handvoll trockener Frühstücksflocken herunter. Aber als er aufbrechen wollte, läutete es.

Er zögerte. In der Tür war kein Guckloch. Er müsste sie öffnen, um herauszufinden, wer auf der anderen Seite stand. *Moment*, dachte Nick. *Seit wann habe ich eigentlich Angst davor, die Tür aufzumachen?*

»Erwartest du noch irgendwen?«, fragte Mitch.

Statt zu antworten, würgte Nick die Furcht hinunter und riss die Haustür besonders weit auf, um es seinen grundlosen Ängsten mal so richtig zu zeigen.

Vor ihm stand ein blondes Mädchen mit sonnengeröteten Wangen. Ein erstaunlich großes und erstaunlich durchtrainiertes Mädchen, das mit grauen, zugleich kühlen und feurigen Augen auf ihn hinabblickte. »Bist du startklar?«, fragte sie.

»Wo ist deine Armbrust?«

Nick suchte nach einer annähernd sinnvollen Antwort auf diese beiden Fragen, aber ihm fiel keine ein. »Sekunde noch«, murmelte er und schloss die Tür, um sich einige Sekunden Bedenkzeit zu gönnen.

»Du hast eine Armbrust?«, fragte Mitch. »Das hast du mir gar nicht erzählt. Kann ich mal sehen?«

»Ich hab keine Armbrust.«

»Aber das Mädchen hat doch gesa-«

»Geh doch mal eine Decke suchen, mit der wir die Harfe abdecken können. Ich kümmere mich um unseren Gast.«

Als Mitch verschwunden war, atmete Nick durch und öffnete wieder die Tür.

Das Muskelmädchen musterte ihn eindringlich. »Ich sehe immer noch keine Armbrust.« Sie hielt ihre eigene Armbrust hoch – ein Edelstahlungetüm, das aussah, als bräuchte man mindestens drei Mann, um es zu tragen.

»Äh … kennen wir uns?«, fragte Nick.

»Ach, stimmt. Sorry. Ich hab das Gefühl, wir kennen uns schon ewig, weil wir so viel gechattet haben.« Sie streckte die Hand aus. »Hi, Nick. Ich bin Val. Freut mich sehr, dich endlich persönlich kennenzulernen. Komm, gehen wir ein paar Karnickel erschießen.«

Nick kam immer noch nicht ganz mit. Doch sein geistiger Motor war halbwegs vorgewärmt und so konnte er das Gespräch wenigstens in den Leerlauf schalten. »Ach, war das heute?«

»Du hast mich doch gestern Abend eingeladen«, antwortete Val. »Samstagmorgen in aller Frühe. Das hast du geschrieben.« Ein leichter Schatten legte sich auf ihr Gesicht. »Du hast's doch nicht vergessen?«

Wenn Nick eines wusste, dann, dass man sich nicht mit einem Mädchen anlegen sollte, das einen beim Armdrücken mit dem kleinen Finger besiegen könnte. Vor allem, wenn es zusätzlich mit einer Armbrust bewaffnet war.

»Nein, nein, natürlich nicht«, sagte er. »Das Problem ist nur … ist echt blöd jetzt, aber meine Armbrust ist gerade in der Reparatur.«

»Kein Ding.« Val griff in ihre übergroße Sporttasche. »Ich hab noch eine Ersatzarmbrust dabei.« Sie streckte ihm eine Waffe entgegen, die zum Glück etwas kleiner und leichter wirkte als ihre eigene.

So viel war klar: Irgendwer hatte Nick einen Streich gespielt, indem er sich im Internet als Nick Slate ausgegeben und diese nette Verabredung arrangiert hatte. Aber wer? Caitlin? Nein, so hinterhältig war sie nicht. Oder doch? Immerhin hatte sie einen alten Juwelier durch fiese Manöver dazu gebracht, über die Accelerati zu plaudern. Und kurz danach hatte Jorgenson den armen Mr Svedberg getötet.

Schüchtern lächelnd trat Mitch hinter Nick. »Geh nur, Nick. Ich mach das schon.«

»Aber …«

»Komm«, drängelte Val. »Du kannst auf meinem Motorrad mitfahren.«

»Du hast ein Motorrad?« Nick konnte es selbst kaum fassen, aber obwohl es im Moment wirklich Wichtigeres gab, fand er die Sache immer interessanter.

»Ja«, sagte Val. »Ich kenne da ein tolles Wildreservat. Da darf man mithelfen, den Kaninchenbestand zu regulieren.«

Unter normalen Umständen hätte Nick ein Mädchen mit zwei Armbrüsten und einem Motorrad viel spannender gefunden als irgendeine Lady mit einer Hundeharfe ohne Saiten. Doch es war Teslas Hundeharfe, und kaum dachte er an Tesla, spürte er wieder die unwiderstehliche Anziehungskraft der halb fertigen Apparatur auf dem Dachboden.

»Tut mir leid«, meinte er und kratzte sich verlegen am Kopf, »aber ich kann heute nicht.«

Val bedachte ihn mit einem Blick, der ihn bis ins Mark erzittern ließ. »Ach so? Also bin ich ganz umsonst hierher gegurkt?«

»Nick.« Mitch nahm ihn beiseite und redete leise auf ihn ein. »Du kannst ruhig fahren.«

»Kann ich nicht. Wir müssen die Harfe …«

»Ich gehe mit Petula hin. Ich rufe sie gleich an, dann schaffen wir es immer noch pünktlich.«

Nick schüttelte den Kopf. »Vergiss es.«

Mitch betrachtete ihn mit einer Mischung aus Betrübnis und Strenge. »Du sagst immer, dass wir ein Team sind, und dann willst du doch fast alles selber machen.«

»Ja, aber nur, weil …«

»Weil du denkst, dass ich eh nichts auf die Reihe kriege. Na los, sag's mir ins Gesicht!«

»Nein, Mitch, das denke ich überhaupt nicht.«

»Dann beweis es mir. Lass mich einfach mal machen. Dann werde ich's dir schon zeigen.«

Nick fühlte sich in die Enge getrieben. Aber vielleicht hatte sein Freund recht – bei Teslas Erfindungen tat er sich wirklich schwer, anderen zu vertrauen. Und Mitch hatte sein Vertrauen verdient.

»Na los«, sagte Mitch. »Val wartet auf dich.«

Nick drehte sich zu dem Mädchen. »Okay. Ich habe doch Zeit.« Er nahm die kleinere Armbrust entgegen. »Solange wir den Menschenbestand in Ruhe lassen …«

»Wie süß«, sagte Val. »Den Joke hab ich nur leider schon tausendmal gehört.« Sie drehte sich um und marschierte zu ihrem Motorrad. »Kommst du? Wird's bald!?«

»Okay«, sagte Nick zu Mitch. »Ihr geht die Harfe gleich jetzt holen? Versprochen?«

»Ehrenwort.«

»Aber seid vorsichtig – wir haben keine Ahnung, was das Ding draufhat.«

»Ich bin doch immer vorsichtig.«

»Ja, klar. Außer praktisch jeden Tag.«

Mitch nickte, als müsste er einsehen, dass Nick die Wahrheit sagte. »Dann mache ich heute mal eine Ausnahme.«

Das unhöfliche Aufheulen des Motorrads beendete ihr Gespräch. Mit Val im Sattel sah die leichte Geländemaschine fast nach einer Harley aus. Wenn Caitlin dachte, dieses stressige Machomädchen könnte Nick aus dem Konzept bringen, hatte sie sich geschnitten. Er würde das Date voll auskosten, nur um sie zu ärgern. Und um ein paar Kleintiere zu killen.

Er kletterte hinter Val auf den Sattel und knatterte mit ihr zur Jagd. Mitch und Petula würden den Auftrag schon ordnungsgemäß erfüllen.

Caitlin wusste nichts von Val. Sie war unterwegs zu Nick, im Gepäck den erstaunlichen Abakus und die Hoffnung, dass Teslas Erfindung nicht nur mathematische Fähigkeiten wecken, sondern auch den Graben zwischen zwei Menschen überbrücken konnte.

Da rauschte Nick an ihr vorbei – auf dem Rücksitz einer Geländemaschine, hinter einem Mädchen mit versteinertem Gesicht, fliegendem Haar und ... einer Waffe auf dem Rücken?

Die beiden bretterten die Straße hinunter, ohne dass Nick Caitlin gesehen hatte.

Man kann sich vorstellen, wie wütend Caitlin war. Sie wusste nur nicht, auf wen sie wütend sein sollte oder was das alles genau zu bedeuten hatte. Sie hätte früher mit Nick reden müssen. Sie hatte ihn in die Wüste geschickt, obwohl er gar nichts verbrochen hatte. Er hatte bloß den Mut zusammengekratzt, sie nach einem Date zu fragen.

In einem Zustand erboster Taubheit setzte Caitlin ihren Weg fort. Sie würde ihm den Abakus einfach vor die Tür stellen. Doch in der Einfahrt sah sie Mitch, der panisch in sein Handy redete.

»... keine Ahnung, wo du bist, Petula, aber ich rufe jetzt schon zum dritten Mal an«, sagte er. »Okay. Ich komme jetzt einfach zu dir und warte dort, bis ...«

Caitlin drückte ihm die verbleite Abakushülle in die Hand.

»Hier«, sagte sie, »das ist für Nick. Du kannst ihm ausrichten ...« Sie dachte eine Sekunde nach. »Oder nein, du richtest ihm gar nichts aus. Gib ihm das Ding einfach.«

Dann ging sie nach Hause, zertrümmerte einen Haufen Zeug und klebte die Überreste auf mehrere Leinwände. Man sah ihren Werken an, dass die Künstlerin noch nie mit so viel Leidenschaft bei der Sache gewesen war.

Warum war sie so aufgewühlt? Das nervte Caitlin total. Sie war ein gut aussehendes, beliebtes, intelligentes Mädchen. Ihr Lebensglück hing nicht von der Zuneigung eines einzigen Typen ab. Und trotzdem war es ein mieses Gefühl, dass sich dieser Typ plötzlich für eine andere interessierte.

Caitlin war stolz darauf, eine Frau der Tat zu sein, und heute musste sie mehr tun, als nur ein paar weitere *Zerschmeißterwerke* zu erschaffen, wie ihre Eltern ihre Kreationen nannten. Ehe etwas wirklich Neues entstehen konnte, musste das Alte zerstört werden.

Sie ging in die Küche, nahm das Festnetztelefon ab und wählte Theos Nummer. Seit einiger Zeit konnte sie es nicht mehr mit ihrem Gewissen vereinbaren, ein »Smartphone« mit Theos dümmlicher Stimme zu belästigen.

Schon Theos ersten Worten war anzuhören, dass er abgelenkt war. Keine Frage, er glotzte ein Footballspiel. Er hatte sich aus dem Gespräch ausgeklinkt, ohne sich jemals eingeklinkt zu haben.

Nach ein bisschen mikroskopisch kleinem Small Talk kam Caitlin zur Sache. »Ich finde, wir sollten uns endlich offiziell trennen.«

»Ja, klar«, antwortete Theo geistesabwesend. »Wir ... äh, was!?«

»Wir lernen nicht mehr zusammen, wir stehen nicht mehr

zusammen auf dem Gang rum, und du kommst nicht mehr zu mir nach Hause, nur weil du Hunger hast.«

Einen Moment lang war es still. Theo musste die Neuigkeiten erst verarbeiten. »Was? Ich darf nicht mal mehr bei euch *essen*?«

»Ganz genau. Tut mir leid, Theo, aber ich glaube, es ist wirklich besser so.«

»Warte«, sagte er. »Bist du sauer wegen dem Galileo-Maskottchen?«

Caitlin hatte keine Ahnung, was er damit meinte, aber warum nicht? »Ja, Theo. Ich bin sehr sauer deswegen.«

Dann legte Caitlin auf, zerdepperte das Telefon und pappte es auf eine Leinwand.

15. Stringtheorie

Im Gegensatz zu Caitlin wusste Petula von Val. Petula höchstselbst war im Internet in Nicks Rolle geschlüpft. Sie hatte schon vor einer Weile damit begonnen. Anfangs war es nur ein spaßiger Zeitvertreib gewesen, doch seit Kurzem verfolgte sie ein konkretes Ziel.

In einem Chat für Fans mittelalterlicher Waffen hatte sie ein Profil für Nick angelegt, sich nach dem furchterregendsten Mädchen weit und breit umgeschaut und dieses Mädchen in ein Gespräch verwickelt, um Nick eines Tages blöd dastehen zu lassen. Also genau heute.

Es war ein Kinderspiel. Mit ihren hervorragenden Kenntnissen vorsintflutlicher Mordwerkzeuge hatte Petula ihre Chatpartnerin gefesselt wie eine Ketzerin kurz vor dem Vierteilen. Und während Nick noch in seiner Haustür stand und verzweifelt versuchte, die schwerbewaffnete Teenie-Jägerin hinzuhalten, war Petula längst vor Ort: Sie wartete vor dem Haus der Harfenistin auf Ms Planck.

Inzwischen hatte sie schon drei Anrufe von Mitch ignoriert. Sie wusste, wieso er sie erreichen wollte, und hörte seine Nachrichten nur wegen der wohltuenden Wirkung seiner zunehmend entsetzten Stimme ab.

»Die Accelerati werden stolz auf dich sein, Petula«, sagte Ms Planck, als sie eintraf. »Sie werden nicht vergessen, dass wir das Objekt nur mit deiner Hilfe finden konnten. Du wirst den inneren Kreisen des Geheimbunds sehr viel näher rücken, und man wird dir endlich den Respekt zollen, den du verdient hast.« Sie machte eine Pause. »Und ich kann den Erfolg auch gut gebrauchen – ich muss endlich beweisen, dass meine Bemühungen Früchte tragen. Wusstest du, dass ich Nick beinahe dazu gebracht hätte, mir eine Liste der vermissten Objekte zu schreiben? Damit wäre ich die Königin des Accelerati-Balls gewesen!«

»Die Accelerati veranstalten Bälle?«

»Aber Petula!« Ms Planck schüttelte den Kopf. »Das ist eine Redensart.« Dann dachte sie kurz nach. »Vielleicht könntest du Nick bezirzen, damit er dir eine Liste schreibt?«

Ja, klar, dachte Petula, *wenn Schweine fliegen könnten ...* wobei fliegende Schweine viel realistischer waren als Ms Plancks Vorschlag. Petula hatte von einigen bemerkenswerten Experimenten in den Genforschungslaboren der Accelerati gehört.

Das Haus der Harfenistin war nichts Besonderes – eines unter vielen in einer Straße aus identischen einstöckigen Bauten. Als Petula die Hand hob, um zu klingeln, schwang die Tür von selbst nach innen.

Die Frau, die vor ihnen stand, durfte Mitte dreißig sein, trug ein bequem geschnittenes Blumenkleid und strahlte eine tiefe

Zufriedenheit aus. So zufrieden wirkten eigentlich nur Menschen, die vor lauter Dummheit nicht kapierten, was für ein armseliges Leben sie führten.

»Hallo«, sagte sie in einem melodischen Singsang. »Ihr kommt wegen der Harfe, oder? Ich hatte zwei junge Männer erwartet, aber die Dinge ändern sich, nicht wahr?«

Die Frau lächelte ununterbrochen. Es war ein sehr beruhigendes Lächeln – ein beunruhigend beruhigendes Lächeln. Ihre Aura des inneren Friedens und der absoluten Vertrauenswürdigkeit machte Petula verdammt misstrauisch.

»Kommt doch rein«, meinte die Frau. »Bleibt ein bisschen. Es gibt keinen Grund zur Eile.«

Doch sobald sie die Türschwelle überquert hatten, kam Ms Planck zum Geschäftlichen. »Die Harfe ist Teil einer Sammlung, die man niemals hätte auseinanderreißen dürfen. Ich hoffe, Sie verstehen, dass wir nicht darauf verzichten können.«

»Aber natürlich.«

»Wir kaufen sie Ihnen auch ab«, drängte Petula sich in die Verhandlung.

»Und wir zahlen Ihnen deutlich mehr, als Sie gezahlt haben«, fügte Ms Planck hinzu.

Die Frau sah ihre beiden Gäste an. Ihre Augen schienen genauso herzlich zu lächeln wie ihre Lippen. »Ach, ich will kein Geld dafür. Ich schenke sie euch. Mir ist klar geworden, dass ich sie nicht behalten kann. Die Harfe hat mein Inneres berührt – jetzt lasse ich sie gerne weiterziehen.«

Ihr Entgegenkommen steigerte Petulas Misstrauen zusätzlich und Ms Planck ging es sicherlich ähnlich. Ms Planck wusste besser als jede andere, dass es im Leben nichts umsonst gab. Nicht mal den Mittagsschleim in der Mensa.

»Was wollen Sie dann?«, fragte Petula. »Irgendwas müssen Sie doch wollen.«

Doch Ms Planck stupste sie sanft an, um sie zum Schweigen zu bringen. »Können Sie uns die Harfe zeigen?«

Die Frau führte sie in einen Hobbyraum, wo die Harfe neben einem kurzen Konzertflügel stand. Sie war etwa 1,20 Meter hoch und aus einem metallischen, blaugrauen Material mit goldenen Schmuckelementen gefertigt. Ein wunderhübsches Instrument mit einem kleinen Schönheitsfehler.

»Keine Saiten?«, sagte Petula.

Die Frau stieß ein zartes Kichern aus. »Oh doch, sie hat Saiten. Wie wär's, wenn ich euch ein bisschen was vorspiele?«

Petula war es ein Rätsel, wie die Frau auf einer Harfe ohne Saiten spielen wollte. Doch Ms. Planck nickte. »Ja, das wäre schön. Sehr nett von Ihnen.«

Die Frau rückte sich einen niedrigen Hocker zurecht, kippte die Harfe auf ihre Schulter und fing an, mit ihren Fingern durch den leeren Raum zu streichen, den eigentlich die Saiten ausfüllen müssten.

Petula hörte nichts. Keinen Ton. Aber sie spürte die Musik. Sie hallte in ihrem Inneren wider, nicht in ihrem Bauch, sondern in einer Tiefe, von der sie nichts geahnt hatte – oder die ihr bis jetzt verschlossen gewesen war. Als lauschte sie dem Rauschen des Urquells ihrer Seele.

»Oh Gott«, flüsterte Ms Planck. »Die Harfe ist mit *kosmischen* Saiten bespannt – *mit kosmischen Strings.*«

Petula hatte von der Stringtheorie gehört: Angeblich besteht das Universum aus unsichtbaren Fäden, die sich über die drei Dimensionen hinaus erstrecken, die wir Menschen mit unseren Sinnen wahrnehmen können. Es war kein Wunder, dass die Frau lächelte, als wäre sie auf einer Wellenlänge mit der Unendlichkeit. Sie klimperte auf dem All herum!

Dann setzte das Geheul ein. Der Mann am Beef-O-Rama hatte keine Märchen erzählt – die zarte Harfenmelodie, die das menschliche Hörvermögen nicht wahrnehmen konnte, reizte die Hunde der Nachbarschaft wie eine Ultraschallpfeife. Sie sangen mit, sie jaulten die Harmoniestimme. Es war keine Musik, da hatte der Mann recht gehabt. Aber was auch immer es war, Petula wollte, dass es nie vorüberging.

»Danke«, sagte Ms. Planck. »Das war ganz wundervoll. Aber wir müssen jetzt wirklich gehen.«

Die Frau blickte auf. Sie sah nicht Ms Planck an, sondern Petula, die das Zimmer durchquert hatte und nun einen knappen Meter vor ihr und der Harfe stand. Ohne dass sie es bemerkt hätte, war Petula von der unhörbaren Musik angelockt worden. Ihre eigenen Beine hatten sie verraten! Später müsste sie sich eine passende Bestrafung ausdenken.

»Du willst auch mal spielen, oder?«, fragte die Frau freundlich. »Ja, das ist eine gute Idee.«

»Nein!« Ms Planck zerrte Petula zurück und beugte sich zu ihrem Ohr. »Kosmische Strings sind launisch und unberechenbar. Man sollte ihnen nicht zu nahe kommen.«

»Aber wenn ich sie nur einmal anschlage …«, murmelte Petula. »Das kann doch nicht schaden.«

»Und ob. Schau sie dir nur an.« Gemeinsam drehten sie sich um und betrachteten die lächelnde Frau. Ihre Augen starrten durch sie hindurch in eine ferne Dimension. »Die ist doch nicht mehr ganz bei Trost!«, zischte Ms Planck.

Dann wandte sie sich wieder an die Hausherrin. »Wir müssen aufbrechen. Petula, du nimmst das obere Ende, das ist leichter. Und pass bloß auf, dass du nicht an die Saiten kommst. Ich fasse unten mit an.«

Die Frau wich zurück, um ihnen Platz zu machen. Doch an der Haustür stellte Ms Planck den Sockel noch einmal ab. »Warte hier«, sagte sie zu Petula und kehrte zu der Frau zurück. »Ich kann die Harfe nicht mitnehmen, ohne Ihnen etwas zu hinterlassen.«

Die Frau atmete hörbar aus – ein wohliges, aber auch wehmütiges Seufzen. »Ja«, flüsterte sie. »Ich weiß.«

»Es wird Ihnen nicht gefallen. Aber es muss sein.«

»Ich weiß«, sagte die Frau abermals.

Petula lauschte der Transaktion nur mit halbem Ohr. Selbst jetzt, wo sie verstummt waren, schwangen die kosmischen Strings in ihrem Inneren nach. Petula streckte den kleinen Finger aus, bewegte ihn in den scheinbar leeren Raum, bis sie auf einen kaum merklichen Widerstand stieß, und zupfte an einer unsichtbaren Saite.

Sie spürte es sofort. Es war ein überwältigendes Gefühl, viel zu intensiv, um es auf die Schnelle zu verarbeiten. Und das war nur eine einzige Saite gewesen. Petula konnte sich kaum vorstellen, welchen Effekt es haben würde, alle Saiten gemeinsam zu spielen. Vor allem, wenn man Harfe spielen konnte.

Offenbar hatte Ms Planck die Schwingung registriert. Ihre zornigen Augen huschten zu Petula. »Ich hatte es dir doch verboten.«

»Es war ein Versehen!«, erwiderte Petula. »Ich wollte da nicht hinfassen!«

»Sie hat zu dir gesprochen!«, rief die Frau und strahlte, als hätte sich ihr sehnlichster Wunsch erfüllt. »Was hat sie dir gesagt? Was?«

Petula schüttelte bloß den Kopf.

»Es reicht!«, keifte Ms Planck. »Vielen Dank für Ihre freundliche Mithilfe, aber wir sind hier fertig.« Sie zog etwas aus der Tasche. Es war kein Geldschein und keine Münze, sondern eine kleine Silberkugel, etwa so groß wie eine Kirsche. Als Ms Planck die Murmel vor die Füße der Frau fallen ließ und ein paar rasche Schritte zurückwich, begann die Umgebung, sich zu verwandeln. Die Farben des Hobbyraums verblassten. Mit einem scharfen Klirren rissen die Klaviersaiten.

Ms Planck hob den Sockel der Harfe an. »Gehen wir.«

Doch ob Petula wollte oder nicht, sie musste noch einmal zurückblicken – und hätte sie ein schwächeres Gemüt gehabt, hätte sie geschrien. Auf der Haut der Frau bildeten sich Runzeln. Ihre Kleidung zerfiel zu Lumpen. Trotzdem lächelte sie. Trotzdem sah sie Petula fest in die Augen.

»Was ist das?« fragte Petula. »Was haben Sie getan?«

»Das ist ein sogenannter Temporalbeschleuniger«, antwortete Ms Planck. »Man könnte auch sagen: eine Zeitbombe.«

Petula begriff, was sich hier abspielte: In einem Umkreis von etwa drei Metern um die Silberkugel alterte alles mit unglaublicher Geschwindigkeit. Auch die Frau selbst. Sekunden wurden zu Jahrzehnten. Die Frau sah aus wie fünfzig, wie sechzig, wie achtzig. Ihr Haar ergraute, ihre Haut warf Falten, ihr Körper verdorrte vor Petulas Augen.

»Mach dir keine Gedanken, Kleine«, drang die krächzende Stimme einer Greisin aus der Zeitblase. »Ich bin vollendet ... es ist gekommen, wie es kommen sollte ...«

Ihr Lächeln erstarrte zum hageren Grinsen eines Skeletts. Ihre Knochen krachten herunter und zerbröselten. Auch das Piano brach zusammen, und als die Blase verging, war der Hobbyraum kaum wiederzuerkennen. Nur der rostige Korpus des Flügels lag noch auf dem staubigen, rissigen Boden. Die Zeit hatte sich das Zimmer einverleibt.

»Wir tun, was wir tun müssen«, sagte Ms Planck. »Denk nicht zu lange drüber nach, Petula.«

Petula war fest entschlossen, ihrem Rat zu folgen. Wenn sie ein vollwertiges Mitglied der Accelerati werden wollte, durfte sie sich nicht von Gefühlen oder Gewissensbissen aufhalten lassen. Es tat nichts zur Sache, dass sie eben mit angesehen hatte, wie ein Mensch zerfallen war. Sie waren hierhergekommen, um die Harfe zu holen, und das war ihnen gelungen. Damit war die Sache erledigt.

Der einzige Haken war, dass die Tote recht gehabt hatte – die Harfe hatte zu Petula gesprochen. Nicht durch Worte, aber durch die seidenweichen Schwingungen des Gemüts und der stillen Erkenntnis. Und endlich konnte Petula ihre Botschaft in fünf einfache Worte fassen:

»Du musst den Schaltkreis vollenden.«

16. Harfensangelegenheiten

Mitch stand vor Nicks Haustür und wartete. Ihm graute vor dem Moment, wenn Nick von seinem Streifzug durch die Wildnis zurückkehren würde. Der Tag war nicht nach Plan gelaufen. Streng genommen war gar nichts gelaufen.

Nach einer vollen Stunde hatte Petula ihn endlich zurückgerufen, und sie waren losgezogen, um die Harfe zu holen – aber die Harfe war nicht da. Die Harfenistin auch nicht.

»Es ist doch nicht deine Schuld«, hatte Petula gesagt, als sie mit leeren Händen davongeschlichen waren.

»Und warum fühle ich mich dann so mies?«

»Die Macht der Gewohnheit. In den allermeisten Fällen bist du nämlich sehr wohl schuld. Komm, gehen wir zu mir.«

Petula hatte ihn zu sich nach Hause geschleift und ihn mehrere Stunden lang mit alten Filmen und brutalen Knutschattacken gefoltert. Erst als sie auf die Toilette musste, hatte Mitch entkommen können. An sich war er liebend gerne mit Petula zusammen, aber sie war wie ein extrascharfer Kaugummiball mit Zimtgeschmack – einen konnte man gut vertragen, ein ganzer Mundvoll auf einmal tat weh.

Um kurz nach vier war es so weit. Val setzte Nick ab und röhrte davon, wahrscheinlich zu ihrem selbst gezimmerten Baumhaus oder einer ähnlichen Behausung.

Nick war überraschend gut gelaunt. Doch seine gute Laune würde nicht von Dauer sein.

»Wie war's?« Mitch kam ihm entgegen und versuchte, sich nicht anmerken zu lassen, dass er innerlich vor Nicks Zorn zitterte.

»Eigentlich ganz okay«, antwortete Nick. »Ich hab ein Erdhörnchen geschossen, aber das war mit ziemlicher Sicherheit schon vorher tot, und dann noch den Reifen eines geparkten Mercedes. Da meinte Val dann, wir sollten's lieber gut sein lassen. Ist die Harfe oben?«

»Ja, das … schau doch mal, was Caitlin vorbeigebracht hat!« Mitch überreichte ihm den Abakus. »Sie hat gesagt, ich soll ihn dir geben.«

»Caitlin?« Nick wurde sofort munter.

»Ja, sie hat gesagt, ich soll dir ausrichten …« Mitch zögerte. »Ähm, ich soll dir gar nichts ausrichten.«

Nick runzelte die Stirn. »Auch gut. Aber wo ist die Harfe?«

»Genau, die Harfe. Weißt du, es ist so …« Mitch ließ den Satz in der Luft hängen.

»Ihr habt sie nicht geholt.«

»Wir wollten sie ja holen, aber die Harfenlady hat uns nicht aufgemacht. Irgendwann haben Petula und ich dann zum Fenster reingeschaut, und drinnen sah es aus, als wäre das ganze Zimmer abgebrannt oder so … da war nur noch Asche. Vielleicht ist die Frau spontan in Flammen aufgegangen.«

Nick schüttelte den Kopf. »Nein. Die Accelerati waren schneller als wir.«

»Das können wir nicht wissen«, sagte Mitch vorsichtig.

»Ich weiß es aber«, erwiderte Nick.

»Aber wie hätten sie die Frau denn finden sollen?«

»Genau wie wir. Sie haben irgendwo einen Flyer gesehen.«

»Na ja«, meinte Mitch. »Vielleicht sind sie dann gleich mit in Flammen aufgegangen.«

»Geh einfach nach Hause, Mitch.«

»Es tut mir leid«, murmelte Mitch und wartete darauf, dass Nick ihm dasselbe sagte wie Petula – dass es nicht seine Schuld war.

Aber Nick tat ihm den Gefallen nicht. »Geh nach Hause, Mitch. Wir sehen uns am Montag in der Schule, okay?«

Die Enttäuschung in Nicks Stimme glich einer hohen Mauer. Egal, was Mitch sagte, er könnte sie nicht überwinden. Also trat er wortlos den Heimweg an.

Nick blickte Mitch hinterher. Seine nettere Seite wollte ihn dazu bringen, ihm zu sagen, dass es schon okay war. Doch es war nicht okay.

Auf der anderen Seite war es Nicks eigene Schuld. Er hätte die Harfe selber holen müssen, anstatt mit Val auf die Jagd zu gehen. Aber das konnte er Mitch nicht sagen, damit hätte er ihm noch mehr wehgetan als mit seinem Schweigen. Davon abgesehen konnte er sich nicht sicher sein, ob er den Accelerati wirklich zuvorgekommen wäre.

Ohne die Harfe konnten sie die Maschine nicht fertigstellen. Nick musste ihnen die Harfe wieder abnehmen, aber wie? Es war sein bisher schlimmster Rückschlag.

Er ging auf den Dachboden, um sich mit der Maschine zu beratschlagen. So seltsam es auch war, er hatte das Gefühl, die Apparatur würde zu ihm sprechen. »*Vollende mich*«, sagte sie. »*Schnell, bevor es zu spät ist.*«

Hatte die Maschine nicht jahrelang in ihre Einzelteile zerlegt auf dem Dachboden gewartet? Also woher die plötzliche Eile? Wenn er ehrlich war, ahnte Nick den Grund. Es hatte mit dem Asteroiden zu tun, mit den ständigen kleinen Stromschlägen und dem weltumspannenden Nordlicht.

Als er den Bühnenscheinwerfer eingeschaltet und die Stadtbevölkerung zu seinem Flohmarkt gelockt hatte, hatte er etwas in Gang gesetzt, und nun raste dieses Etwas auf ein ungewisses Ziel zu. Nick musste darauf setzen, dass er das Ziel vor den Accelerati erreichen würde.

Aber die Geheimgesellschaft war klar im Vorteil. Sie hatte Geld. Sie war zahlenmäßig weit überlegen. Was hatte Nick schon zu bieten?

In seinen schwachen Momenten überlegte Nick manchmal, ob es nicht klüger wäre, ihnen einfach alles auszuhändigen. Er trieb in gefährlichen Gewässern, und vielleicht sollte er schauen, dass er an Land kam, bevor er ertrank. Aber dann sah er wieder Jorgenson vor sich, diesen arroganten, selbstsüchtigen Vollidioten. Jorgenson würde Teslas Erfindungen sicher nicht zum Wohl der Menschheit einsetzen.

Doch hinter Nicks Wettstreit mit Jorgenson steckte noch etwas anderes. Vielleicht war es kindisch und egoistisch von ihm, aber Nick konnte nicht zulassen, dass Jorgenson von Teslas größter Erfindung erfuhr. Das hätte Tesla nicht gewollt, davon war er überzeugt. Und er war überzeugt, dass *er* dazu ausersehen war, die Maschine zu vollenden.

Wieder spürte er instinktiv, an welche Stelle das neueste Teil gehörte. Als er den Abakus eingebaut hatte, ließ ihn eine Stimme zusammenzucken.

»Darf ich jetzt Angst haben?«

Nick drehte sich um. Auf der obersten Sprosse der Dachbodenleiter stand sein kleiner Bruder. Nick hatte gar nicht gewusst, dass er zu Hause war.

In Dannys Blick lag keine Frage, sondern ein Vorwurf.

»Was?«, fragte Nick.

»Vor ein paar Wochen hast du mir gesagt, dass ich mich nicht vor den komischen Sachen fürchten muss, weil du für uns beide Angst hast.«

»Wovor sollen wir denn noch Angst haben?«, erwiderte Nick. »Der Asteroid hat die Erde nicht zerstört. Alles ist gut.« Damit hätte Nick nicht mal sich selbst überzeugt.

Danny musterte Nicks Sammlung seltsamer Objekte. »Manchmal, wenn du nicht da bist«, meinte er, »dann komme ich hier rauf und schaue sie mir einfach nur an.«

Nick studierte Dannys Gesicht, doch er konnte seine Gedanken nicht erraten. »Das ist keine gute Idee.«

»Aber es ist eine gute Idee, das ganze Zeug wieder hierherzubringen!? Die Sachen sind ... merkwürdig. Und du machst es nur noch schlimmer, wenn du sie wieder alle hier raufschleppst.«

Da konnte Nick schlecht widersprechen. »Vielleicht muss es erst schlimmer werden, bevor es wieder besser werden kann.«

»Oder vielleicht wird es einfach immer schlimmer«, sagte Danny mit einem grimmigen Blick, den Nick noch nie an seinem kleinen Bruder gesehen hatte. »Dir ist doch klar, dass er total verrückt war?«

»Wer?«, fragte Nick überrascht.

»Na wer schon? Nikola Tesla.«

Es war das erste Mal, dass Nick den Namen aus Dannys Mund hörte. Vor lauter Verblüffung zuckte er schon wieder zusammen.

»Ich bin vielleicht nicht ganz so schlau wie du«, sagte Danny. »Aber dumm bin ich nicht. Ich hab gehört, dass er vor ungefähr hundert Jahren fast die ganze Stadt in die Luft gejagt hätte.«

Nick konnte seinen Bruder nicht ansehen. Stattdessen ruhten seine Augen auf dem wirren Konstrukt der Maschine. »Experimente gehen halt auch mal schief. Dadurch kriegt man irgendwann raus, wie es nicht schiefgeht.«

»Ich traue keinen verrückten Wissenschaftlern und schon gar keinen toten Menschen«, erwiderte Danny. Dann atmete er langsam ein und aus. »Aber ich vertraue dir.«

Eine Welle der Erleichterung überflutete Nick. Wenn Danny ihm vertraute, war er vielleicht doch der Richtige für die gewaltige Aufgabe, die vor ihm lag.

»Wenn du meine Hilfe brauchst, helfe ich dir«, sagte Danny. »Was soll ich machen?«

»Kümmer dich einfach um Dad. Wo ist er eigentlich?«

»Mit Spiderly Webb unterwegs«, antwortete Danny. *Spiderly Webb* hatte sich als geheimer Spitzname für Seths Mom eingebürgert. »Die beiden sind zu Seths Schulaufführung von *Scooby-Doo – das Musical* gegangen. Ich hab Dad gesagt, dass ich mir die Augen aussteche, wenn ich mitkommen muss. Dad hat seinen Todesblick abgefeuert, aber ich durfte zu Hause bleiben.«

Als es unten in der Einfahrt klapperte, blickten Nick und Danny aus dem kleinen Dachbodenfenster. Vince zerrte den alten Wäschetrockner auf einem Handwagen zur Haustür. Und wieder hatten sie eine Erfindung eingesackt! Der Tag war also doch nicht komplett vergeudet.

»Komm«, sagte Nick. »Wir helfen ihm, das Ding raufzuschleppen.«

Danny hob die Faust, um sie in einer Geste der Brüderlichkeit gegen Nicks Faust zu stoßen, und Nick machte mit. Als sich ihre Knöchel berührten, ertönte ein lautes elektrisches Schnalzen und ein Blitz flammte auf – nicht nur zwischen ihren Händen, sondern auch in Nicks Gehirn.

»Aua!« Danny schüttelte sich die Hand aus. »Man kann echt gar nichts mehr anfassen. Jedes Mal kriegt man so einen gemeinen Stromschlag.«

»Das ist bloß statische Elektrizität, genau wie das Nordlicht. Das kommt alles vom Asteroiden …« Nick hatte einen Einfall gehabt, der seinen Geist in Brand setzte. Sein Blick schnellte zum Zentrum des Dachbodens.

»Wär mir trotzdem lieber, wenn es wieder aufhört«, meinte Danny.

»Vielleicht können wir dafür sorgen«, murmelte Nick, ohne die Augen von der Maschine abzuwenden. »Vielleicht *müssen* wir dafür sorgen.«

Noch am selben Nachmittag erhielt Caitlin eine SMS von Nick. Eine sehr kurze SMS: *Memorial Park. 5:00.*

Es war Nicks erstes Lebenszeichen, seit Caitlin sich für eine gesunde Freundschaft und gegen den Austausch von Speichel-flüssigkeit entschieden hatte, woraufhin er hinter einer Blondine mit irrer Frisur auf einem Motorrad in den Sonnenaufgang gerast war.

Warum kapierten Jungs das nicht? »Ich mag dich als Freund und nicht als Lover« bedeutete eben manchmal »Ich mag dich *lieber* als jeden Lover« beziehungsweise »Ich mag dich so sehr, dass ich nie mit dir Schluss machen will«. Denn das war doch der ganze Lebensinhalt der Mädchen, die andauernd unsterb-lich verliebt durch die Schule rannten: Sie suchten sich einen Typen, sie trennten sich von dem Typen, sie hassten den Ty-pen, sie suchten sich den nächsten Typen, und dann wieder alles von vorne, eine grauenvolle Endlosschleife.

Einmal hatte Caitlin diesen Kreislauf schon mitgemacht – mit Theo. Und sie wollte unbedingt von dem Karussell ab-springen, bevor die nächste Runde losging.

Aber was, wenn es noch einen anderen Weg gab? Wenn man bloß jemanden finden musste, dem man wirklich ver-traute? Dann könnte man das blöde Karussell vielleicht ein-fach abschalten.

Caitlin betrachtete es als bedeutenden Sieg, dass sie so tief in ihre Seele blicken konnte, ohne sich dabei von einem hellseherischen Tonbandgerät beraten zu lassen. Sie begriff, dass sie das Tonbandgerät nicht mehr brauchte. Sie hatte es nur kurz bei sich gehabt, aber es hatte ihr im richtigen Moment die richtigen Erkenntnisse geliefert.

Vielleicht musste das alles schiefgehen, damit ich an den Punkt komme, an dem ich jetzt bin.

Und vielleicht musste es zwischen ihr und Nick schiefgehen, damit sie beide an den Punkt kamen, an dem sie sich jetzt befanden.

An diesen Gedanken klammerte Caitlin sich, als sie zum Memorial Park aufbrach. Was auch immer Nick wollte, sie würde Ja sagen. Sie musste sich darauf verlassen, dass Nick und sie stärker waren als jedes Karussell.

Die Schatten wurden bereits länger, als Caitlin im Park eintraf. Die Grünanlage befand sich in einem Stadtviertel, das sie nicht besonders schätzte und abends eigentlich lieber mied. Sie hatte keine Ahnung, wieso Nick sich ausgerechnet hier treffen wollte, aber er hatte bestimmt einen guten Grund. Nick war nicht der Typ, der SMSen mit schmutzigen Hintergedanken schrieb.

Um Caitlin herum wurden Decken ausgebreitet und Gartenstühle ausgeklappt, wie in allen Parks und Gärten und auf allen größeren Wiesen der Stadt. Das stumme Feuerwerk der Nordlichter wurde von Nacht zu Nacht spektakulärer. Hinter den fließenden, strahlenden Farben, die einander über das Firmament jagten, verblassten selbst die Sterne.

Um sich in der wachsenden Menschenmenge gegenseitig zu finden, mussten Caitlin und Nick das beliebte Spiel *20 SMSen* spielen.

Bin bei dem großen Baum.

> *Hier sind tausend Bäume.*

Beim Parkplatz.

> *Am Nord- o. Südende?*

Der beim Brunnen.

> *Beim kaputten Brunnen?*

Genau!

Als es endlich geschafft war, begrüßten sie einander mit einem standardmäßigen »Hey« – »Hey«. Caitlin hatte erwartet, dass ihre ersten Worte extrem verkrampft ausfallen würden, doch sie fühlten sich bloß irgendwie unpassend an, und daraus wurde sie nicht schlau.

»Ich wollte dir was zeigen«, sagte Nick und führte sie quer über eine Wiese, auf der noch keine Himmelsanbeter kampierten. Der Memorial Park war sehr groß und sehr platt und grenzte im Norden an die Pikes Peak Avenue.

»Wo willst du hin?«, fragte Caitlin.

»Siehst du die Straße da?« Nick blieb stehen und deutete geradeaus. »Das ist die Foote Avenue.«

»Ja ...«

»Dahinten hatte Tesla früher sein Labor. Und die Wiese hier ... das muss die Wiese sein, die er damals unter Strom gesetzt hat. Erst hat er hier drei Glühbirnen in den Boden ge-

rammt, dann hat er zu Hause im Labor die Teslaspule eingeschaltet – und die Glühbirnen haben geleuchtet!«

»Deshalb wolltest du dich hier treffen? Um über Tesla zu
reden?«

Nick bemerkte ihre Enttäuschung nicht. Er plapperte einfach weiter. »Er hat die Spule mit Strom aus dem städtischen
Kraftwerk betrieben – aber vielleicht hat er später rausgefunden, dass es das gar nicht braucht? Dass er sich den Strom
auch direkt aus der Luft holen kann?«

Caitlin schüttelte den Kopf. Das Problem war nicht, dass sie
seine Ausführungen nicht verstanden hätte. Sie wollte sie nicht
verstehen.

Als sie stur schwieg, streckte Nick die Hand aus. »Dass man
genauso gut *das hier* anzapfen kann?« Er berührte sie ganz
leicht an der Schulter und löste dadurch einen kleinen Stromschlag aus.

»Aua. Lass das!«

Nick breitete die Arme aus. »Stell dir diese Energie vor, nur
mehrere Milliarden Mal stärker! Stell dir vor, man könnte das
Nordlicht aus dem Himmel in eine Maschine hier auf der Erde
saugen!«

Das abendliche Treffen mit Nick entwickelte sich nicht, wie
Caitlin es sich erhofft hatte. Doch jetzt wurde sie trotzdem
hellhörig. »Du meinst … in den F.R.E.E.?«

»Ja. *Dafür* ist das Ding gedacht, Caitlin! Der Asteroid produziert eine Wahnsinnsmenge Energie, aber im Moment werfen wir sie zum Fenster raus! Tesla hat einen Weg gefunden,
den kostenlosen Strom einzufangen und zu nutzen!«

Caitlin bezweifelte keine Sekunde, dass er richtig lag. Doch statt über Teslas Genialität zu staunen, machte sie sich Sorgen. Nick redete wie ein Süchtiger. Er dachte nur noch an die Maschine, und jetzt, wo er wusste, wozu sie diente, würde sich seine Sucht noch verschlimmern. Falls »Sucht« überhaupt noch das richtige Wort war.

Sie konnte nachvollziehen, dass es ihm guttat, sich einem höheren Ziel zu widmen. Nick hatte vor Kurzem seine Mom verloren, und auch wenn er kaum darüber redete, war Caitlin klar, dass diese Tragödie bei allem mitschwang, was er tat. Die Maschine war eine willkommene Ablenkung – doch mit den Accelerati war nicht zu spaßen. Die kannten keine Gnade. Die Maschine hatte Tesla nicht vor Edison retten können und Nick würde sie auch nicht retten.

»Das ist zu viel Verantwortung für einen allein«, sagte Caitlin. »Das kannst du nicht schaffen.«

»Deshalb brauche ich deine Hilfe, Caitlin.« Sie sah die Verzweiflung in seinen Augen. Die Verzweiflung, die Ehrlichkeit und die Entschlossenheit. »Das letzte Woche, als ich dich wegen Kino gefragt habe und so … das ist jetzt alles egal. Hier geht's um etwas viel Größeres. Wir müssen wieder zusammenarbeiten. Wir können uns nicht von irgendwelchen Dummheiten aufhalten lassen.«

Caitlin zuckte mit den Schultern, obwohl ihr innerlich gar nicht nach Schulterzucken zumute war. Dummheiten? Ihr waren diese Dummheiten wichtig. »Und wenn ich jetzt doch mit dir ins Kino gehen will?«, sagte sie.

Nick schüttelte den Kopf. »Dafür haben wir keine Zeit.« Er

seufzte. »Ich wollte dir noch was zeigen.« Nick zerrte sie zu einem kleinen Schild, das einsam und allein am Rand des Parks stand, vergessen von der Welt:

ZUM GEDENKEN AN
NIKOLA TESLA
1856–1943

Die Holzpfähle waren fast durchgefault. Die kleine, trübe Bronzeplakette auf der wettergegerbten Sperrholzplatte sah aus, als wäre sie seit Jahrzehnten nicht mehr poliert worden.

Es war eine sehr bescheidene Gedenkstätte.

»Das ist alles?«, sagte Caitlin. »Mehr hat er nicht bekommen?«

»Ja«, antwortete Nick verbittert. »Und die alternative Schule haben sie nach ihm benannt, aber das war's.«

Allmählich konnte Caitlin erahnen, was in Nick vorging. Natürlich war es enttäuschend, dass ein großer Geist wie Nikola Tesla mit einer traurigen Gedenktafel abgespeist wurde. Doch Nick war nicht enttäuscht. Er war persönlich beleidigt, empört und wütend. Caitlin sah, dass er kurz davor war, in ein tiefes, dunkles Loch zu fallen.

»Tesla hatte eine Vision«, sagte Nick. »Und wir beide sind Teil dieser Vision. Nur wir wissen, was der Far Range Energy Emitter ist. Wir sind dafür verantwortlich, Teslas Traum zu verwirklichen. Wir müssen der Welt beweisen, dass er richtig lag – indem wir sein Lebenswerk vollenden.«

Einerseits hatte Nick irgendwo recht. Andererseits verhielt

er sich dermaßen eigenartig, dass Caitlin sich immer mehr Sorgen machte. Ihr gemeinsames Abenteuer hatte sich in eine Besessenheit verwandelt, die Nick noch in große Gefahr bringen könnte. Caitlin streckte die Hand aus und legte sie sanft auf seine Schulter. Sie nahm den üblichen Stromschlag in Kauf, um zu verhindern, dass er endgültig in seinen Abgründen verschwand.

»Tesla hat die Maschine versteckt, weil er wusste, dass die Welt noch nicht bereit dafür ist«, sagte sie. »Vielleicht ist sie immer noch nicht bereit.«

Nick blickte Caitlin in die Augen. Seine glühende Entschlossenheit ließ sie erschaudern. »Ist doch egal, ob die Welt bereit ist oder nicht. *Ich* bin bereit.«

Über ihnen schimmerten die Vorboten des Nordlichts.

17. Keine Bewegung!

Die Eroberung der Harfe ermutigte die Accelerati, den nächsten Schritt zu wagen. Am folgenden Tag traten sie in Aktion.

Es war ein verregneter Sonntagabend. Nick war allein zu Hause, da sein Vater mit Danny und den Webbs essen gegangen war – oder mit den Hills oder den Hillwebbs oder wie man eine alleinerziehende Mutter und ihren Sprössling eben nannte. Nick, der immer noch darauf achten musste, nicht von Seth gesehen zu werden, wollte auf keinen Fall mitkommen, und wegen seines ungemütlichen Verhältnisses zu Spiderly Webb hatte sein Vater nicht darauf bestanden.

»Denk dran, sie an den Fleckenentferner zu erinnern«, hatte Nick noch gesagt, ehe die anderen aufgebrochen waren.

Eine halbe Stunde später schob er sich einen Tiefkühlburrito in die Mikrowelle.

»Wollen Sie auch einen?«, fragte er Jorgenson.

»Nein, danke«, erwiderte Jorgenson. »Im Moment nicht. Aber nachher vielleicht, wenn wir den Dachboden leer geräumt haben.«

Statt einen zweiten Burrito zu holen, setzte Nick sich also wieder an den Küchentisch, fing an zu essen und sinnierte über seinen unbedingten, immer stärkeren Willen, die Accelerati zu besiegen, bevor sie ihn besiegen konnten.

»Dann vielleicht was zu trinken?«, fragte er. »Wir hätten Saft und Milch da, aber ich fürchte, die Milch ist abgelaufen.«

»Sehr freundlich von dir«, meinte Jorgenson. »Ich sage Bescheid, wenn ich unter Flüssigkeitsmangel leide.«

In einer dunklen Ecke von Nicks Geist machte sich ein leichtes Unwohlsein bemerkbar. Dort, wohin momentan keine elektrischen Impulse seines Gehirns vordrangen, spürte er, dass irgendetwas faul war. Aber was genau?

Er hörte ein lautes Trappeln auf der Treppe. Zwei andere Männer in pastellfarbenen Anzügen mühten sich damit ab, die Kraftmaschine ins Erdgeschoss zu tragen.

»Sie müssen sie einschalten«, riet Nick ihnen. »Dann geht's leichter. Aber bitte nur auf der niedrigsten Stufe, ja?«

Die Männer wussten nicht, wie man die Maschine einschaltete, aber Nick half ihnen gerne.

»Danke«, sagte der eine Mann.

»Keine Ursache«, antwortete Nick.

Insgesamt waren vier oder fünf Leute in Nicks Haus unterwegs, allesamt Mitglieder der Accelerati. Sie liefen die Treppe hinauf und hinab, stiegen auf den Dachboden und wieder hinunter. Nick fragte sich, ob er sich deswegen Sorgen machen sollte; dann lachte er über den seltsamen Gedanken. Alles war in bester Ordnung, in allerbester Ordnung. Er hatte Besuch von den Accelerati. Das war doch das Normalste der Welt.

Aber trotzdem …

Nick sah zu, wie eine Frau mit einem Toaster aus dem Haus spazierte. Mit dem Toaster, der ihn zwei Mal beinahe umgebracht hätte. Sein Gehirn reagierte immer noch nicht, doch sein Magen grollte vor Unbehagen.

Er blickte auf den halb verspeisten Burrito. Aber sein sechster Sinn verriet ihm, dass seine Verdauungsprobleme nicht vom Abendessen kamen. Weil die innere Stimme seines Gehirns geknebelt war, hatte sein Magen die Kontrolle übernommen wie eine Kommandobrücke tief im Bauch eines Schlachtschiffs.

Und die Kommandobrücke erteilte ihm einen klaren Befehl: *Ruf Caitlin an!*

Als Nicks Nummer auf dem Display erschien, zögerte Caitlin. Am vorigen Abend hatte er sich von einer merkwürdigen Seite gezeigt, von einer Seite, die er früher vielleicht gar nicht gehabt hatte. Als wäre er besessen – nicht von einem bösen Geist, sondern von einer übermächtigen Idee, die ihn nach und nach verschlang. Caitlin wusste, dass Nick einer bedeutenden Sache auf der Spur war. Sie wusste auch, dass er, sie selbst und alle anderen der Situation nicht gewachsen waren. Trotzdem ging sie ans Telefon. Nick bewegte sich auf einem immer schmaleren Grat, vorbei an unberechenbaren Gefahren, doch sie würde ihn auf seiner Reise begleiten, wenn nötig bis zum bitteren Ende.

»Hallo?«

»Hi, Caitlin. Ich muss dich was fragen. Es ist wichtig.«

Caitlin hielt den Atem an. Sie hatte schon so eine Vorahnung, dass er ihr gleich eine sehr ungewöhnliche Frage stellen würde.

»Die Accelerati sind hier«, sagte Nick. »Muss ich mir deswegen Sorgen machen?«

»Was? Wo *hier*?«

»Bei mir zu Hause. Muss ich mir deswegen Sorgen machen?«

Caitlin stand auf. »Moment. Noch mal von vorne. Was redest du da? Sie sind bei dir zu Hause? Warum?«

»Ach, die nehmen nur den Kram vom Dachboden mit«, antwortete Nick gelassen.

»Soll das ein Witz sein?«

»Weißt du was?«, meinte Nick. »Ich hätte gar nicht anrufen sollen. Ist sicher nur Quatsch.«

Plötzlich wusste Caitlin, was Sache war. »Nicht auflegen«, sagte sie schnell. »Ist Jorgenson auch da? Sag schon!«

»Ja, der und noch ein paar andere.«

Caitlin fuhr sich fieberhaft durchs Haar und riss sich dabei fast ein Büschel aus. »Du musst mir jetzt genau zuhören, Nick. Ich hab dir doch mal erzählt, dass Jorgenson einen Schlüsselanhänger hat, der die Gedanken eines anderen Menschen verwirren kann. Dann denkt man, alles wäre normal, obwohl gar nichts mehr normal ist.«

»Ja, stimmt. Ich erinnere mich.« Stille am anderen Ende der Leitung. »Und was ist damit?«

»Komm schon, Nick! Er setzt das Ding gegen dich ein!«

»Glaubst du wirklich? Soll ich ihn mal fragen?«

175

»Nein! Auf keinen Fall! Du musst ihm den Schlüsselbund wegnehmen und das Ding abschalten.«

Wieder blieb der Hörer eine Weile stumm. »Aber wäre das nicht ziemlich unhöflich von mir?«, fragte Nick dann.

»Nick«, sagte Caitlin. »Vertraust du mir?«

»Ja, klar. Also meistens. Im Großen und Ganzen schon.«

»Und vertraust du Jorgenson?«

Stille. »Nicht … nicht so richtig.«

Caitlin betete, dass Nick nun den logischen Schluss ziehen konnte. Trotz seines schwer gestörten Logikzentrums. »Okay«, sagte sie. »Mir vertraust du und Jorgenson nicht. Dann solltest du doch *genau das tun, was ich dir sage*. Oder?«

»Ja, schon.«

»Dann tu's auch. Sofort. Schleich dich an ihn ran, nimm ihm den Schlüsselbund ab *und schalt das Ding aus!*«

»Okay. Wenn du wirklich meinst, dann mache ich es so.«

Caitlin legte auf, rannte die Treppe hinunter und aus der Tür, sprang aufs Fahrrad und rauschte in Höchstgeschwindigkeit zu Nick.

Wie kam Caitlin bloß auf diese sonderbare Idee? Alles in ihm sträubte sich dagegen, ihrem Rat zu folgen. Doch Nicks Kommandobrücke befahl ihm, ihr trotzdem zu vertrauen.

Also ging er zu Jorgenson, der auf dem Flur stand und seine Freunde beaufsichtigte, die gerade wieder die Treppe hinaufstiegen, um weitere Sachen vom Dachboden zu holen. Nick wollte Jorgenson auf die Schulter tippen und nach dem Schlüsselbund fragen. Aber er erinnerte sich noch rechtzeitig, dass

Caitlin ihn davor gewarnt hatte, Jorgenson über seine Pläne zu informieren. Deshalb lächelte Nick höflich und fragte Jorgenson noch einmal, ob er nicht auch einen Burrito essen wollte.

Jorgenson schüttelte den Kopf, und sobald er sich wieder abwandte, griff Nick in die Seitentasche des hübschen Vanillesakkos und zog einen Schlüsselanhänger heraus. Das musste das Ding sein, das Caitlin gemeint hatte: ein kleiner, leuchtender Anhänger mit einem Knopf.

Als Nicks Daumen den Knopf herunterdrückte, erlosch das Licht. Und Nicks Gehirn war wieder voll da.

Jorgenson verfluchte sich für seine mangelnde Wachsamkeit. Sie hatten erst die Hälfte der Objekte vom Dachboden gesichert! Andererseits sollten sie auch ohne die Hilfe des Neuraldisruptors zurechtkommen. Im Haus befanden sich immer noch fünf Accelerati und nur ein Nick Slate.

Der alte Mann, von dem Jorgenson seine Marschbefehle erhielt, wollte nicht, dass Nick Slate zu Schaden kam. Aber bereits dieser Raubzug verstieß gegen seine Anweisungen, und sollte der Junge doch verletzt werden oder gar sterben, würde der Alte seinem Untergebenen schon irgendwann verzeihen. Letztendlich heiligte der Zweck immer die Mittel.

Nick Slate hielt den Schlüsselanhänger in der Hand. »Gib her!«, rief Jorgenson. Er legte all seine Autorität in seine Stimme. Sollte der Junge kurz zögern, könnten sie ihn mühelos überwältigen. Aber er zögerte nicht.

Der Junge stieß Jorgenson weg – nicht sehr fest, aber fest genug, um ihn aus dem Gleichgewicht zu bringen –, rannte die Treppe zur Hälfte hinauf und entriss einer Mitarbeiterin Jorgensons einen schweren, antiken Ventilator.

»Keine Bewegung!« Nick Slate richtete den Ventilator auf Jorgenson. »Oder …«

»Oder was?«, erwiderte er lächelnd und forderte seine Mitarbeiterin auf, ihm den Ventilator wieder abzunehmen.

Doch als Nick den Ventilator einschaltete, wusste Jorgenson, was der Junge gemeint hatte.

Nick musste es drauf ankommen lassen. Vince hatte ihm von seinen Erfahrungen mit dem Ventilator erzählt, aber Nick selbst hatte ihn noch nie in Aktion gesehen. Und überhaupt, welche Einstellungsstufe wäre denn die richtige? Nick sagte sich, dass er in seiner aktuellen Lage nicht zimperlich sein durfte, und stellte ihn auf zehn. Maximale Kälte.

Der Ventilator zeigte sofort, was er konnte. Auf den Wänden wucherte Frost, die Luftfeuchtigkeit kondensierte zu Schnee, und die Accelerati-Frau, die direkt vor Nick stand, gefror in circa 2,5 Sekunden zur Eisstatue. Nick schaltete den Ventilator wieder aus und tippte ihre Schulter an. Die Frau kippte nach vorne, fiel die Treppe hinunter und kegelte Jorgenson beinahe um.

Nick ging ein paar Stufen hinunter, extrem vorsichtig, um nicht auf der Eisschicht auszurutschen. »Eine falsche Bewegung«, sagte er mit dem Finger am Schalter und visierte Jorgenson an, »und Sie werden polarisiert.«

Jorgenson bewegte sich trotzdem. Mit einem blitzschnellen Handgriff zog er eine Fernbedienung aus der Tasche.

Es war keine gewöhnliche Fernbedienung. Genau so ein Gerät hatte Vince auf Knopfdruck getötet. Und jetzt peilte es Nick an.

Ohne zu zögern, schaltete Nick den Ventilator wieder ein. Jorgenson wich aus, doch der arktische Windhauch erwischte ihn noch am Arm. Die vereiste Fernbedienung rutschte ihm aus den Fingern und Jorgenson starrte mit schmerzverzerrtem Gesicht auf seinen rechten Arm – der vom Ellenbogen bis zu den Fingerspitzen eingefroren war.

Nick nutzte Jorgensons vorübergehende Orientierungslosigkeit. Er sprang die Treppe in einem Satz hinunter und griff sich die Fernbedienung vom Boden.

Als Jorgenson die Schulter hochriss, wischte sein Eisarm nach hinten, seine Hand knallte gegen den Türrahmen, und sein tiefgefrorener kleiner Finger brach ab.

Nick zielte mit der tödlichen Fernbedienung. »Laufen Sie weg, oder ...«

Diesmal tat Jorgenson, was Nick sagte.

Jorgenson rannte los und rasselte dabei mit einem seiner Mitarbeiter zusammen, der gerade zur Tür hereinkam. Der Mitarbeiter erfasste die Lage sofort und machte auf dem Absatz kehrt. Zugleich liefen zwei weitere Accelerati mit diversen Erfindungen die Treppe hinunter.

Nick hielt sie mit der Fernbedienung in Schach. »Lassen Sie das Zeug fallen, schnappen Sie sich Ihre gefrorene Kollegin und hauen Sie ab. *Na los!*«

Im Angesicht der Fernbedienung gehorchten sie augenblicklich.

Nick folgte ihnen in den strömenden Regen und sah, wie Jorgenson in einen Geländewagen stieg. Darin hatten sie bestimmt die Sachen vom Dachboden verstaut.

»Haben Sie nicht zugehört? Sie sollen *weglaufen*, nicht *wegfahren*!«, rief Nick und richtete den Ventilator auf das Auto.

Der pitschnasse Geländewagen gefror in Sekundenschnelle zu einem Eisblock – und das abrupte Absinken der Temperatur war zu viel für den laufenden Motor. Ein lauter Knall schleuderte die Motorhaube hoch.

»Rennt!«, brüllte Jorgenson seinen Handlangern zu. »Rennt einfach!«

Nick jagte sie noch bis zum Ende der Einfahrt. Er genoss den Moment in vollen Zügen. Was könnte es Schöneres geben, als zuzusehen, wie Dr. Alan Jorgenson die Straße hinuntersprintete, gefolgt von drei Komplizen, die unter dem Gewicht einer vierten, gefrorenen Komplizin ächzten?

Er stand am Straßenrand, in einer Hand den laufenden Ventilator, in der anderen die Fernbedienung, immer noch unruhig und nervös. Vielleicht hatte Jorgenson doch noch ein Ass im Ärmel? Da sprach ihn jemand an.

»Nick!«, rief Caitlin, die neben ihm vom Fahrradsattel rutschte. »Ich glaube, sie sind weg. Also stell das Ding lieber ab, bevor das ganze Viertel einfriert!«

Da Nick sich nicht rührte, beugte Caitlin sich rüber und schaltete den Ventilator eigenhändig aus.

Auf einmal kniete Nick auf dem Boden. Das Adrenalin, das ihn eben noch nach vorne gepeitscht hatte, war mit einem Schlag verpufft.

»Hey!« Caitlin ließ das Fahrrad fallen und half ihm wieder auf die Beine. »Alles okay bei dir?«

»Ja, ja«, antwortete Nick mit einem schwachen Lächeln. »Danke.«

Auch Caitlin lächelte, und Nick hoffte schon, sie würde ihn spontan umarmen. Er vermutete sogar, dass ihre Kommandobrücke dasselbe wollte wie er. Aber im Augenblick hatte ihr Kopf das Sagen und der spielte nicht mit.

»Sie könnten jederzeit zurückkommen«, meinte Caitlin.

»So schnell nicht«, erwiderte Nick. »Ich glaube, die müssen erst mal ihre Wunden lecken.«

Gleichzeitig kam auch Vince auf dem Fahrrad angefahren. »Oh«, sagte er und musterte das vereiste Wrack des Geländewagens. »Hab ich was verpasst?«

»Ein bisschen was«, antwortete Nick. Im Moment hatte er keine Lust, groß darüber zu reden.

»Na gut.« Nach einem weiteren Blick auf das Schrottauto schien Vince das Ganze in die Kategorie *Probleme anderer Leute* einzusortieren. »Ich wollte dir was zeigen.« Er deutete auf die Sonnenbrille, die er trotz des Regenwetters trug. »Schaut euch das an – die Kabel unter meinem Shirt gehen in das Brillengestell über und enden in Mini-Elektroden hinter den Ohren. Das ist viel praktischer als Klebeband auf dem Rücken! Oder als Kabel im Mund.«

»Kabel *im Mund*?«, wiederholte Caitlin.

»Ja … als er neulich umgekippt ist, musste ich ein bisschen improvisieren«, erklärte Nick, ohne ins Detail zu gehen.

»Zuerst fand ich das richtig blöd von dir«, meinte Vince.

»Aber dann ist mir klar geworden, was für ein Risiko du eingegangen bist, um mich da rauszuholen. Wär's andersrum gewesen, hätte ich dich wahrscheinlich einfach da drin verrotten lassen. Schätze, ich bin dir was schuldig.« Sein Blick blieb an Nicks Hand hängen. »Hey, ist das nicht …« Vince wich einen hastigen Schritt zurück. »Junge, könntest du das Ding bitte nicht auf mich richten?«

Als Nick nach unten sah, stellte er fest, dass er immer noch die Killerfernbedienung in der Hand hielt. Und in seiner Hosentasche steckte Jorgensons Neuraldisruptor-Schlüsselanhänger. Der Schlüsselanhänger könnte vielleicht eines Tages ganz hilfreich sein, aber die Fernbedienung hatte auf dieser Welt nichts verloren. Er warf sie auf den Boden und zerquetschte sie mit dem Schuh.

Danach ging er zum Geländewagen, der allmählich wieder auftaute, und klappte den Kofferraum auf. Vor ihnen lagen haufenweise Sachen vom Dachboden.

»Wow«, hauchte Vince. »Ich hab echt eine Supershow verpasst, was?«

»Du musst uns alles erzählen«, meinte Caitlin. »Bis ins kleinste, gemeinste Detail.«

»Aber vorher bringen wir das Zeug rauf«, sagte Nick. »Und danach schieben wir das Wrack ein Stück die Straße runter, damit mein Dad sich später keine überflüssigen Sorgen macht.«

Als sie die ersten Erfindungen ins Haus trugen, stutzte Caitlin. »Igitt. Was ist das denn?« Sie zeigte knapp hinter die Türschwelle.

»Ach, das.« Nick verzog das Gesicht. »Mach dir darüber mal keine Gedanken.«

Er ging ein Taschentuch holen und hob Jorgensons schmelzenden kleinen Finger auf, brachte ihn ins Badezimmer und spülte ihn genüsslich die Toilette hinunter.

18. Edisons Bowlingbahn

Die Bowlingbahn *Atomic Lanes* in der Innenstadt von Colorado Springs wehrte sich seit Jahrzehnten gegen die Modernisierung wie ein stures Kind gegen Spinat. Sie existierte in einer Art Zeitblase, in der eigene Gesetze galten. Vom Parkplatz bis zur Gasse am Hinterausgang stammte die gesamte Anlage aus einer längst vergessenen Epoche, die vielleicht völlig zu Recht untergegangen war.

Jüngere Bowlingparadiese lockten mit farblich abgestimmten Bowlingkugeln und 3D-Wiederholungen gelungener Würfe. Das *Atomic Lanes* lockte mit Stammgästen, die sich Rufus und Duke nannten, dicke Bierbäuche vor sich herschleppten und altersgraue Bowlingschuhe trugen, die ihnen zugleich zu groß und zu eng waren. Im *Atomic Lanes* küssten die Männer ihre Bowlingkugeln leidenschaftlicher als ihre Ehefrauen, die sich währenddessen meist mit Cribbage, Mahjong und anderen Brettspielen unterhielten, die heutzutage kein Mensch mehr kannte, und dabei mit ihren ausladenden Frisuren und ihren noch ausladenderen Fingernägeln angaben.

Ebenjene Bowlingbahn musste Petula tagtäglich im Auftrag der Accelerati ablichten – bis sich die Accelerati plötzlich mit der Kameralinse davongemacht hatten. Danach hatte es Petula nichts mehr ausgemacht, das nutzlose Kameragehäuse an Nick abzutreten.

Und in ebenjene Bowlingbahn entführte Ms Planck ihre Schülerin am Montag nach der Schule.

»Warum müssen wir denn ausgerechnet bowlen gehen?«, fragte Petula mit einer Stimme, die tonloser war als ein leeres Tonband.

»Weil es nun mal sein muss, wenn du die Accelerati kennenlernen willst.«

Petula konnte sich schwerlich vorstellen, dass die Mitglieder eines Geheimbunds aus Elitewissenschaftlern in ihrer Freizeit Bowlingkugeln durch die Gegend schmissen. Doch halt – hatte sie nicht gelesen, dass Nikola Tesla ein begeisterter Billardspieler gewesen war? Und hatte Richard Feynman, immerhin der Vater der Quantenphysik, nicht auf Bongos getrommelt? Vielleicht mussten sich große Geister simplen Belustigungen hingeben, um die Abfallprodukte der Genialität abzubauen.

Sie betraten eine dunkle Höhle, in der es nach schalem Bier und den böswilligen Gespenstern erloschener Zigaretten stank. Die Hintern unzähliger Gäste hatten die Sitzflächen der orangefarbenen Plastikstühle rotbraun gescheuert und sämtliche Bowlingkugeln waren schwarz mit abgeplatztem Lack an den Fingerlöchern. Was jedoch kein Problem war, da die meisten Spieler sowieso ihre eigene Kugel mitbrachten.

Etwa der Mann, der die Bahn zu ihrer Linken besetzte. Er

spielte für sich allein, mit einer eigenen Designer-Bowlingku-gel, wahrscheinlich um sich für ein Turnier in Form zu brin-gen, bei dem er noch mehr Haargel auflegen würde als heute. Zu ihrer Rechten spielte dagegen eine Familie mit drei Kin-dern, die zu jung waren, um eine Bowlingkugel aus eigener Kraft hochzuheben, geschweige denn zu werfen. Dank der ausgefahrenen Leitplanken zuckelte dennoch jede ihrer Ku-geln in aller Ruhe die Bahn hinunter, prallte zwischen den Gummibegrenzungen hin und her wie eine schläfrige Flipper-kugel und stieß schließlich mit einer solchen Wucht gegen die Pins, dass diese ein bisschen wackelten und in seltenen Fällen sogar umfielen.

»Dann zeig mal, was du draufhast«, sagte Ms Planck.

Petula widerstand der Versuchung, ihren Ärger offen zu zeigen. Sie sammelte ihre Kraft, nahm sich eine Kugel und wuchtete sie die geölte Bahn hinunter in Richtung der Pins, die sie immer an das grinsende Gebiss eines Totenschädels er-innerten.

Heute sollte Petula keine Skelettzähne ausschlagen. Sie musste ohne Kinder-Leitplanken auskommen und so plumps-te ihre Kugel mit einem hämischen *Rumms* in die Seitenrinne der Bahn und verschwand im Nirgendwo. Mit nichts anderem hatte Petula gerechnet, aber wütend war sie trotzdem. Sie lehnte jede Aktivität ab, in der sie nicht von vornherein he-rausragend gut war. Ihr zweiter Versuch kam den Pins etwas näher, verabschiedete sich am Ende aber ebenfalls in die Sei-tenrinne.

»Zufrieden?«, fragte Petula.

Ms Planck lächelte, was Petula übertrieben sadistisch fand.

»Entspann dich«, sagte Ms Planck. »Weißt du, was das Problem ist? Du benutzt die falsche Kugel.« Sie griff in ihre Kugeltasche und holte einen königsblauen, auf Hochglanz polierten Globus hervor, in dessen Tiefen unermessliche Galaxien zu schweben schienen.

»Bezaubernd, was? Und wie so oft verbirgt sich hinter der hübschen Fassade noch viel mehr«, meinte Ms Planck und rotierte die Kugel, um Petula einen kleinen Drehschalter zu zeigen, der sich kaum von der Kunstharzoberfläche abhob. Sie justierte den Schalter ein wenig um – und schleuderte die Kugel mit vollendeter Eleganz auf die Bahn. Ihre Bewegungsenergie übertrug sich auf die Pins, die mit dem sattesten Donnern auseinanderflogen, das man sich nur wünschen konnte. Kein Zweifel, sie hatte alle zehne abgeräumt.

Irrtum. Die beiden äußersten Pins der letzten Reihe standen noch. Die Bowlingbahn sah aus wie der Mund eines Sechsjährigen, der seine Milchzähne in Rekordzeit abstieß.

»Dumm gelaufen«, sagte Petula mit einem leisen Anflug von Schadenfreude.

Doch Ms Planck wirkte recht zufrieden. »Ich weiß, jeder andere würde sich über so einen Split schwarzärgern. Ich nicht.« Dann katapultierte sie die nächste Kugel die Bahn hinunter, mitten durch die beiden verbliebenen Pins. Sie hatte ein Tor geschossen, was beim Bowling aber keine Punkte brachte.

Damit hatte Ms Planck ihre beiden Würfe aufgebraucht. Die Pins wurden neu aufgestellt, Petula war wieder am Zug.

Aber als sie nach einer Kugel griff, hielt Ms Planck sie zurück. »Du darfst erst mal zuschauen.« Sie änderte die Einstellung des Drehschalters und warf erneut. Dieses Mal blieben drei Pins stehen: wieder die beiden äußersten der hintersten Reihe und der mittlere der vorletzten Reihe.

»Diesen Split nennt man auch ›Die drei Weisen‹«, erklärte Ms Planck, die den zweiten Wurf erneut völlig vermasselte: Die Kugel verfehlte alle drei Pins.

»Soll ich Punkte mitschreiben?«, fragte Petula.

»Wieso, wenn man schon vorher weiß, wie es am Ende stehen wird?« Bei der nächsten Runde erzielte Ms Plancks erster Wurf ein sehr unwahrscheinliches, vielleicht sogar unmögliches Ergebnis: Die komplette letzte Reihe stand noch – und der einzelne Pin der vordersten Reihe. Den zweiten Wurf überließ sie Petula, die die königsblaue Kugel wie erwartet in die Seitenrinne beförderte. Genau wie Ms Planck es gewollt hatte.

»Okay«, sagte sie. »Und nun der krönende Abschluss.« Ohne den Drehschalter anzurühren, schritt sie an die Foullinie und leerte die Bahn mit einem perfekten Wurf.

Und als der letzte Pin fiel, tat sich etwas.

Die sparsame Beleuchtung der Bowlinghöhle dimmte noch weiter herunter. Das hintere Ende der Bahn sackte in die Tiefe und verwandelte sich in eine Rampe, die zu einem verborgenen Ort unterhalb des *Atomic Lanes* führte.

»Wer ins Logenhaus der Accelerati eingelassen werden will, muss auf dieser Bahn eine präzise Abfolge von Pin-Mustern werfen«, erläuterte Ms Planck. »Die Wahrscheinlichkeit, diese

Abfolge auf gewöhnlichem Weg zu erzielen, liegt unter eins zu einhundert Milliarden. Daher benötigt man einen Schlüsselball, der darauf programmiert werden kann, bestimmte Pins zu treffen oder zu verfehlen.«

Hundert Milliarden? In unserer Galaxie gab es hundert Milliarden Sterne, und Petula wusste, dass diese Übereinstimmung kein Zufall war. In der Welt der Accelerati existierte der Zufall nicht. Auch das gefiel Petula sehr.

Zu ihrer Linken feilte der einsame Haargelträger weiter an seinem Wurf, während die junge Familie immer noch einer Beschäftigung nachging, der man mit viel gutem Willen eine entfernte Ähnlichkeit mit Bowling bescheinigen könnte. Keine der beiden Parteien störte sich daran, dass die Bahn in ihrer Mitte zu einem Geheimgang geworden war.

»Machen Sie sich gar keine Sorgen wegen der anderen Leute?«, fragte Petula.

»In dem Moment, als die Kugel den letzten Pin abgeräumt hat, hat sich das Licht um unsere Bahn gekrümmt. Wir sind unsichtbar. Wir befinden uns im toten Winkel der restlichen Menschheit.«

Direkt neben ihnen stand ein ungefähr Vierjähriger und starrte Petula an. »Mommy. Die Leute da. Die sind einfach so verschwunden.«

»Toll, Liebling«, sagte seine Mutter geistesabwesend. »Und jetzt trink schön deine Milch aus.«

»Siehst du?«, fragte Ms Planck. »Die Leute haben sich sowieso nie richtig für uns interessiert. Also vermissen sie uns jetzt auch nicht.«

Als sie die Rampe zum Logenhaus hinuntergingen, konnte Petula nicht anders, als die naheliegende Frage zu stellen. »Und warum sperren die Accelerati nicht einfach die Tür ab?«

Ms Planck reagierte verstimmt. »Ist das dein Ernst? Wenn ja, musst du noch viel über uns lernen.«

Für die Accelerati waren äußere Werte schon immer wichtiger als innere. Den Accelerati ging es stets um Eleganz und Extravaganz. Was brachte es schon, insgeheim über die Welt zu herrschen, wenn man keinen Stil hatte?

Ein Beispiel: Wären die Accelerati der Meinung, dass es nötig ist, dein Leben zu beenden, würden sie es nicht einfach so beenden. Zunächst würden sie dich dazu bringen, das Leben eines anderen todgeweihten Menschen zu beenden; und zuvor hätte dieser Mensch ebenfalls im Auftrag der Accelerati ein Leben beendet, und so weiter, und so fort, wie eine lange Reihe von Fischen, bei denen die kleineren immer von größeren gejagt und aufgefressen werden.

Das Mitglied der Accelerati, das das Bowling-Pin-Kombinationsschloss erfunden hatte, war entsprechend in höchsten Tönen gelobt und mit dem ehrenvollsten Orden des Bundes ausgezeichnet worden, ehe es umgebracht wurde – von einem anderen, das später auch noch umgebracht werden musste.

Das Logenhaus war um einige Jahre älter als die Bowlingbahn, und als ein Geschäftsmann aus der Gegend beschlossen hatte, direkt über ihrem unterirdischen Schlupfwinkel ein Vergnügungslokal zu errichten, waren die Accelerati begeistert gewesen – was für ein günstiger Zufall! Wer käme schon auf die Idee, dass sich die größten Geister der Menschheit unter einer Bowlingbahn versteckten? Wobei der Name *Atomic Lanes* schlecht gewählt war. Die geheimen Experimente der Accelerati verseuchten die Bowlingbahn nur mit einem ganz klein bisschen radioaktiver Strahlung.

Von all dem wusste Petula nichts. Sie wusste nur, dass sie die Bowlingbahn bis vor Kurzem täglich fotografieren hatte müssen, um herauszufinden, wie das Gebäude einen Tag in der Zukunft aussehen würde. Die Accelerati hatten keine Feinde, die es wagen könnten, sie direkt anzugreifen; die Aufnahmen sollten sie also nicht vor Attacken von außen warnen. Nein, die Accelerati interessierten sich vielmehr dafür, ob sie sich innerhalb der nächsten vierundzwanzig Stunden versehentlich selbst in die Luft jagen würden.

»Willkommen im Großen Saal«, sagte Ms Planck und warf eine reichlich verzierte bronzene Doppeltür auf, die in einen Raum von der Größe eines Besenschranks führte.

»Ist ja echt ein Riesensaal«, erwiderte Petula in ihrem typischen tonlosen Tonfall.

»Schon mal von den Zenonischen Paradoxien gehört?«

Petula schwieg. Sie gab nie zu, etwas nicht zu wissen. Das hätte ihrem Lebensstil widersprochen.

»Auf einer seiner Paradoxien beruht das Konzept unseres großen Saals«, erläuterte Ms Planck.

Petula trat ein – und stellte fest, dass das andere Ende des Raums nach jedem Schritt doppelt so weit entfernt schien wie zuvor. Der Raum dehnte sich aus, bis sie in einer Bibliothek standen, die weitläufiger war als jede Kathedrale. Riesige Fenster boten einen Blick auf das Venedig des 17. Jahrhunderts, samt graziös vorübergleitender Gondeln.

»Ah«, sagte Ms Planck. »Heute ist der Tag der italienischen Renaissance. An jedem Tag des Monats wird ein anderes holografisches Motiv projiziert. Wir verhandeln gerade mit Apple über einen Verkauf der Technologie.«

An den Wänden hingen Gemälde großer Künstler. Der jeweilige Stil war Petula vertraut, aber die genauen Kompositionen waren ihr neu.

»Die meisten Werke in diesem Raum sind angeblich bei Bränden oder anderen – sogenannten – Naturkatastrophen verloren gegangen«, kommentierte Ms Planck.

Petula dachte lieber nicht darüber nach, wie die Werke in den Besitz der Accelerati gelangt waren.

Hinter dem Großen Saal lag ein runder Durchgangsraum mit einem überlebensgroßen Standbild Thomas Edisons, das eine Glühbirne hochhielt und grimmig in die Ferne stierte.

»Unser Gründer«, meinte Ms Planck im Vorbeigehen, »aber das konntest du dir sicher denken.«

Verschiedene Gänge führten zu anderen Flügeln der weit verzweigten unterirdischen Anlage, die aber gar nicht unter der Erde zu liegen schien. Man hatte den Eindruck, sie wäre mit den Straßen und Kanälen Venedigs verwoben. Jedenfalls am heutigen Tag.

Ms Planck führte Petula durch eine Tür mit der Aufschrift *Forschung und Entwicklung.* »Nicht rumtrödeln, Petula. Er kann es nicht leiden, wenn man ihn warten lässt.«

Trödelei hatte Petula sich noch nie vorwerfen lassen müssen. Doch im Logenhaus der Accelerati gab es so vieles zu sehen, sowohl innerhalb der Mauern als auch außerhalb der Fenster, dass es ihr wirklich schwerfiel, bei der Sache zu bleiben.

»Wer kann es nicht leiden?«, fragte Petula.

»Dr. Alan Jorgenson«, sagte Ms Planck. »Der Große Acceleratus.«

»Wie jetzt? Sie nennen ihn wirklich ›Der Große …‹«

»Mach dich nur lustig, Petula«, unterbrach Ms Planck sie leise. »Aber erwarte nicht, dass Dr. Jorgenson über deine respektlosen Scherze lacht.«

Die Forschungs- und Entwicklungsabteilung grenzte an den berühmten Markusplatz. Draußen wuselten unzählige holografische Tauben umher, drinnen tummelten sich fast ebenso viele unglaublich beschäftigte Wissenschaftler, und inmitten des regen Treibens stand ein hochgewachsener Mann in einem Anzug, dessen schimmernder Vanilleton beinahe zu leuchten schien.

»Evangeline!«, rief der Mann und küsste Ms Planck die Hand. »Welch eine Freude, dich zu sehen.«

Bis zu diesem Augenblick wäre Petula nie in den Sinn gekommen, dass Ms Planck noch einen anderen Vornamen haben könnte als »Ms«.

Der Blick des Großen Acceleratus senkte sich auf Petula. Sein Lächeln war schwer zu durchschauen. Freute er sich, sie kennenzulernen? Oder überlegte er, was leckerer wäre – Petula langsam zu zerkauen oder sie in einem Happs hinunterzuschlucken? »Du musst das Küken sein, von dem ich schon so viel gehört habe«, meinte er.

Petula streckte die Hand aus. »Petula Grabowski-Jones«, sagte sie mit fester Stimme und fügte nach einer kurzen Pause hinzu: »Die zukünftige Große Acceleratus.«

Ihre Worte waren mit Bedacht gewählt, und Dr Jorgenson reagierte wie erhofft. Er schüttelte ihr zwar nicht die Hand, da seine Rechte bandagiert war, doch sein raubtierhaftes Grinsen verwandelte sich in ein aufrichtiges Lächeln. »Wir Accelerati schätzen junge Menschen mit gesundem Ehrgeiz. Du wirst deinen Weg machen, Petula.«

»Was ist mit Ihrer Hand passiert?«, fragte sie.

Der Große Acceleratus seufzte. »Ein kleiner Unfall an der Front. Eine meiner Mitarbeiterinnen wurde eingefroren, und genauso mein Arm. Dabei habe ich sogar meinen kleinen Finger verloren.«

Das fand Petula todwitzig, doch sie gab sich Mühe und unterdrückte ihr Lachen.

»Ja, die arme Helga«, meinte Ms Planck. »Wie geht's ihr denn?«

»Sie befindet sich auf dem Weg der Besserung, unserem Druck-Enteiser sei Dank«, antwortete Dr Jorgenson. »Und das Positive ist, dass damit endlich bewiesen wurde, dass ein Mensch einen Kälteschlaf überleben kann. Sobald wir das Gerät besitzen, das ihren Zustand herbeigeführt hat, können wir die Technologie für ein Heidengeld an die NASA verkaufen.« Er deutete auf das große Fenster eines Laborraums. »Übrigens kommt ihr gerade recht. Das hier sollte euch interessieren.«

Und ob es Petula interessierte – in der Mitte der Kammer stand die kosmische Harfe, die sie für die Accelerati an Land gezogen hatte. Helfer legten drei Wassermelonen auf drei niedrige Podeste rund um die Harfe und verließen den Raum.

Sobald sie verschwunden waren, wurde die Kammer versiegelt. Ein Paar mechanischer Hände sank von der Decke herab und fing an, auf der Harfe zu spielen. Petula wappnete sich für die Vibrationen, die im Haus der Harfenistin ihre Seele versengt hatten.

Aber sie spürte nichts. »Das kann doch nicht sein«, wunderte sie sich laut.

Jorgenson ahnte, was sie meinte. »Hochverdichtetes Bleiglas.« Er klopfte gegen das Fenster, das sie von der Harfe abschirmte. »Hier draußen kann uns nichts passieren.«

Immer leidenschaftlicher klimperten die mechanischen Hände auf den kosmischen Strings – und auf einmal explodierten die drei Melonen. Feuchte Fruchtfleischsplitter klatschten an die Scheiben.

»Bemerkenswert!«, rief Ms Planck. »Äußerst bemerkenswert.«

»Aber nichts gegen das nächste Experiment …«, sagte Jorgenson.

Petula staunte über sich selbst, als sie die Hand hob. In der Schule meldete sie sich nie; ihrer Meinung nach sollte man nicht um Erlaubnis bitten müssen, um eine Frage zu stellen. Doch in der Gegenwart des Großen Acceleratus wurde sie ihren Prinzipien untreu. »Tschuldigung? Ich, äh … ich glaube, die Harfe ist eigentlich für was anderes gedacht.«

Jorgenson legte ihr die Hand, die keinen Verband trug, auf die Schulter. »Der Erfinder selbst begreift nie, welche Möglichkeiten in seiner Schöpfung schlummern. Es ist an uns, seine Vision zu vollenden.«

Die Helfer kehrten in den Laborraum zurück und legten eine einzelne Wassermelone auf ein Podest. Danach trugen sie einen riesigen metallischen Schildkrötenpanzer herein, der von der Größe her an eine umgedrehte Badewanne erinnerte, stülpten ihn über die Melone und gingen wieder.

Die mechanischen Hände spielten die Harfe genauso leidenschaftlich wie zuvor, diesmal über eine Minute lang. Als sie wieder aufgehört hatten, traten die Helfer ein und entfernten den Panzer. Darunter lag die unversehrte Melone.

»Hervorragend!«, rief Jorgenson. »Der Schildkrötenpanzer widersteht nicht nur roher Gewalt und radioaktiver Strahlung – er wehrt auch Dissonanzen kosmischer Strings ab. Wer eine Waffe erschafft, sollte immer sicherstellen, dass ihm selbst das perfekte Gegenmittel zur Verfügung steht ...« Er betrachtete Petula, als würde er über eine kostspielige Anschaffung nachdenken. »Wie lauten deine Ansichten zum Thema Rache, Ms Grabowski-Jones?«

Petula ließ sich Zeit mit ihrer Antwort. »Nun ja«, meinte sie. »Manche behaupten, Rache sei ein Gericht, das am besten kalt serviert wird. Aber wenn Sie mich fragen, sollte man sie überhaupt nicht servieren. Als All-you-can-eat-Buffet schmeckt Rache nämlich immer noch am besten.«

Wieder lächelte Jorgenson. Mit einem zufriedenen Nicken hielt er ihr ein Glasfläschchen hin, das er aus seiner Hosentasche gezogen hatte und in dem sich ein winziger Computer-chip befand. »Hier. Ich will, dass du Nick Slate damit das Leben zur Hölle machst.«

Seufzend nahm Petula das Fläschchen entgegen. »Das ist mein Spezialgebiet. Sagt Nick selber.«

19. Knüppel, Stock oder Stange

Die Einzelteile waren wieder zusammengesetzt. Erst jetzt konnte Nick sich ein bisschen entspannen. Doch als er sich dicht an die unvollständige Maschine heranwagte, dicht genug, um sie zu berühren, spürte er all die Teile, die noch da draußen herumirrten.

Er spürte nicht, *wo* sie waren. Er spürte nur, *dass* sie waren. Dass sie alle noch existierten.

Also war die Harfe unbeschädigt. Sie war nicht von der eigenartigen Wohnzimmer-Apokalypse im Haus der Harfenistin verschlungen worden. Nick fühlte, wie ihre Schwingungen mit den Bestandteilen der Maschine harmonierten, und auch mit den vielen Erfindungen, die er erst noch aufspüren musste.

Er betrachtete das Oberlicht, die Glaspyramide an der Spitze des Dachbodens. War sie dazu gedacht, die Sonne von draußen hereinzulassen? Oder dazu, konzentrierte Energie von innen nach außen zu leiten? Vielleicht auch beides.

All das war natürlich reiner Instinkt, und je weiter Nick sich vom Dachboden entfernte, desto stärker wurden seine Zweifel. Dann fragte er sich ständig, ob er nicht doch auf dem Holzweg war. Doch sobald er den Raum betrat, in dem Teslas Meisterwerk weilte, verflogen seine Bedenken, und er spürte wieder, wie alles miteinander zusammenhing. Wäre er kein so willensstarker Typ gewesen, hätte er den Dachboden vielleicht nie mehr verlassen, damit dieses überwältigend tröstliche Gefühl für immer bei ihm blieb.

Aber Nick hatte einen starken Willen. Und seit er die Accelerati bei einer direkten Konfrontation bekämpft und abgewehrt hatte, war sein Selbstvertrauen größer denn je.

»Zu viel Selbstvertrauen ist gefährlich«, hatte Caitlin dazu gesagt. »Für den Moment hast du sie verjagt, aber sie werden zurückkehren. Und wenn es so weit ist, werden sie umso härter zuschlagen.«

»Dann schlagen wir eben noch härter zurück«, hatte Nick erwidert. Doch ihm war klar, dass sie einen echten Plan brauchten.

Am Montagabend lud Nick daher unter dem Vorwand eines gemeinsamen Schulprojekts seine Freunde ein. Caitlin, Vince, Mitch und Petula kletterten die Dachbodenleiter hinauf, um Gedanken und Erfahrungen auszutauschen.

Nicks Dad mischte sich nicht in ihre Angelegenheiten ein, und falls ihr Treiben sein Misstrauen weckte, ließ er sich nichts anmerken. Trotzdem trug Vince sicherheitshalber einen Kapuzenpullover, um sein Gesicht vor Mr Slate zu verbergen. Sollte er doch wiedererkannt und vor heikle Fragen gestellt werden, würde er Nicks Rat befolgen und sich als sein eigener Zwillingsbruder ausgeben.

»Die Anziehungskraft wird stärker«, sagte Nick, als seine Mitwisser vollzählig versammelt waren. Um es ihnen zu beweisen, zog er die Schuhe aus und legte sie neben sich auf den Boden. »Mein Schreibtisch und mein Bett sind an die Wände gedübelt, aber alles andere wandert langsam zum Zentrum.«

Der Schuh hatte sich bisher nicht erkennbar bewegt.

»Alles bis auf Schuhe«, stellte Vince fest.

Nick schüttelte den Kopf. »Es ist wie beim Stundenzeiger einer Uhr. Schau in fünf Minuten noch mal hin.« Ihm fiel auf, dass Vince noch übler roch als sonst, aber er sagte nichts.

Petula konnte sich den Kommentar natürlich nicht verkneifen. »Igittigitt. Hier stinkt's nach totem Fleisch.«

»Schuldig im Sinne der Anklage«, meinte Vince. »Und vielen Dank auch.«

Vince wirkte nicht verbittert. Er wirkte, als hätte er nie etwas Besseres vom Leben erwartet, nicht mal vor dem Tod. Heute trug er ein T-Shirt mit einem YOLO-Schriftzug, nur dass er das zweite O durchgestrichen und durch ein krakeliges T ersetzt hatte – man lebt nur zweimal. Außerdem bemerkte Nick, dass Vince unter dem Kragen ein bisschen grün war.

Vince bemerkte, dass er es bemerkte. »Ich glaube, ich vermoose langsam«, meinte er betont gelangweilt. »Ich sollte mich als Projekt für den nächsten Wissenschaftswettbewerb anmelden.«

»Wenn du den Accelerati in die Hände fällst, helfen sie dir sicher gerne mit deinen Experimenten«, sagte Caitlin.

»Und genau deshalb müssen wir verhindern, dass es so weit kommt.« Nick wollte endlich wieder zur Tagesordnung übergehen. »Wir können nicht abwarten, bis die Accelerati wieder hier anrollen. Wir brauchen eine Strategie.«

»Warum verstecken wir das Zeug nicht einfach irgendwo?«, schlug Mitch vor. »Es muss ja nicht alles hier oben auf dem Dachboden rumstehen. Wir können es genauso gut an lauter verschiedenen Stellen bunkern.«

Nick warf Caitlin einen Blick zu. Sie warf ihn zurück.

»Das geht nicht«, erwiderte Nick.

»Und wieso geht das nicht?«, fragte Petula. »Klingt doch logisch.«

Nick war auch schon auf die Idee gekommen. Doch der Gedanke, die Maschine auseinanderzunehmen, tat ihm weh, als würde man ihm ein lebenswichtiges Organ herausreißen. Das hatte sicher seinen Grund. Das durfte er nicht ignorieren.

»Es geht einfach nicht«, wiederholte Nick mit größerem Nachdruck, stand auf und ging zur Maschine. Als er sie berührte, verabreichte sie ihm einen Stromschlag, der ihm wie ein Vorgeschmack auf etwas viel Größeres vorkam. Er konnte nur noch nicht sagen worauf.

»Nick«, sagte Mitch, »du benimmst dich echt komisch. Noch komischer als sonst, und das will was heißen.«

Nick drehte sich zu den anderen. Wenn er wollte, dass sie alle an einem Strang zogen, mussten auch alle Bescheid wissen. Er zeigte auf den Berg aus zusammengesetzten Erfindungen. »Schaut genau hin. Schaut *richtig* hin.«

Bei Mitch machte es zuerst Klick. »Das ist alles eine einzige große Maschine.«

»Genau«, sagte Nick.

Petula stieß einen leisen Pfiff aus. Vince zog die Beine an und umschlang sie mit den Armen.

»Caitlin und ich haben's herausgefunden, kurz bevor der Asteroid in den Orbit gebonkt wurde.«

»Warum habt ihr nichts gesagt?«, fragte Vince.

»Da sollte doch gerade die Welt untergehen«, antwortete Nick. »Und du warst gerade erst gestorben. Es kam uns einfach nicht so wichtig vor.«

»Und was kann das Ding?«

»Tesla hat davon geträumt, die ganze Welt mit drahtloser Gratisenergie zu versorgen. Und er wusste auch, wie er es anstellt«, erklärte Nick. »Zuerst braucht man diese Maschine hier. Die Maschine muss fertiggestellt werden. Und nur wir können das schaffen.«

Stille kehrte ein. Eine dröhnende Stille, die in Nicks Ohren widerzuhallen schien.

Bis Mitch sagte: »Hey, Nick. Deine Schuhe.«

Alle blickten zu Boden. Während ihres fünfminütigen Gesprächs waren Nicks Schuhe einen guten halben Meter weit auf die Maschine zugekrochen – und dadurch entfaltete auch Nicks Theorie neue Anziehungskraft.

Aber Vince hatte trotzdem noch einen Einwand. »Woher willst du wissen, dass nur wir die Maschine fertigstellen können? Das ist doch mehr so ein Gefühl, oder?«

»Ja, aber ein ziemlich starkes«, antwortete Nick.

»Ich weiß ja nicht, wie's euch geht«, entgegnete Vince, »aber bei Gefühlen hab ich immer meine Zweifel. Meine Mom denkt nur an Gefühle, und was kommt dabei raus? Lauter Postkarten mit aufmunternden Sprüchen und tausend ›magische‹ Glücksorte im ganzen Haus. Mir wär's lieber, wenn ich kalte, harte Tatsachen in meinen kalten, harten Händen hätte.«

Caitlin wandte sich an Nick. »Was schlägst du vor?«

»Das Zeug vom Flohmarkt bleibt hier oben«, antwortete Nick, ohne auf Vince' Einwand einzugehen. »Und wir bauen weiter an der Maschine. Die Harfe ist bei den Accelerati, aber soweit wir wissen, haben sie sonst noch nichts in die Finger gekriegt.«

»Aber wenn das Zeug weiter hier oben rumsteht, wie sollen wir dann verhindern, dass sie es doch noch in die Finger kriegen?«, fragte Mitch. »Und wie sollen wir verhindern, dass sie uns in die Finger kriegen!?«

»Das weiß ich doch auch nicht!«, rief Nick entnervt. »Deshalb wollte ich doch, dass ihr alle hierherkommt! Ich dachte, zusammen hätten wir vielleicht irgendeine tolle Idee!« Erneut blickte er zur Maschine. »Mann, warum sagt uns das Ding nicht einfach, was wir tun sollen?«

Er verstummte. Die Maschine konnte nicht sprechen, aber kommunizierte sie nicht trotzdem mit ihm? Auf einer tieferen Ebene, die man nicht mit Worten ausdrücken konnte?

»Wisst ihr was?«, sagte Nick leise. »Ich glaube, die Antwort steht direkt vor uns.«

Alle Blicke richteten sich auf die Maschine, und Caitlin war die Erste, die verstand. »Du willst Teslas Erfindungen gegen die Accelerati einsetzen? Als Waffen?«

»Ich will nicht … aber ich glaube, wir müssen.«

»Aber dann sind wir auch nicht besser als die!«, rief Caitlin.

»Doch«, widersprach Mitch. »Wir sind die Guten, die die Bösen im Namen von Frieden und Freiheit wegpusten!«

»Wir benutzen die Sachen doch nur, um uns zu wehren. Zur Selbstverteidigung«, sagte Nick. »Das ist ein Unterschied.«

Caitlin sah ihn an. »Ach wirklich? Klingt eher nach der ältesten Kriegsausrede aller Zeiten.«

»Einen von uns haben sie schon umgebracht«, meinte Nick mit einem Blick auf Vince. »Und neulich wollte Jorgenson mich umbringen. Tut mir echt leid, Caitlin, aber ich würde sagen, wir befinden uns schon im Krieg.«

Sie stand auf und verschränkte die Arme. »Ich werde jedenfalls niemanden umbringen. Und ihr?«

Da wandte Nick den Blick ab. »Ich fürchte, ich hab schon jemanden umgebracht.«

Caitlin schnappte nach Luft. Alle starrten schockiert auf Nick, dessen Schultern unter der Last des Geständnisses hinabsackten. Als er seinen Freunden vom Überfall der Accelerati erzählt hatte, hatte er etwas Wichtiges ausgelassen. »Ich hab eine von ihnen eingefroren. Mit dem Ventilator. Und ich … ich glaube kaum, dass sie das überlebt hat.«

»Doch, natürlich«, platzte Petula heraus und kicherte hysterisch, als die anderen sie alle erstaunt ansahen. »Ich mein ja nur … das sind doch die Accelerati! Die können die Frau bestimmt irgendwie auftauen.«

Nick wurde nicht misstrauisch, denn er wollte nichts lieber, als Petula zu glauben. »Danke. Hoffentlich hast du recht.«

»Also hast du jetzt einen Plan?«, fragte Vince. »Oder willst du den auch vor uns geheim halten?«

Nick nickte. »Jeder von uns nimmt eine Erfindung mit, um sich zu verteidigen. Der Rest bleibt auf dem Dachboden. Und wenn Jorgenson wieder mit seinem künstlichen Lächeln und seinem blöden Vanilleanzug und seiner idiotischen Superhirngang angetanzt kommt, machen wir sie platt, bis sie nur noch auf allen vieren davonkriechen können.«

Mitch zuckte zusammen. »Vanilleanzug? Wieso Vanilleanzug?«

»Jorgenson hat einen sehr speziellen Modegeschmack«, erklärte Caitlin. »Die Accelerati tragen immer so seltsame Pastellanzüge.«

»Die aus Spinnenseide aus Madagaskar gewoben sind«, fügte Nick hinzu.

»Und in einem bestimmten Licht«, murmelte Mitch, »schimmern sie, als würden sie leuchten ...«

In diesem Moment machte Mitch Murló einen Kopfsprung in sein Inneres.

Wir Menschen besitzen eine erstaunliche Fähigkeit: Wir können die Augen vor der Realität verschließen. Um uns selbst zu schützen, denken wir uns oft Geschichten aus, die wir dann als Wahrheit ansehen – weil es viel einfacher ist, einen neuen Sinn zu erschaffen, als einen Sinn im offensichtlich Sinnlosen zu suchen. Diese Geschichten werden dann zu Symbolen auf Buchseiten, und die Buchseiten werden mit der Zeit zu elektronischen Ketten aus Nullen und Einsen, die irgendwo in einer Wolke schweben, die gar keine richtige Wolke ist, sondern eine Datenwolke. So wird die Wirklichkeit durch immer mehr

Ebenen des Unwirklichen gefiltert, bis am Ende niemand mehr weiß, was sich wirklich zugetragen hat, oder auch nur, was man zum Frühstück gegessen hat.

Mit unserer Beziehung zum lieben Geld verhält es sich ähnlich und davon konnte die Familie Murló ein Lied singen. Vor Tausenden von Jahren war Geld noch mit Händen zu greifen; zuerst bestand es aus Ketten mit Muscheln oder Perlen, später aus wertvollen Metallen in Form von Münzen, die in den Augen der Menschen einen bestimmten Wert besaßen. Und auch als die Münzen durch wertloses Papier ersetzt wurden, einigte man sich darauf, dass diese Papierscheine einen bestimmten Wert besitzen sollten.

Doch auch das Papier musste irgendwann den gleichen endlosen Ketten aus Einsen und Nullen weichen, die schon die gesamte Geschichte der Menschheit geschluckt hatten. Von diesem Moment an konnte man den Reichtum der Erde nicht mehr anfassen. Er existierte nur noch als Idee in einer Wolke, die selbst kaum existierte …

… weshalb ein Programmierer mit einem sehr klugen Kopf und einem Schuss krimineller Fantasie einen Weg finden konnte, lauter unwirkliche Centstücke von theoretischen Bankkonten zu stehlen. Er musste nur eine einzige Schaltfläche auf seinem Laptop anklicken, um in unter fünf Sekunden eine Dreiviertelmilliarde Dollar einzustreichen.

Nun saß Mr Murló im Gefängnis, wohl für den Rest seines Lebens, während die Accelerati ein Geheimkonto über unzählige Millionen Dollar besaßen, die nur existierten, weil sich die Computer der Welt darauf einigen konnten.

Seit einem Jahr rang Mitch mit derselben Frage: Wie konnte etwas so Unwirkliches wie digitales Geld das Leben so vieler realer Menschen kaputt machen? Nur damit sich die Monster, die seinen Dad ausgenutzt und weggeworfen hatten, ein umso schöneres Leben machen konnten?

Als Mitch endlich erkannte, wie alles zusammenhing, als ihm endlich klar wurde, dass dieselben skrupellosen Monster auch jetzt hinter ihnen her waren, verschlangen sich seine Gedanken zu einem Kreislauf der Wut. Er ließ den Dachboden hinter sich und verschwand an einen entlegenen Ort, wo sich Raum und Zeit in sich selbst verkrümmten und Mitch sich immer und immer wieder in den Hintern beißen konnte, weil er es nicht schon viel früher kapiert hatte.

Während Mitch seine Innenwelt durchreiste, schmiedeten die anderen auf dem Dachboden Pläne. Sie entschieden, dass Nick den Ventilator und Jorgensons Neuraldisruptor behalten sollte, um sich verteidigen zu können. Vince erhielt den Narkoseteufel, der andere Menschen ohnmächtig werden ließ, denn der passte optimal zu seiner untoten Persönlichkeit (was Vince selbst zugab). Petula durfte die Folterklarinette mitnehmen, da die anderen davon ausgingen, dass sie das Folterinstrument besser spielen könnte als jeder andere. Mitch überließen sie den Blasebalg, weil er die meisten Videospiele geopfert hatte, um ihn zu ertauschen. Und Caitlin, die als einziges Mitglied der Gruppe immer wieder moralische Bedenken vorbrachte, erklärte sich bereit, das Kraftfeld-Mehlsieb zu übernehmen – die einzige Erfindung, die man wirklich nur zur Verteidigung einsetzen konnte.

Mitch bekam davon nichts mit. Als er von seiner schmerzhaften Gedankenreise zurückkehrte, hatte er nur noch eines im Sinn.

»Wo ist die Fernbedienung?«, knurrte er fast wie ein Tier.

Alle drehten sich zu Mitch, sichtlich irritiert von seinem Fauchen.

»Was?«, fragte Nick.

»Die Fernbedienung, mit der dich Mr Vanillearschloch umbringen wollte. Du hast gesagt, du hast sie zerstampft. Wo sind die Einzelteile? Her damit!«

Seine Freunde sahen einander an, als wüssten die anderen vielleicht, was plötzlich in ihn gefahren war.

»Ich … ich hab sie ins Kaminfeuer geworfen, Mitch«, sagte Nick. »Sie sind verbrannt.«

Mitch stand auf. Seine Hände verkrampften sich zu Fäusten. Die Fingernägel schnitten ihm in die Haut. »*WARUM HAST DU DAS GEMACHT?*«

»Weil sie zu gefährlich war.« Caitlin sprach ruhig und leise, als müsste sie einen Selbstmörder davon abhalten, von der Brücke zu springen.

»Falsch. Sie war nicht gefährlich *genug*!«, schrie Mitch. »Mit dem Ding hätte ich sie nur einen nach dem anderen töten können! Ich will sie aber alle auf einmal umbringen! Sie sollen alle sterben! Jeder Einzelne! Jetzt sofort!« Tränen schossen aus seinen Augen. Mitch konnte nichts dagegen tun, er versuchte es gar nicht erst.

Nick stand auf. »Was ist los mit dir?«

»Nichts!«, brüllte Mitch. »Was soll denn los sein!?«

»Mitch. Die Fernbedienung war eine Erfindung der Accelerati, und …«

Und gegen seinen Willen sagte Mitch: »*…mit ihrer eigenen Technologie können wir die Accelerati niemals zerstören.*« Er schlug sich die Hände auf den Mund, als hätte er gerülpst. Warum hatte er das gesagt? Es war jedes Mal dasselbe: Sobald er sich aufregte, beendete er die Sätze anderer Leute, und dank der eigenartigen Macht, die das *Klappe! Zuhören!* auf ihn übertragen hatte, sagte er dabei immer die Wahrheit. Auch damals, als Nick wissen wollte, wie sie die Welt retten konnten, waren die Antworten nur so aus seinen Lippen geploppt. Oder erst vor Kurzem, als er während seines hitzigen Ringkampfs mit Steven Gray die unerklärlichsten Sachen geschrien hatte. Wenn seine Gefühle heiß liefen, rutschte ihm alles Mögliche heraus.

Manchmal war es ganz hilfreich, manchmal war es einfach nur nervig, aber es war immer die Wahrheit. Und seine letzte unfreiwillige Prophezeiung passte ihm gar nicht in den Kram.

»Halt endlich die Fresse!«, kreischte er und meinte damit nicht die anderen, sondern sich selbst. Dann schlitterte er die Dachbodenleiter hinunter. Mitch hatte keinen Schimmer, wohin er wollte, aber er musste hier weg.

Nick rannte ihm hinterher. Erstens, weil er sich um seinen Freund kümmern wollte, zweitens, weil er eine günstige Gelegenheit witterte. Sie brauchten Antworten auf lebenswichtige Fragen, und er konnte keine Rücksicht darauf nehmen, ob Mitch die Antworten hören wollte oder nicht.

Auf dem Flur holte Nick ihn ein.

Er packte Mitch und sagte: »Wenn wir die Accelerati schlagen wollen, brauchen wir …«

»… einen Knüppel, einen Stock oder eine Stange.«

Nicht sehr hilfreich. Nick musste genauer nachfragen. »Die nächste Attacke der Accelerati …«

»… nähert sich auf leiser Sohle.«

Interessant. Aber was zum Teufel sollte das bedeuten?

»Bitte nicht«, flehte Mitch, »bitte zwing mich nicht dazu!«

»Verstehst du das nicht? Du bist der Schlüssel, Mitch! Und ich muss die richtigen Worte finden! Keine Ahnung, was dich plötzlich so aufgeregt hat, aber du musst jetzt ganz fest dran denken – bis wir die Antwort haben.«

Doch die Funken von Mitchs Zorn flogen sowieso in alle Richtungen und einige davon trafen Nick. Mitchs Blick brannte sich in seine Augen. »Nein!« Er versuchte, Nicks Hände abzuschütteln. »Ich mach da nicht mit.«

»Die Accelerati wollen uns töten. Wenn wir überleben wollen, müssen wir …«

Wieder riss Mitch unfreiwillig den Mund auf. »… Dr. Jorgenson die Hand schütteln.«

Mitch presste sich die Hand auf die Lippen, während Nick ihn anstarrte, als hätte er ihn verraten. Nicks Finger rutschten von seinem Arm ab. »Was? Was hast du da gesagt?«

»Ich kann doch nichts dafür! Du hast mich dazu gebracht!«

Bevor Nick noch etwas sagen konnte, drehte Mitch sich um und rannte aus dem Haus. Diesmal folgte Nick ihm nicht.

Auch die anderen waren gegangen. Nur Vince drückte sich noch auf dem Dachboden herum. Voller Abscheu starrte er auf die Ansammlung von Erfindungen, die sich zu einem gemeinsamen Ziel zusammengefunden hatten.

Nick fühlte sich von der Maschine angezogen. Vince fühlte sich zunehmend abgestoßen.

Als Nick auf den Dachboden zurückkehrte, wirkte er überrascht, Vince noch hier oben zu sehen.

»Ihr seid einfach so darauf gekommen, dass man den Kram zusammensetzen kann? Respekt.« Vince machte eine Pause. »Aber selbst wenn ihr irgendwann die Harfe und alles andere zurückgeholt habt, wird euch immer noch eine Sache fehlen. Das wisst ihr doch?« Er rückte den Rucksack auf seinen Schultern zurecht. Den Rucksack mit der Batterie.

Nicks Gesichtsausdruck war schwer zu durchschauen. Vince sah Verunsicherung, Angst und Trauer, ein bisschen von allem. »Darüber reden wir, wenn es so weit ist.«

»Ja«, erwiderte Vince, »davon gehe ich aus.« Er verließ das Haus, ohne sich zu verabschieden.

20. Laptops und Tablets und Handys, ach je!

Im Jahr verlieren weltweit rund achtzig Menschen durch einen Blitzschlag ihr Leben, dreihundert werden verletzt – aber in den letzten Wochen hatte das immer stärkere Aufkommen von Gewitterstürmen alle alten Statistiken in Schutt und Asche gelegt und die Zahlen waren rapide angestiegen. Auf sämtlichen Kontinenten wurden die Leute gebrutzelt wie Fliegen von verlockend strahlenden Lampen. Doch all jene, die es nicht selbst erwischte und die auch niemanden kannten, den es erwischt hatte, nahmen die Gefahr trotzdem bloß als fernes Donnergrollen wahr. Es gab eben viel zu viele Dinge zwischen Himmel und Erde, um sich mit allen ausführlicher zu beschäftigen.

Bislang beeinträchtigten die elektromagnetischen Seltsamkeiten nur einen großen Wirtschaftszweig: Die Luftfahrtbranche wurde von unerklärlichen Problemen bei Navigation und Telemetrie geplagt. Nicht wenige Flugzeuge landeten am falschen Flughafen. So stand ein Trupp Urlauber in Karoshorts, die sich auf ihren Besuch bei Disney World freuten, auf einmal mit Mausohren auf dem Kopf in Honduras. Die dort beheimateten Nagetiere würden ihnen keine tollen, sondern höchstens tollwütige Tage bereiten.

Die Slates hatten in der Zwischenzeit ganz andere elektromagnetische Probleme: Unerklärlicherweise hatten sie plötzlich *zu wenig* Strom …

»Aufstehen, Nick! Wir sind spät dran!«

Als die Stimme seines Dads durchs Haus schallte, öffnete Nick die Augen. Sein erster Blick ging wie immer zum Wecker, aber dessen Display war dunkel.

»Stromausfall!«, schrie sein Vater die Leiter hinauf.

»Wie spät sind wir dran?«, rief Nick zurück.

»Keine Ahnung!«

Nick griff nach seinem Handy, aber das war ebenfalls tot. Dabei hatte er es doch ans Ladekabel gehängt! Anscheinend war der Strom schon die ganze Nacht weg.

Schnell streifte er sich Hose und Shirt über, stieg in seine Schuhe und eilte mit offenen Schnürsenkeln ins Erdgeschoss.

In der düsteren Küche löffelte Danny seine Cornflakes. »Im Dunkeln essen ist blöd. Dann sieht man nicht, ob da Insekten in der Schüssel schwimmen.«

»Es ist nicht dunkel«, sagte Nick. »Es ist bloß dämmrig.«

»Im Dämmrigen essen ist aber auch blöd.«

Wie sich herausstellte, hatte keiner von ihnen ein funktionstüchtiges Handy. Deshalb waren sie auf Großtante Gretas Standuhr angewiesen, die immer um zehn Minuten daneben lag – mal ging sie zehn Minuten vor, mal nach. Es war besser als nichts, aber nicht viel besser.

»Wir hätten vor drei oder dreiundzwanzig Minuten in der Schule sein müssen«, meckerte Danny. »Da kann uns dein toller Tesla auch nicht weiterhelfen, was?«

Nick zuckte mit den Schultern. »Jedenfalls nicht mit den Erfindungen, die wir im Haus haben.«

»War ja klar.«

Ihr Vater zischte währenddessen laut fluchend die Treppe hinauf und hinunter, weil ihm ständig neue Sachen einfielen, die er noch in die Arbeit mitnehmen musste.

Und ihre Pechsträhne wollte kein Ende finden. Als sie endlich aus dem Haus waren, sprang der Wagen nicht an.

Frustriert hämmerte Mr Slate auf das Lenkrad. »Ich kann nicht mal in der Arbeit anrufen und Bescheid sagen, dass ich zu spät komme!«

»Vielleicht ist das komplette Stromnetz ausgefallen«, überlegte Nick. »Dann wäre NORAD auch weg vom Fenster.«

»Bei NORAD ist nie Stromausfall«, erwiderte sein Dad sofort. »Nicht mal damals, als die Welt untergegangen ist.«

Durch den trostlosen Morgennebel war zu erkennen, dass das Haus auf der gegenüberliegenden Straßenseite beleuchtet war. Nicks Vater ging rüber, um von dort aus bei seiner Arbeitsstelle anzurufen, während Nick und Danny sich aufs Rad schwangen. Sie mussten in entgegengesetzte Richtungen.

Normalerweise bewegte Nick sich mit offenen Augen durch die Welt, doch heute kreisten seine Gedanken auf dem Weg zur Schule nur um die Accelerati. Er bemerkte nicht, dass der Motor jedes einzelnen Autos abstarb, wenn er vorbeikam. Dass das Licht in den Nachbarhäusern flackernd erlosch und wieder ansprang, sobald er sie hinter sich ließ. Oder dass die Ampeln in seiner Gegenwart den Dienst verweigerten, was beinahe zu mehreren Unfällen führte.

Er dachte nur daran, wie unangenehm es wäre, Jorgenson die Hand zu schütteln.

Mitchs Halbsatz-Weissagungen lagen nie daneben. Also, was sollte das heißen? Mussten sie einen Waffenstillstand mit den Accelerati schließen, wenn sie überleben wollten? Oder mussten sie sich sogar mit ihnen verbünden?

Nick sperrte sein Fahrrad ab und ging in die Schule. Über ihm flimmerte die Flurbeleuchtung und erlosch, und als er der Heldin der Anwesenheitskontrolle sein Verspätungsformular übergab, erstarb das Licht im Sekretariat.

»Keine Panik«, hörte er eine Sekretärin sagen, gefolgt von: »So was, meine Handy-Taschenlampe funktioniert nicht.«

Da wusste Nick, wer der Schuldige war. Mit schnellen Schritten ließ er das Sekretariat hinter sich, und als er den halben Flur durchquert hatte, sprangen die Lichter dort wieder an – während die Neonröhre über ihm schlappmachte.

Dr. Alan Jorgensons spöttisches Lachen hallte durch seinen Schädel.

Den ganzen Tag lang lief Nick mit einer Art unsichtbaren Gewitterwolke über dem Kopf herum. Wo er auftauchte, ging sämtlichen elektrischen Geräten der Saft aus. Den Taschenrechnern in Mathe genauso wie dem Whiteboard in Englisch, und auch die Akkus aller Laptops und Tablets und Handys waren urplötzlich leer geschlürft.

»Wenn ich wenigstens wüsste, was die mit mir gemacht haben«, sagte er in der Mittagspause zu Caitlin und ärgerte sich, dass seine Stimme so verzweifelt klang. Als sie zu zweit in einer dämmrigen Ecke der Mensa saßen, konnte er zum ersten Mal exakt erkennen, wie weit das Antistromfeld reichte: In einem Umkreis von sechs Metern war alles dunkel.

»Keine Panik«, sagte Caitlin. »Ist doch immer noch besser, als wenn sie versucht hätten, dich umzubringen.«

»Na ja. Wenn die anderen checken, dass ich ihre Handys gekillt habe, bringen *die* mich vielleicht um.«

»Du darfst das nicht so ernst nehmen. Die Accelerati wollen dich bloß aus der Ruhe bringen.«

»Funktioniert wunderbar«, meinte Nick.

Caitlin atmete tief ein. »Du musst rauskriegen, was dahinter steckt. Es muss irgendein Gerät sein oder ... oder eine Strahlung oder ... irgendwas anderes.«

Nick blickte an sich hinab. In seinen Taschen hatte er schon nachgeschaut. Er hatte nicht mal davor zurückgeschreckt, sich gründlich die Haare zu bürsten – für den Fall, dass der Mechanismus als Schuppe getarnt war. »Aber ich finde einfach nichts. Keine Ahnung, vielleicht haben die mein Deo durch ein Energieabsaugespray ersetzt.«

»Na«, sagte Caitlin mit einem breiten Grinsen, »immerhin weiß ich jetzt, dass du Deo benutzt. Das ist doch schon einmal beruhigend.«

Nick wurde nur ein ganz bisschen rot.

Dann griff Caitlin über den Tisch und nahm seine Hand. Sie versuchte nicht, die liebevolle Geste zu verstecken. Hätte jemand in ihre Richtung geblickt, hätte er es mit Sicherheit gesehen. Okay, es blickte niemand in ihre Richtung, aber das änderte nichts an Caitlins Kühnheit.

Als sie sich berührten, waren beide fast überrascht, dass es keinen Stromschlag gab. »Na ja«, sagte Caitlin. »Zwischen uns knistert's auch ohne Elektrizität.«

Nick wurde noch ein bisschen röter, aber das war ihm egal.

Auf den Schulfluren hatte sich herumgesprochen, dass Nick irgendwie mit den merkwürdigen Spannungsabfällen zu tun haben musste, und so wurde er noch vor dem Ende der Mittagspause vom Rektor einbestellt. Und die Verdachtsmomente gegen Nick erhärteten sich, als er das Sekretariat erneut durch seine bloße Anwesenheit in Dunkelheit hüllte.

Nick öffnete Rektor Watts Bürotür. Rektor Watt blickte auf, lächelte Nick an und kippte vornüber auf den Tisch. Sein Kopf platschte in einen Teller chinesisches Essen.

Nick, der dank Vince eine Menge Erfahrung mit dem Tod hatte, erkannte sofort, woran er war: Rektor Watt hatte einen Herzschrittmacher in der Brust. Nick stolperte rückwärts aus dem Büro.

Rektor Watt kam bald wieder zu sich. Wegen der gebratenen Nudeln in seinen Nasenlöchern hatte er noch leichte Atemprobleme, aber ansonsten war er ganz der Alte.

Nick beschloss währenddessen, dass er heute ruhig früher gehen konnte.

21. Bagels und Lochs

Zum Glück schwänzte Vince heute sowieso die Schule, er musste also kein tödliches Versagen seiner elektrischen Lebenserhaltungssysteme befürchten. Vince war noch dabei, die erschütternde Erkenntnis zu verarbeiten, dass Nick ihm eines Tages die Batterie abnehmen müsste. Und dass Nick es seit Wochen gewusst hatte, ohne ihm etwas davon zu sagen.

In den letzten Wochen hatte Vince einige Objekte für Nick beschafft. Er hatte nicht ahnen können, dass sein eigener Untergang mit jeder erfolgreichen Mission näher rückte. Und trotzdem wollte er sich heute wieder um eine Erfindung kümmern, um eine bestimmte Erfindung, die ihn gefangen nahm wie keine andere. Aber mit seiner Mom konnte er natürlich nicht darüber reden.

»Du kannst doch nicht einfach die Schule schwänzen«, sagte sie am Morgen. »Du hast doch gar keinen Grund.«

»Äh … ich bin tot?«, erwiderte Vince ausdruckslos, während er ein rohes, veganes Frühstück aus frisch gepresstem Gemüsesaft und Samenkäse verspeiste. Seine Mom war hellauf begeistert von seiner neuen Ernährungsweise – zu seinem grenzenlosen Entsetzen hatte Vince nämlich festgestellt, dass seine untoten Gedärme viel zu lange brauchten, um tierisches Eiweiß zu verdauen. Doch obwohl er immer noch den alten Heißhunger auf Hamburger und Salamipizza verspürte, war er irgendwo noch mal glimpflich davongekommen. Wäre er einbalsamiert worden, hätte er nun nach eisenhaltigen Nahrungsmitteln wie Leber oder Menschenhirn gelechzt, und seine spießige Mutter hätte ihn bestimmt gezwungen, stattdessen Spinat zu essen.

»Du denkst wohl, du brauchst nur das T-Wort zu sagen, und schon lasse ich dir alles durchgehen.« Vince' Mom verschränkte die Arme. »Wenn du glaubst, du bist zu krank für die Schule, musst du zum Arzt gehen.«

Vince antwortete mit einem langen, angestrengten Seufzen. »Zu welchem Arzt denn, Mom? Für mein Leiden gibt's nur ein Heilmittel, und ich bin schon eingestöpselt.«

»Aber wir wissen doch gar nicht, woran du genau ›leidest‹.«

»Du sagst es. Und deswegen sollte lieber niemand davon erfahren, was?«

Seine Mom starrte ihn frustriert an, aber ihr fiel kein Gegenargument ein. Also nahm sie ihre Handtasche und brach mit vorwurfsvollem Gesicht zur Arbeit auf.

»Ich muss ein paar Häuser vorführen, aber um fünf bin ich zurück«, sagte sie an der Tür. »Bitte mach keinen Unfug, ja?«

Ein bestimmtes Haus, dachte Vince, könnte sie nie vorführen – weil es schlicht nicht mehr vorhanden war. Dieses verschwundene Haus war der wahre Grund für seine Auszeit von der Schule.

Nachdem Vince eine Überdosis Karotten, Rote Bete und Grünkohl hinuntergekippt hatte, die jeden normalen Menschen unter die Erde gebracht hätte, machte er sich auf den Weg. Sein Ziel war ein auffällig leeres Grundstück, auf dem früher ein absolut unauffälliges Haus gestanden hatte. Er hatte Nick nie davon erzählt, aber vor Kurzem hatte Vince ein Foto gesehen, auf dem allem Anschein nach genau dieses Haus abgebildet war – und zwar in der Blödsinnszeitung, die ihm während ihrer verpfuschten Einbruchsaktion aufgefallen war, kurz bevor er im falschen Moment vom Tod ereilt wurde.

Es handelte sich um ein gewöhnliches zweistöckiges Wohnhaus, das vielleicht sogar denselben Grundriss hatte wie Vince' Zuhause, da es in derselben Siedlung gestanden hatte. In der Straße, die auf beiden Seiten von identischen Bauten gesäumt wurde, war die klaffende Lücke nicht zu übersehen. Eine Zeit lang war das Grundstück von polizeilichem Absperrband umgeben gewesen, doch die Cops hatten nie Untersuchungen angestellt. Das hatte ein Trupp aus Männern und Frauen in eigentümlich schimmernden Pastellanzügen übernommen.

Einige Wochen waren ins Land gegangen, seit sich das Haus in Luft aufgelöst hatte, und auf den ersten Blick hatte sich nichts verändert. Vince lief den Gartenweg hinunter, bis er abrupt endete, vor einer etwa drei Meter tiefen Grube. Die sauber abgesäbelten Reste von Stromkabeln, Rohren und einer Abwasserleitung ragten empor. Selbst das Fundament war verschwunden, als wäre das Haus wie ein Zahn aus der Erde gezogen worden, samt Wurzel und allem Drum und Dran.

Im Garten hinter dem Ex-Haus wurde es noch interessanter. Dort hatte eine frei stehende Garage gestanden. Heute stand sie bloß noch zum Teil.

Vince wusste, dass Nick dabei gewesen war, als das Haus vom Nichts geschluckt wurde. Er hatte an die Tür geklopft, weil die Bewohnerin eine Tesla-Erfindung besessen hatte. Die Frage war nur: Welche Erfindung?

Er umrundete den Krater und trat vor die Garage. Die vordere Hälfte des kleinen Baus war wie mit der Schere weggeschnippelt worden, und im Inneren waren noch ein halber alter Kühlschrank, ein halber Rasenmäher und viele andere halbe Sachen zu erkennen, die man oft in Garagen vorfand. Nick konnte von Glück sagen, dass das Teslanoide Objekt im hinteren Bereich des Hauses gestanden hatte, sodass sich das Kraftfeld nur bis zur Tür erstreckt hatte. Hätte es etwas weiter vorne gestanden, hätte es statt der halben Garage den halben Nick mitgenommen.

Vince klopfte bei einigen Nachbarn.

Bei seinen ersten Versuchen machte ihm niemand auf. Entweder waren die Bewohner nicht zu Hause oder sie hatten keine Lust, sich mit dem Gruselteenie vor ihrer Tür auseinanderzusetzen.

Endlich öffnete sich eine Tür. Die Frau hinter der Schwelle besaß eine verblüffende Ähnlichkeit mit einem verdorrten Apfel, aber gekrönt von einem imposanten Berg Haare, die farblich an verblasste Zuckerwatte erinnerten.

»Okay, was willst du mir verkaufen?«, fragte sie, wartete aber nicht auf Vince' Antwort. »Egal was, du kannst es behalten. Aber komm doch trotzdem rein. Ich hab grad ein paar

Bagel in den Toaster gesteckt.« Sie führte ihn in die Küche. »Ich kriege nie Besuch. Außer von Leuten, die mir an die Tasche wollen.«

»Ach ja?«, fragte Vince höflich.

»Ja. Meine Familie will mir auch an die Tasche«, antwortete sie und setzte ihm einen Bagel mit einem großen Klecks Frischkäse vor. Einen flüchtigen Moment lang fragte Vince sich, wie er das Ding jemals verdauen sollte. Dann beschloss er, dass seine untoten Gedärme einfach mal klarkommen mussten.

»Okay.« Die Frau sah ihn abwartend an. »Nun zieh schon deine Show ab. Aber enttäusch mich nicht.«

»Ich fürchte, ich muss Sie enttäuschen«, erwiderte Vince. »Ich will Ihnen nichts verkaufen und ich brauche kein Geld. Ich wollte Sie nur ein bisschen löchern.«

Sie tippte sich an die Stirn und lachte. »Tut mir leid, ich bin da oben schon löchrig genug. Aber schieß nur los.«

Vince vermutete, dass sie bloß bescheiden sein wollte. Auf ihn wirkte ihr Geist nicht besonders löchrig. »Ich wüsste gerne, wer früher nebenan gewohnt hat. In dem verschwundenen Haus.«

Die Greisin biss von ihrem Bagel ab und kaute gedankenverloren darauf herum. »Das müsste Sheila McNee gewesen sein«, antwortete sie nach einer Weile. »Ja, die hat früher bei unserer Bridge-Runde mitgemacht. Bis die gute Sheila plötzlich dachte, sie wär was Besseres.«

»Sie haben also keinen Kontakt mehr zu ihr?«

Sie schüttelte den Kopf. »Nein. Die feine Dame hat sich

nicht mehr blicken lassen, seit … seit dem *Vorfall*. Dafür kamen diese seltsamen Spezialagentenheinis an und haben tausend Fragen gestellt. Die hatten vielleicht hässliche Anzüge an! Sie haben gesagt, das Haus wäre von einem unerklärlichen Quantenereignis ausgelöscht worden.« Sie beugte sich vor. »Aber ich wüsste da eine andere Erklärung. Der Globus.«

Vince spitzte die Ohren. Bei Nicks Flohmarkt hatte er einen Globus gesehen! Es war ein Metallglobus mit eingravierten Kontinenten gewesen, und hätte die Batterie nicht nach ihm gerufen, wäre Vince vielleicht sogar in Versuchung geraten, ihn selbst zu kaufen. Heute war er froh, dass er sich für die Batterie entschieden hatte.

»Ein Globus?«, sagte Vince, um die Greisin zum Plaudern zu bringen.

»Ich hab den Agentenheinis kein Wort darüber gesagt, falls du dich das fragst. Aber irgendwie hab ich das Gefühl, du solltest davon erfahren.« Wieder biss sie nachdenklich in ihren Bagel. »Sheila hat gesagt, der Globus hat sie an andere Orte gebracht.«

»Wohin denn?«, fragte Vince.

»Überallhin. Wohin sie wollte. Ich dachte, sie hätte eine Schraube locker. Aber dann ist sie plötzlich samt ihrer eingestaubten Bruchbude verschwunden.«

»Haben Sie eine Idee, wo sie jetzt sein könnte?«

»Eine Idee hätte ich schon. Sie hat immer damit gedroht, dass sie irgendwann in ihre Heimat zurückkehrt, nach Schottland. Sie hat gesagt, wir Amerikaner wären ›auf Dauer nerviger als Dudelsackmusik‹.«

Vince schluckte den letzten Bagelbissen hinunter, bedankte sich herzlich und verließ das Haus. Er war sich hundertprozentig sicher, dass die alte Dame die Wahrheit gesagt hatte. Hätte er doch noch Zweifel gehabt, hätte er nur in der Ausgabe der *Planetary Times*, die er vor Kurzem erworben hatte, zu Seite 17 blättern müssen. Neben einem Artikel über den Aufstieg der Alien-Mafia war ein körniges, unscharfes Foto eines typischen Vororthauses abgedruckt, ganz ähnlich den Häusern in dieser Straße. Das einzig Besondere an dem Haus war, dass es von tauchenden Monsterjägern entdeckt worden war – am Grund von Loch Ness.

Mit ungewohnt beschwingten Schritten kehrte Vince nach Hause zurück. Er wusste jetzt, wo der Globus war, aber deshalb musste Nick es noch lange nicht erfahren. Solange der Globus tief in einem See jenseits des Atlantik weilte, könnte Nick die Maschine niemals vollenden.

Und deshalb würde er auch nie versuchen, Vince die Batterie abzunehmen.

22. Kein Idiot

Während Vince den restlichen Tag damit verbrachte, sich an seinem kleinen, überlebenswichtigen Geheimnis zu erfreuen, versuchte Nick, Krankenhäuser und stark befahrene Kreuzungen und alle anderen Orte zu meiden, an denen ein Stromausfall schwerwiegende Konsequenzen haben konnte. Er nahm einen sehr verschlungenen Weg nach Hause.

Hätte er dabei an das Kraftwerk gedacht, hätte er auch darum einen weiten Bogen gemacht. Doch es sollte anders kommen: Ohne böse Absicht steuerte Nick sein Fahrrad bis auf drei Meter an den größten Transformator heran, der sich unglücklicherweise hinter einem efeubewachsenen Gitter verbarg. Schlagartig verdunkelten sich alle Wohnhäuser und Geschäfte in Sichtweite – und die abrupte Überdosis gestohlener Energie ließ Nicks linken Schuh aufflammen.

Er sprang vom Rad und rollte sich durchs Gras, riss sich den Schuh vom Fuß und schleuderte ihn auf die Straße, wo er alle Autos lahmlegte, die ihn umrunden wollten.

Damit war der Schuh wieder viele Meter entfernt vom Transformator und in der Umgebung sprangen die Lichter wieder an. Vorsichtig näherte Nick sich den qualmenden Überresten seines armen Converse, hob ihn mit spitzen Fingern auf und drehte ihn herum. Eine Stelle am linken Rand der Sohle war besonders verkohlt.

Nick bog den Schuh nach hinten, bis das Gummi aufbrach, und zog den kleinen, glitzernden Mikrochip heraus, den er den ganzen Tag in der Sohle spazieren geführt hatte.

Petula hatte ihm den Chip untergejubelt. Es war die Krönung einer überaus erfolgreichen Woche.

In Nicks Kleidung konnte sie ihn nicht verbergen – selbst Jungs wechselten hin und wieder die Klamotten. Sie konnte ihn auch nicht unter Nicks Haut einpflanzen – er hätte den unerträglichen Schmerz bemerkt. Doch als Nick auf dem Dachboden die Schuhe ausgezogen hatte, hatte Petula endlich eine Chance gehabt, und diese Chance hatte sie auf gewohnt brillante Weise genutzt: Sie hatte den Chip in Nicks Sohle geschoben, während alle anderen zugeguckt hatten, wie Mitch zum Unglaublichen Hulk mutiert war.

Allerdings wusste sie nicht, was der Chip mit ihm anstellen würde, nachdem sie ihn aus der Ferne per Code aktiviert hätte.

»Er wird ihm kein Leid zufügen«, hatte der Große Acceleratus gesagt, um sie zu beruhigen. »Er wird ihn nur daran erinnern, dass wir immer in seiner Nähe sind. Dass wir ihn immer beobachten.«

Als der Chip erfolgreich platziert war, ging Petula zu Ms Planck, um wie angewiesen Bericht zu erstatten.

»Wenn du Dr. Jorgenson weiter so stark beeindruckst«, sagte Ms Planck, während sie zu zweit eimerweise Vorräte aus Ms Plancks Minivan in die Mensa karrten, »wirst du die Karriereleiter in Windeseile hinaufklettern.« Sie lächelte. »Ich bin stolz auf dich, Petula. Du wirst die Welt zu einem besseren Ort machen.«

Dann erklärte Ms Planck ihr, was sich in den Eimern befand: gepresstes Plankton, das den Geschmack jedes Lebensmittels annehmen konnte, womit man es vermengte.

»Ich glaube, ich hab mal einen alten Science-Fiction-Film gesehen, wo alle Leute gepresstes Plankton essen«, meinte Petula. »Aber dann stellt sich raus, dass es in Wirklichkeit aus Menschen hergestellt wird.«

»Keine Angst«, erwiderte die Essensausteilerin mit einem Lachen, »noch sind Menschen viel teurer als Plankton.«

Petula fragte sich, was sie mit »noch« sagen wollte. Also würde sich das irgendwann ändern? Sie zog es vor, diesen Gedankengang nicht weiterzuverfolgen. Und sollte es eines Tages so weit kommen, dass den Schülern in der Mensa Menschenfleisch vorgesetzt wurde, müsste Ms Planck wohl als Erste dran glauben. Sie hieß ja fast schon »Plankton«.

Vor Petulas Augen verwandelte sich der grüne Brei in Gulasch und Hühnerfrikassee. »Aber mit doppelt so vielen Nährstoffen wie bei normalem Fleisch. Markentechnologie für eine bessere Welt!«, sang Ms Planck und fügte leise hinzu: »In anderen Worten: Wir verdienen immer schön mit.«

Eines der vielen, vielen Mottos der Accelerati.

»Womit wird der Große Acceleratus mich als Nächstes beauftragen?«, fragte Petula. »Was denken Sie?« Sie brannte auf eine Antwort, fürchtete sich aber zugleich davor.

»Ich weiß es nicht.« Ms Plancks Blick bohrte sich in ihre Augen. »Aber du wirst gehorchen.« Dann lächelte sie und servierte ihr einen großen Teller Planktonfrikassee.

Theo war kein Idiot. Er hob sich seine Intelligenz bloß für den richtigen Augenblick und das richtige Ziel auf – und Petula war nicht die Einzige, die am All-you-can-eat-Buffet der Rache anstand. Auch Theo träumte davon, seine Feinde mit einem Gyrosspieß zu Moussaka zu verarbeiten.

Seine Beziehung mit Caitlin war nie wirklich berauschend gewesen, aber nun war es tatsächlich vorbei. Nun war hochoffiziell Schluss, Aus und Ende, worüber Theo sogar erleichtert war. Der knapp abgewendete Weltuntergang hatte ihn ins Grübeln gebracht. Warum klammerte er sich immer noch an dieses Mädchen? Nur weil Caitlin schön und beliebt war? Caitlin war wie eine glitzernde Trophäe – aber Theo hatte einen Schrank voller echter Trophäen. Nein, das wahre Problem war Theos Gefühl der Erniedrigung. Er ertrug es nicht, wegen Nick Slate abserviert zu werden. Das konnte einfach nicht angehen. Tja, wer den Schaden hatte, brauchte für den Sport nicht zu sorgen. Was Theo aber nie kapiert hatte, denn in Sport war er doch verdammt gut? Egal.

Auf jeden Fall wollte er mehr sein als ein Dorn in Slates Auge. Er wollte ein kompletter Rosenstock sein. Er wollte Slate in ein Gefängnis aus stacheligen Ranken sperren, die ihn bei der kleinsten Bewegung in Stücke schlitzen würden.

Theo wusste, dass Nick in irgendwelche geheimen Machen-schaften verstrickt war. Er sah jeden Tag, wie Nick mit seinen Freunden tuschelte, und es konnte kein Zufall sein, dass lauter seltsame Dinge geschahen, seit er in die Stadt gezogen war. Theo musste der Sache auf den Grund gehen. Er musste einen stichhaltigen Beweis für Nicks Taten finden, irgendwas, womit er ihn gnadenlos erpressen könnte. Dann hätte er Nick end-lich da, wo er ihn haben wollte.

Also hielt Theo Augen und Ohren offen und nach einiger Zeit wurde seine Geduld belohnt: Nicks Freund Vince ging zum Unterricht, ohne seinen Spind abzusperren. Kaum hatte sich der Flur geleert, durchwühlte Theo den Spind nach belas-tendem Beweismaterial. Er machte sich keine großen Hoff-nungen, denn Vince zählte nicht zum harten Kern von Nicks Freundeskreis – bis sein Blick auf das Papier fiel, das an der Innenseite der Spindtür hing. Da, wo jeder andere bunte Pos-ter hinklebte, prangte ein amtliches Dokument. Im ersten Mo-ment konnte Theo nichts damit anfangen, doch als er das Blatt herunterriss und genauer begutachtete, erkannte er die scho-ckierende Wahrheit.

Das war Vince' Sterbeurkunde.

Es war keine Fälschung. Es war eine Original-Sterbeurkun-de mit geprägtem Amtssiegel und allem, was dazugehörte. Das konnte nur eines bedeuten: Zombie-Apokalypse!

Anderswo fing gerade Nicks linker Schuh Feuer, als Theo sich hinter einen Baum neben Nicks Haus kauerte wie ein lauern-der Tiger. Er wollte Nick überraschen. Dabei wurde ihm so langweilig, dass er ein bisschen auf seinem Handy spielte, bis plötzlich das Display erlosch und nicht mehr angehen wollte. Das war ihm heute in der Schule auch schon tausendmal passiert! Theo drückte so verbissen auf dem Handy herum, dass er am Ende von Nick überrascht wurde.

»Theo? Was machst du denn hier?«

Vor Schreck rutschte Theo das Handy aus den Fingern.

Es prallte von Nicks linkem Fuß ab, der unerklärlicherweise nackt war. »Autsch.«

Nick hatte nur einen Schuh an. Den anderen – oder was von ihm übrig war – hielt er in der Hand. Er war nur noch ein geschmolzener Klumpen aus Gummi und Leder.

»Aha!«, rief Theo. Er wusste nicht, was er mit seinem *Aha!* genau meinte, aber ein Mensch, der einen geschmolzenen Schuh in der Hand hielt, führte sicher etwas im Schilde. Irgendetwas, das sich für eine kleine Erpressung eignete.

»Mein Dad ist nicht zu Hause, falls du mit ihm über Baseball quatschen willst. Aber komm doch ein andermal wieder. Nach der nächsten Eiszeit oder so«, meinte Nick und hinkte ins Haus.

Nick wollte die Tür schließen, doch Theo stellte den Fuß in den Spalt. »Du denkst wohl, ich weiß von nichts«, sagte Theo. »Aber ich weiß alles.«

Als Nick wie angewurzelt stehen blieb, beglückwünschte Theo sich zu seiner filmreifen Wortwahl. »Was weißt du denn?«

Theo zog Beweisstück A aus der Tasche. »Das ist eine Sterbeurkunde mit offizieller Unterschrift des zuständigen

Verwaltungsbeamten, ausgestellt auf den Namen ... Trommel-wirbel ... Vincent LaRue.«

Nick kam näher und studierte die Sterbeurkunde mit eini-germaßen besorgtem Blick. Kein panischer Blick, aber besser als nichts. »Und?«

»Das ist doch offensichtlich«, sagte Theo. »Du planst eine Zombie-Apokalypse!«

Nick betrachtete ihn bestürzt. Doch seine Antwort klang dann eher genervt. »Eine Zombie-Apokalypse mit einem ein-zigen Zombie? Wie soll das denn gehen?«

»Aha!« Endlich hatte Theo einen echten Grund, *Aha!* zu rufen. »Also gibst du zu, dass Vince ein Zombie ist!«

»Wie man's nimmt. Zombies verfaulen doch immer weiter. Vince ist nur vorübergehend verfault, aber jetzt ist er über den Berg.« Nick wedelte mit dem geschmolzenen Schuh. »Hör mal, ich hab im Moment echt anderes zu tun ...«

Doch Theo hatte ihn endlich da, wo er ihn haben wollte, und das musste er genießen. »Ich *könnte* natürlich so nett sein, die Zombiesache für mich zu behalten – unter einer Bedin-gung.« Theo machte eine dramatische Pause. Und war selbst überrascht, als die Pause immer länger andauerte.

»Nun sag schon«, meinte Nick. »Was willst du von mir?«

Ja, was will ich eigentlich?, dachte Theo. *Was genau?* Er könnte Nick auffordern, sich von Caitlin fernzuhalten, aber damit würde er zu billig davonkommen. Er könnte ihn auf-fordern, seine Sachen zu packen und aus der Stadt zu ver-schwinden. Schon besser, aber wäre das nicht irgendwie scha-de? Wäre er dann nicht ein grottenschlechter Erpresser? Ein wahrer Erpresserprofi ließ sein Opfer zappeln wie ein Jo-Jo, an dem er nach Lust und Laune zupfen konnte. Theo musste Nick zum Jo-Jo machen.

»Tu einfach, was ich dir sage«, improvisierte Theo am Ende, »*wenn* ich es dir sage.« Damit sollte er genügend Zeit gewinnen, um über seine Forderungen nachzudenken und ein Handbuch zum Thema Erpressung durchzulesen.

Nick schüttelte den Kopf. »Sorry, aber für so was habe ich jetzt wirklich keine Zeit.«

Er griff in die Tasche, zog seinen Schlüsselbund hervor und drückte einen Knopf auf einem kleinen ovalen Anhänger, der daraufhin in einem sanften Blau aufleuchtete. Seltsam – alle anderen elektrischen Geräte in Sichtweite waren tot.

»Könnte ich die Sterbeurkunde mal sehen?«, fragte Nick.

Für einen kurzen Moment zögerte Theo. *War das eine gute Idee?* Doch dann verwandelten sich seine Zweifel in ein glasklares *Warum denn nicht?* Was sprach denn bitte dagegen, sein wichtigstes und einziges Beweisstück aus der Hand zu geben? Das war doch ganz logisch. Und wenn er es sich recht überlegte, war es auch völlig logisch, dass Vince seine eigene Sterbeurkunde im Spind hängen hatte. Wieso auch nicht! Das war doch nichts Ungewöhnliches!

»Aber klar«, sagte Theo und gab ihm die Sterbeurkunde.

Nick überflog das Dokument, faltete es zusammen und stopfte es in die Gesäßtasche. »Kann ich dich um einen Gefallen bitten?«

Warum sollte ich dir einen Gefallen tun? Diese Frage zuckte noch durch Theos Kopf, doch als er den Mund öffnete, sagte er automatisch: »Klar. Worum geht's?« Erst wunderte er sich über seine Antwort, dann wunderte er sich darüber, dass er sich wunderte, dann darüber, dass er sich wunderte, dass er sich wunderte, und so verdrehten sich seine Gedanken zu einer schwindelerregenden Spirale. Theo wurde so schwummrig, dass er sich kurz hinsetzen musste.

»Es wäre nett, wenn du schnell zu Caitlin gehen könntest, um ihr etwas auszurichten«, meinte Nick. »Ach, am besten schreib ich es dir einfach auf die Stirn.«

Nick näherte sich mit einem entsicherten Kugelschreiber.

Doch Theo schüttelte den Kopf.

Überrascht hielt Nick inne. »Was ist?«

»Nimm lieber einen schwarzen Marker. Dann kann man's besser lesen und es geht nicht so schnell ab.«

»Warum bin ich da nicht selber drauf gekommen?«, rief Nick und schnappte sich einen Marker von der Küchentheke.

»Weil es zwei Arten von Menschen gibt«, erklärte Theo. »Menschen wie mich und … und Menschen wie dich.«

»Was du nicht sagst, Theo.«

Nicks Botschaft für Caitlin passte nicht ganz auf Theos Stirn, die Worte krümmten sich um Theos linke Augenbraue und wanderten bis hinab auf die Wange. Während Nick auf seinem Gesicht herummalte, wurde Theo von dem Verdacht geplagt, es könnte eine irgendwie blöde Idee sein, sich von seinem Erzfeind mit Permanentmarker bekritzeln zu lassen. Doch dieses beunruhigende Gefühl wurde von einem noch viel stärkeren Gefühl überschattet: Alles war in bester Ordnung und er dachte mal wieder zu viel nach.

Als Nick fertig war, drückte er Theo den leuchtenden Schlüsselanhänger in die Hand. »Hier, das musst du Caitlin mitbringen. Aber behalt es schön in der Tasche, bis du bei ihr bist, okay?« Dann ging Nick zum Wäschekorb. »Und noch was – du hast doch nichts dagegen, dir diese Unterhose aufzusetzen?«

Theo sah keinen vernünftigen Grund, ihm die Bitte abzuschlagen.

Caitlin war froh, dass sie an die Tür gegangen war und nicht ihre Mutter oder ihr Vater. Es wäre kompliziert gewesen, ihnen diesen Anblick zu erklären. Theo kam zwar häufig auf ausgesprochen dämliche Ideen, aber mit einer Unterhose auf dem Kopf war er noch nie aufgetaucht.

»Hi, Caitlin«, sagte Theo fröhlich. »Ich soll dir was ausrichten. Es steht auf meiner Stirn.«

Noch bevor Caitlin die Botschaft gelesen hatte, war ihr klar, wer für Theos sonderbares Verhalten verantwortlich war, und als Theo ihr den gedankenverdrehenden Accelerati-Anhänger überreichte, wusste sie auch, wie Nick es hinbekommen hatte. Erst wollte sie das Gerät abschalten, doch dann dachte sie sich, dass der arme Theo seine Würde nur bewahren könnte, wenn er nie von seinem entwürdigenden Auftritt erfuhr. Also befreite sie ihn bloß von der verirrten Unterhose, die auf den ersten Blick wenigstens nicht übermäßig schmutzig wirkte.

Auf Theos Stirn stand eine kurze, knappe Nachricht in dicken Druckbuchstaben:

HAB DEN STROMFRESSER GEFUNDEN.
RUFE DICH ABENDS AN. THEO IST EIN IDIOT.

»Ist eigentlich alles okay?«, fragte Theo plötzlich. »Nur weil …
weil ich das Gefühl habe, dass vielleicht nicht alles okay ist,
aber ich weiß nicht warum.«

Caitlin seufzte. »Gleich ist wieder alles okay. Dauert nur
eine Minute.« Dann ging sie ihre Malutensilien holen, setzte
Theo auf einen Stuhl und fing an, seine Stirn mit Nagellack-
entferner abzuschrubben.

23. Saftlos

Als an der Fakultät für Physik der Universität Colorado der Strom ausfiel, gingen auch in Dr. Alan Jorgensons Büro die Lichter aus. Jorgenson blickte von dem minderwertigen Sushi auf, das der Lieferdienst ihm aufgetischt hatte. Nick Slate konnte nicht mehr weit sein.

Jorgenson zog die Jalousien hoch, um die schwachen Sonnenstrahlen der einsetzenden Dämmerung hereinzulassen, schob sich noch ein Stück faden weißen Thunfischs auf einem Häufchen noch faderem Reis in den Mund, lehnte sich zurück und wartete langsam kauend ab. Sollte der Junge aggressiv werden, könnte Jorgenson zu seiner Verteidigung auf ein stattliches Arsenal schlagkräftiger Accelerati-Erfindungen zurückgreifen. Der Quantenausweider würde die inneren Organe des Jungen ins All teleportieren, an einen Punkt exakt auf halber Strecke zwischen Erde und Mond. Der Wolframpartikelstrahler würde ihn bis zur kanadischen Grenze katapultieren. Und wenn alle Stricke rissen, hätte Jorgenson immer noch einen altmodischen Revolver in der Tasche.

Nach einigen Sekunden kam seine Sekretärin an die Bürotür. »Normalerweise hätte ich bei Ihnen angeklingelt«, sagte sie und zog den Kopf unmerklich zwischen die Schultern, »aber der Strom ...«

»Ja, ja«, erwiderte Jorgenson ungeduldig. »Schicken Sie den Jungen nur rein.«

Die Sekretärin war verblüfft. »Woher wissen Sie, dass es ein Junge ist?«

»Wieso sitze ich in diesem Büro, während Sie im Vorzimmer sitzen und meine Anrufe durchstellen?«

Da verschwand die Sekretärin und einen Moment später trat Nick Slate ein.

Er sah aus, als hätte er endlich begriffen, dass er nicht gewinnen konnte – das war zumindest Jorgensons erster Eindruck, und sein erster Eindruck trog selten. Ja, Slate wirkte am Boden zerstört. Jorgenson hätte Lust gehabt, eine kleine Siegesrede zu schwingen, aber dafür wäre später noch reichlich Zeit. Er unterdrückte sein Glücksgefühl und nahm stattdessen noch ein Stück Sushi, das ihm auf einmal viel besser mundete. Der himmlische Geschmack des Sieges.

»Was haben Sie mit mir gemacht?«, fragte der Junge. Seine Stimme triefte vor köstlicher Verzweiflung. »Warum fällt überall der Strom aus, wo ich auftauche?«

»Ich habe nicht die leiseste Ahnung, wovon du redest«, log Jorgenson. »Vielleicht liegt es an einer der Erfindungen, die du und deine Spielkameraden so gewissenlos missbrauchen?«

»Nein, Sie sind schuld!«, rief Nick. »Ich weiß es! Das ist die einzige Erklärung! Machen Sie, dass es aufhört!«

Jorgenson zwang sich zu einem bedauernden Seufzen und

fing an, Klartext zu reden. »Na schön. Ich verspreche dir, dass dein Leben wieder in geordnete Bahnen zurückkehren wird. Ich verspreche dir, mich nie wieder in deine bedauernswerte Existenz einzumischen … sofern du mir alle Erfindungen Nikola Teslas überlässt.«

Er beobachtete, wie Nick Slate auf der Unterlippe herumkaute, während er über den Vorschlag nachdachte. Statt zu antworten, streckte der Junge schließlich die Hand aus.

Instinktiv hob auch Jorgenson die Hand, doch dann zögerte er. Er hatte den kleinen Finger der Rechten verloren und die Wunde schmerzte noch immer. Die Erinnerung an den Vorfall steigerte seinen Hass auf Nick Slate.

»Nimm es nicht persönlich, aber auf den Handschlag verzichte ich lieber.« Jorgenson präsentierte dem Jungen seinen Verband. »Also: Dein Vater und du erteilen uns die uneingeschränkte Erlaubnis, die Objekte von eurem Dachboden an uns zu nehmen. Außerdem nimmst du Abstand von allen weiteren Versuchen, die übrigen Objekte in deinen Besitz zu bringen. Von jetzt an ist es an mir und meinen Leuten, die Objekte zu finden. Glaub mir, es ist besser so.«

Jorgenson drehte sich um und schnappte sich eine Ordnermappe, die so prall gefüllt war, dass es langsam wirklich nicht mehr lustig war – im Stillen nannte er sie »Nervmappe«, und ihr Inhalt drehte sich größtenteils um Nick Slate. Nach kurzem Blättern fand Jorgenson eine simple, aber umfassende Einverständniserklärung.

»Ich hatte mir schon vor ein paar Wochen erlaubt, dieses Dokument vorzubereiten«, sagte Jorgenson. »Als ich noch geglaubt habe, du wärst so vernünftig, dich ohne unnötiges Hin und Her mit uns zu einigen.«

Als er sich wieder nach vorne drehte, sah er ein winziges Lächeln auf Nick Slates Lippen. Als wäre der Junge erleichtert, den Ärger endlich hinter sich zu haben.

»Hier.« Jorgenson legte das Schreiben auf den Tisch. »Da du noch minderjährig bist, muss auch dein überlebender Elternteil unterschreiben. Du wirst das unterzeichnete Dokument in spätestens einer Stunde persönlich hierherbringen. Bis dahin sollst du … ›saftlos‹ bleiben.«

»Alles klar«, sagte Nick und streckte erneut die Hand aus. »Geben Sie mir die Hand drauf, Dr. Jorgenson. Dann verspreche ich Ihnen, das einzig Richtige zu tun.«

Jorgenson rührte sich nicht. Der Junge wollte ihm doch nur die verletzte Hand quetschen, um seine sadistischen Gelüste zu befriedigen. »Danke, aber die Unterschriften genügen mir vollkommen.«

»Mir wäre wohler, wenn wir uns die Hand schütteln …«

Der Junge strapazierte Jorgensons Geduld. Mittlerweile verging selbst die Dämmerung, im Büro wurde es dunkler und dunkler, und je früher Nick Slate verschwand, desto früher würden die Lichter wieder anspringen. »Ein Handschlag ist eine Geste des Respekts«, sagte Jorgenson und ließ die Hände demonstrativ hängen. »Du verstehst doch?«

Nicks Hand schwebte noch ein paar Sekunden in der Luft. Dann verengten sich seine Augen und er hob das Papier auf. »Auch gut. Wie gesagt, ich werde das einzig Richtige tun.« Er ging. Die Tür schloss sich hinter ihm.

Jorgenson setzte sich. Während die Jalousie die letzten Sonnenstrahlen in Streifen schnitt, warf er sich den letzten rohen Fischhappen in den Mund. Nick Slates Verbitterung überraschte ihn nicht. Der Junge hatte eine erbärmliche Niederlage erlitten.

Viel überraschender war, dass das Licht im Büro nicht längst wieder angegangen war. Trieb sich der Kerl etwa noch vor der Tür herum? Jorgenson marschierte ins Vorzimmer, das ebenfalls in Dunkelheit lag, und blieb vor dem Tisch seiner Sekretärin stehen.

»Wo ist der Junge?«, bellte er.

»Der ist vor fünf Minuten gegangen«, sagte die Frau.

»Nein, das … das kann nicht sein …« Jorgenson stürmte an ihr vorbei auf den Gang.

Weiter hinten im Flur brannte die Deckenbeleuchtung noch. Doch als Jorgenson weiterging, erlosch die nächstgelegene Neonröhre, und mit jedem seiner Schritte versagte eine weitere. Abrupt blieb er stehen und klopfte sich die Taschen ab, während sich ein leichtes Unwohlsein in seinem Magen einnistete. Er hatte den Mikrochip irgendwo am Körper! Der kleine Schwachkopf hatte ihn also doch gefunden und sich nur unwissend gestellt, um ihm den Chip in einem günstigen Moment unterzuschieben! Aber wie hatte er das gemacht? Nick Slate hatte ihn nicht berührt …

Da erinnerte Jorgenson sich, wie er ihm den Rücken zugekehrt hatte, um die Einverständniserklärung herauszusuchen … und wie der Junge danach gelächelt hatte … nein, er hatte gegrinst, boshaft gegrinst … und zuletzt erschien ihm das einsame Stück Sushi, das zwischen ihnen auf dem Tisch gelegen hatte.

Und er begriff, dass er den Mikrochip nicht am, sondern im Körper hatte.

Auf der wissenschaftlichen Zornskala hätte Jorgensons Kreischen locker eine zehn von zehn erreicht, aber leider befand sich in einem Umkreis von sechs Metern kein funktionstüchtiges Zornmessgerät.

Es gab doch nichts Schöneres, als ein Genie mit seinen eigenen genialen Waffen zu schlagen. Als Jorgenson ihm für einen Moment den Rücken zugedreht hatte, hatte Nick den winzigen Chip zwischen das Reishäufchen und den schlaffen Fischbrocken geschoben. Der Chip war so klein, dass Jorgenson ihn ohne Probleme im Ganzen herunterwürgen sollte. Nick saß schon auf dem Fahrrad und raste über die Wiese vor der Physikfakultät, als Jorgensons Schrei aus dem Gebäude drang. Spätestens jetzt wusste er, dass Jorgenson sich an seiner eigenen Arroganz verschluckt hatte.

Nun war der Mikrochip Jorgensons Problem – hoffentlich hatte er eine gründliche, gemächliche Verdauung. Nick hatte gehört, dass kleinere Gegenstände jahrelang im Dickdarm festhängen konnten. Würde ihm nur recht geschehen!

Aber Nick hatte nur einen Teil seines Plans verwirklichen können. Laut Mitchs Prophezeiungsrülpser musste er Jorgenson die Hand schütteln, um sein eigenes Leben und das seiner Freunde zu retten. Nick wusste, wie Mitchs Wahrsagebäuerchen funktionierten: Man musste sie absolut wörtlich nehmen, nicht mehr und nicht weniger. Also musste Nick sich nicht unbedingt vor den Accelerati ergeben. Er musste dem Kerl bloß die Hand schütteln.

Was viel schwieriger war, als Nick gedacht hatte.

Nach einigen Minuten hatte er die Universität so weit hinter sich gelassen, dass der Große Acceleratus ihm nichts mehr anhaben konnte. Nick nahm sich die Zeit, an einer Straßenecke zu halten und die Einverständniserklärung in einen Mülleimer zu befördern. Er hatte Jorgenson schließlich hoch und heilig versprochen, das einzig Richtige zu tun.

24. Die wiederauferstandene Jeans

Als Nick nach Hause kam, sah er Beverly Webb mit seinem Vater im Wohnzimmer sitzen.

In Nicks Leben wimmelte es von Eindringlingen. Auch heute war Beverly angeblich vorbeigekommen, damit ihr Sohn mit Danny Baseball spielen konnte, aber das war bloß eine fadenscheinige Ausrede. Sie interessierte sich eindeutig für Nicks Vater.

War es unfair von Nick, zu erwarten, dass sein Dad noch eine Weile trauerte? Der Brand lag noch keine vier Monate zurück. Okay, Beverly Webbs Besuch stellte noch kein offizielles »Date« dar, aber sie verfolgte klare Absichten.

»Ich hab dir den Fleckenentferner mitgebracht, Nicky«, sagte die Frau.

»Ich heiße Nick«, erwiderte er. »Aber danke.« Nur seine Mutter durfte ihn »Nicky« nennen.

Nick nahm den Fleckenentferner entgegen – er sah aus wie ein altmodisches Waschbrett. *Wie denn sonst!*, dachte Nick. Er hatte sich an das Waschbrett erinnert, als er sein Gedächtnis vor ein paar Wochen mit einer Tasse magischem OoLongLife-

Tee aufgeputscht hatte. Aber das Waschbrett war doch an einen Typen im Hawaiihemd gegangen?

»Sei vorsichtig damit«, sagte Beverly. »Das war ein Geburtstagsgeschenk von Seth. Ich hänge sehr daran.«

»Okay …«, antwortete Nick, und es wäre besser gewesen, er hätte es dabei belassen und sich mit dem Waschbrett auf den Dachboden verzogen. Doch er verpasste den Absprung. »Wie funktioniert es?«

»Das frage ich mich auch. Man muss die Sachen nur dagegen reiben, dann geht jeder Fleck raus, und der Stoff wird auch nicht beschädigt.«

In diesem Augenblick schoss Seth aus der Gästetoilette. Er lief zur Treppe, direkt vorbei an Nick, der schnell das Waschbrett hochriss, um sein Gesicht dahinter zu verstecken. Er dachte, es wäre gerade noch mal gut gegangen. Doch kurz vor der Treppe wirbelte Seth herum.

»Du da!« Er zeigte auf Nick wie auf einen enttarnten Schwerverbrecher. »Mom! Der da … der …«

»Was denn?«, fragte Beverly.

Nick musste spontan reagieren. »Der da macht Danny und Seth jetzt ein Eis mit heißer Schokoladensoße!«

Im ganzen Haus war kein Milliliter Eiscreme zu finden, aber vorerst ging Nicks Taktik auf. »Eis?«, fragte Seth völlig überrumpelt.

»Genau!« Durch das Ablenkungsmanöver hatte Nick genug Zeit gewonnen, um Seth in die Küche und aus der Hintertür zu schieben, die er sofort ins Schloss drückte. Jetzt waren sie ungestört.

»Du warst in unserem Haus!«, rief Seth. »Du und dein Kumpel! Ich hab euch gesehen! Ihr seid Einbrecher!«

Nick hätte alles abstreiten und darauf hoffen können, dass man ihm eher glauben würde als einem Grundschulkind. Doch mit einem Mal wurde ihm klar, dass er noch ein echtes Ass im Ärmel hatte.

»Stimmt«, sagte Nick. »Du kennst mein Geheimnis. Aber ich kenne deins auch.«

Damit hatte Seth nicht gerechnet. »Hä?«, erwiderte er.

»Du hast total vergessen, ein Geburtstagsgeschenk für deine Mom zu besorgen. Sie hat mir erzählt, du hättest ihr einen Fleckenentferner vom Flohmarkt geschenkt – aber bei diesem Flohmarkt warst du nie. Sonst wüsstest du, dass der Flohmarkt hier bei uns war, in unserer Einfahrt. Du hast den Fleckenentferner nicht gekauft. Sondern dein Dad!«

Seth sah ihn an, als wäre er beim Abschreiben ertappt worden. »Aber du kennst meinen Dad doch gar nicht!«

»Trägt er zufälligerweise eine alberne Brille? Fährt er einen grünen Ford? Steht er auf Hawaiihemden?«

Seth riss die Augen auf. »Woher weißt du das alles?«

»Ach, ich weiß so einiges. Ich und meine vielen Einbrecherfreunde. Wir wissen alle, was du getan hast!«

»Aber ... aber ...«

»Ich kann mir vorstellen, wie es gelaufen ist: Dein Dad hat dich zu deiner Mom gefahren, und im letzten Moment ist dir klar geworden, dass du kein Geschenk für sie hast! Deshalb hast du dir das erstbeste Ding gegriffen, das im Auto deines Dads herumlag. Du wusstest nicht mal, was es ist, und dein

Dad ahnt wahrscheinlich bis heute nicht, dass *du* es ihm gestohlen hast!«

»Aber ich wäre sogar damit durchgekommen«, stöhnte Seth. »Wenn ihr Fieslinge nicht gewesen wärt.«

»Also …« Nick legte ihm den Arm um die Schultern. »Ich mache dir einen Vorschlag: Wir halten beide den Mund. Wir bewahren unsere Geheimnisse gegenseitig. Niemand muss wissen, dass du den Geburtstag deiner Mom verpennt und den Fleckenentferner deines Vaters geklaut hast. Niemand muss wissen, dass mein Kumpel und ich neulich bei euch vorbeigeschaut haben.«

»Okay, okay.« Seth nickte so heftig, dass Nick schon befürchtete, er könnte sich dadurch selbst eine Gehirnerschütterung verpassen. »Aber … aber warum wart ihr eigentlich bei uns zu Hause?«

»Was denkst du denn?« Nick hielt das Waschbrett hoch. »Wir wollten uns das Ding zurückholen.«

»Und sonst nichts?«

Nick zuckte mit den Schultern. »Sonst nichts.«

»Aber wenn du das Ding behalten wolltest, warum hast du es dann überhaupt verkauft? Das war doch blöd.«

»Das war so was von blöd«, pflichtete Nick ihm bei. »Also, sind wir uns einig?«

»Ja«, antwortete Seth. »Wir sind uns einig.«

Da polterte Danny durch die Hintertür. »Dad hat gesagt, du machst uns Eis mit Schokoladensoße!«

»Wisst ihr was?«, fragte Nick. »Ich hab noch eine bessere Idee – wir gehen zu Dairy Queen!«

»Ich glaube, wir kommen ins Geschäft«, sagte Seth und hob die Hand, damit Danny mit ihm einschlagen konnte.

Danny klatschte ihn begeistert ab. Wenn dabei ein Eisbecher heraussprang, war ihm jedes Geschäft recht.

Am Ende gingen sie alle zusammen Eis essen wie eine große Familie. Für Nick hätte es kaum schlimmer kommen können. Wenigstens nahmen sie zwei Autos, sodass Beverly und Seth gleich von dort aus nach Hause fahren konnten – doch Nick bemerkte, wie Beverly in seine Richtung sah, bevor sie seinem Vater zum Abschied die Hand schüttelte. Als hätte sie ihn umarmt, wenn Nick nicht dabei gewesen wäre.

Wieder zu Hause, schnappte Nick sich das Waschbrett und zog sich auf den Dachboden zurück. Bevor er das Brett in die Maschine einsetzte, schrubbte er aus purer Neugier mit seinem granatapfelbefleckten Hemd darauf herum. Beverly hatte keine leeren Versprechungen gemacht – der Fleck ging tatsächlich raus. Aber das war noch nicht alles. Der Stoff war nicht nur sauber, sondern wie neu. Nick untersuchte das Waschbrett genauer. Wenn man es leicht ankippte, spiegelte sich das Licht darin, als hätte die Oberfläche ungeahnte Tiefen, ähnlich einer Hologramm-Postkarte. Aus Jux rieb Nick das zerfetzte Knie einer Jeans gegen das Brett. Nach fünf Durchgängen war der Riss verschwunden.

Das Ding radierte nicht nur Flecken aus. Es reparierte alle möglichen Schäden, es erneuerte alles. Nick überlegte sofort, wie er es einsetzen könnte, um seinen Feinden zu schaden. Doch dann stutzte er. Er dachte wie die Accelerati, und das war nicht gut. Vielleicht wäre es besser, wenn er das Waschbrett einfach in Ruhe ließ. Es sollte endlich seinen Platz in Teslas Meisterwerk einnehmen.

Er brauchte nur ein paar Sekunden, um es korrekt einzubauen. Caitlin hatte recht, er wurde wirklich immer schneller. Er sah instinktiv, wie das Puzzle zusammenpasste. Er spürte nicht nur die Einzelteile, sondern das große Ganze.

Doch dabei bemerkte er ein Detail, das ihm zu denken gab: Zwei kleine Stäbe standen von den Seiten des Waschbretts ab, der eine mit einem gravierten Bindestrich, der andere mit einem gravierten Pluszeichen. Minus- und Pluspol. Nick konnte sich vorstellen, was man daran anschließen sollte.

Die Batterie.

Wenn Teslas Maschine zum Leben erwachen sollte, müsste Vince sterben.

Nick hatte ihm gesagt, sie würden über das Thema sprechen, wenn es so weit war. Mit jeder Erfindung, die er hinzufügte, rückte dieser Moment näher.

Die Stimme seines Dads dröhnte durch den Boden. Ihr war anzuhören, mit wem er telefonierte: Beverly. Bekamen die beiden denn nie genug voneinander? Als sein Vater wiehernd auflachte, wurde Nick nervös. Dachte Beverly etwa, sie wäre schon ein Teil von *ihrem* Ganzen?

Wäre es nicht praktisch, wenn man Beverly genauso leicht ausradieren könnte wie einen Schmutzfleck? Im nächsten Moment grinste Nick über die kindische Idee – aber der düstere Gedanke blieb bei ihm.

Zur selben Zeit erzählten die Nachrichten im schwedischen Kiruna von einem Mann, dessen Kopf angeblich ohne jeden ersichtlichen Grund explodiert sei.

Die Polizei hatte noch alle Hände voll damit zu tun, sowohl den Schädel als auch das eigentliche Geschehen zu rekonstruieren. Bisher hatte sie lediglich ermittelt, dass der Mann zum fraglichen Zeitpunkt ein Lutschbonbon im Mund gehabt hatte. Das mag man für ein nebensächliches Detail halten, aber dabei würde man dreierlei übersehen: 1. Es handelte sich um ein Lutschbonbon, das besonders beliebt war, weil es beim Lutschen kleine, kitzelige Blitze verschoss. 2. Diese Blitze wurden durch das Phänomen der Tribolumineszenz erzeugt. 3. Unterhalb von Kiruna befand sich das weltweit größte Eisenerzvorkommen.

25. Die Macht des Voodoo

Im Rückblick empfanden manche den Ausfall der Kläranlage der Universität Colorado als Beginn der Dunklen Zeiten von Colorado Springs. So sollte die Geschichtsschreibung diese Tage später nennen.

Tatsächlich hatte sich die Dunkelheit schon lange fernab der Öffentlichkeit zusammengebraut – unterhalb einer schäbigen Bowlingbahn mitten in der Innenstadt. Es war eine böse Ironie des Schicksals, dass sich die geistigen Väter der Dunkelheit, ein Team hochklassiger Wissenschaftler, selbst als Lichtgestalten betrachteten, als begnadete Menschen, die die Welt erleuchten sollten. Doch auf dieser herrlichen Erleuchtung klebte ein dickes Preisschild. Wenn es nach den Accelerati ging, würden sie bald jede einzelne Energiequelle außer dem Licht der Sonne kontrollieren; und fänden sie einen Weg, auch noch das Sonnenlicht an sich zu reißen, würden sie nicht zögern.

Zurück zur Universität und ihren Problemen bei der Abwasseraufbereitung: Die zuständigen Techniker wussten nur, dass alles mit einem »wandernden Stromausfall« begonnen hatte, dessen Ursache bis heute ungeklärt war. Von seinem Startpunkt in der Physikfakultät aus hatte man den Defekt eineinhalb Tage lang über das Universitätsgelände verfolgt, bis er sich schließlich dauerhaft in der Kläranlage niedergelassen hatte. Dort wollte der Strom seitdem einfach nicht mehr anspringen, obwohl ein Dutzend Elektriker ihr Bestes gaben, um ihn wieder in Gang zu bringen.

Irgendwann wurde das Army Corps of Engineers zu Hilfe gerufen, doch zu diesem Zeitpunkt war die Kläranlage schon seit mehreren Tagen außer Betrieb und das Universitätsgelände faktisch unbewohnbar. Vorlesungen und Seminare wurden abgesagt und Wohnheime geräumt, und den Bewohnern der Nachbarviertel, die in ungünstiger Windrichtung lagen, wurde geraten, die Fenster geschlossen zu halten und im Haus zu bleiben. Ein gewisser Anteil der Bevölkerung von Colorado Springs glaubte natürlich, die vielen seltsamen Ereignisse, vom verschwundenen Haus bis zu diesem geradezu barbarischen Gestank, hätten mit dem Reich des Übernatürlichen zu tun. Dieselben verwirrten Gestalten betrachteten auch das Nordlicht und die anderen elektrischen Phänomene, die von dem Asteroiden in der Umlaufbahn verursacht wurden, als mystische Zeichen.

Das ist mal wieder typisch, dachte Dr. Alan Jorgenson. *Die Massen verwechseln simple Wissenschaft immer mit irgendeinem Voodoo-Stuss.* Für ihn lag auf der Hand, wer am permanent verstopften Abfluss der Universität schuld war: Nick Slate. Dabei verdrängte Jorgenson gezielt, wer den Stromfresserchip überhaupt ins Spiel gebracht hatte.

Sein Vorgesetzter fand den ganzen Aufstand rasend komisch. Bei Jorgensons nächstem Besuch lachte er ihm praktisch ins Gesicht.

»Der Junge hat Ihnen etwas voraus, Al«, sagte der alte Mann und wedelte mit seiner Zigarre herum, mit dieser Beleidigung für jeden gesunden Geruchssinn. »Er besitzt eine angeborene Schläue und er kann aus dem Stegreif Entscheidungen treffen – höchst originelle Entscheidungen.«

Jorgenson fiel es schwer, seine Empörung zu verbergen. Zumal die Augen des vertrockneten Greises geradewegs in seinen Schädel zu blicken schienen.

»Keine Frage, Sie sind ein Genie, Al«, fuhr der Alte fort. »Aber um wahre Größe zu erlangen, braucht es mehr als Intelligenz. Die Formel ist klar: Es braucht zu je einem Drittel Intelligenz, Schweiß und Gedankenschnelligkeit.«

»Wenn das so ist …«, sagte Jorgenson mit zusammengebissenen Zähnen. »Sie bringen mich gerade ganz schön ins Schwitzen, Sir. Und zwei von drei ist doch auch nicht übel, oder?«

Der Alte kicherte. »Gut gekontert. Aber ich fürchte, der Junge bringt Sie noch viel stärker ins Schwitzen als meine Wenigkeit.« Er läutete eine kleine Glocke, um seine Haushälterin herbeizurufen. »Ich freue mich schon jetzt darauf, das widerborstige Wunderkind kennenzulernen.«

Das hatte er bestimmt nur hinzugefügt, um Jorgenson zu verhöhnen. »Das könnte problematisch werden …«

Sein Vorgesetzter drückte den Zigarrenstummel in einen überquellenden Aschenbecher. »Sie haben doch nicht etwa vergessen, dass der Junge uns immer noch keine Liste der verlorenen Objekte ausgehändigt hat? Bis dahin ...«

»Ich bin guten Mutes, dass wir die verbliebenen Objekte auch ohne Nick Slates Hilfe finden werden.«

Der alte Mann seufzte. »Sie haben Ihre Ansichten zu dieser Frage klargemacht, Al – aber wenn wir Nick Slates Leben opfern müssen, um unser übergeordnetes Ziel zu erreichen, sollten Sie dafür sorgen, dass das Ziel auch tatsächlich erreicht *wird*.«

»Wir werden es erreichen, Sir. Daran hege ich keinen Zweifel.«

»Ich leider schon«, erwiderte der alte Mann. Dann tauchte Mrs Higgenbotham auf, in den Händen ein Tablett mit dem Abendessen des Greises, und das Gespräch war beendet.

Aber damit konnte Dr. Alan Jorgenson leben. Damit konnte er sehr gut leben – sein Vorgesetzter hatte sich zwar gesträubt, doch schlussendlich hatte er ihm gegeben, was er von Anfang an gewollt hatte: die Erlaubnis, Nick Slate aus der Gleichung zu streichen. Für immer.

26. Vogel oder Fensterscheibe?

Sämtliche Wissenschaften, die sich mit dem Wesen des Menschen befassen, sind sich einig, dass jeder von uns in einer Blase lebt. Obwohl unsere moderne Welt über das Internet global vernetzt ist, beschäftigen wir uns fast nur mit dem, was uns ohnehin vertraut ist, sprich, mit unserem Alltag: mit den immer gleichen Menschen und Mahlzeiten, den immer gleichen Fernsehsendungen und Webseiten. So wird »die Außenwelt« für die meisten zu einem Ort, der nur noch wie durch mehrere Schichten getöntes Glas wahrgenommen wird und irgendwann vielleicht vollkommen aus dem Blickfeld gerät.

Caitlin Westfield war stolz darauf, eine Frau von Welt zu sein. Sie war zu gut für das Alltägliche. Doch auch Caitlin war eine Blasenbewohnerin: Im Mittelpunkt ihres Lebens standen die Herausforderungen der Highschool, ihr künstlerischer Ehrgeiz und in letzter Zeit auch einige irritierende Gefühlsverwirrungen.

Nachdem die Vernichtung der Erde durch Felicity Bonk im letzten Moment abgeblasen worden war, waren die meisten

Menschen so verunsichert, dass sie sich noch tiefer in ihre kleine Welt zurückzogen. Doch Teslas Hinterlassenschaft und Nicks verbissene Entschlossenheit, sich darum zu kümmern, ließen nicht zu, dass Caitlin es ihnen gleichtat.

Während Nick sein Puzzle zusammensetzte, fügte sich auch in Caitlins Geist eines zum anderen. Sie konnte die Auswirkungen des neuen Himmelskörpers nicht mehr ignorieren.

Sie waren ja auch schwer zu übersehen. Jedermann bemerkte das Farbenspiel des Nordlichts ebenso wie die nervigen Stromschläge an jeder Türklinke. Doch in den Nachrichten tauchte all das trotzdem nur als kuriose Randnotiz auf. Selbst als die ersten Flugzeugkapitäne über desorientierte Kompasse klagten, erzählten die Nachrichten praktisch nur von Ferienfliegern, die versehentlich den falschen Flughafen angesteuert hatten, und verwandelten die beunruhigenden Vorkommnisse so in witzige Anekdoten.

Als Caitlin ihrer Mutter mit der Wäsche half, verdüsterte sich ihre vage Besorgnis zu einer bösen Vorahnung.

Sie griff in den Trockner, um das frisch geschleuderte Bettzeug herauszuzerren – und wurde von einem Stromschlag getroffen, der sie nach hinten katapultierte, gegen ihre Mutter. Gemeinsam krachten sie gegen die Wand der Wäschekammer.

»Oh Gott«, sagte Caitlins Mom. »Hast du dir wehgetan?«

Da war Caitlin sich noch nicht sicher. Aber der Stromschlag hatte auf jeden Fall stärker geschmerzt als all die anderen, die sie sich in den letzten Wochen eingefangen hatte. Das Kribbeln ging ihr durch und durch, und kurz dachte sie, sie würde ohnmächtig werden. In diesem benebelten Augenblick musste sie einsehen, was sie so lange nicht zugeben wollte: *Das könnte echt gefährlich werden.*

Danny hatte den Asteroiden vom Himmel gezerrt. Mr Slate hatte ihn in den Orbit gehämmert. Und dort oben war er zu einem gigantischen Stromgenerator geworden, der wundervolle Lichter in den Himmel und lästige statische Elektrizität auf die Erde zauberte. Aber was, wenn diese Elektrizität bald mehr als lästig wäre? Wenn der Asteroid ein Generator war … könnte er sich dann nicht irgendwann überhitzen?

»Sag doch was, Schatz! Geht's dir gut?«

Caitlin atmete tief ein, um sich zu sammeln. »Ja, Mom, alles okay. War nur ein Stromschlag.« Vorsichtig raffte sie das Bettzeug zusammen. Selbst in der hell erleuchteten Wäschekammer waren zwischen den Stofffalten winzige Blitze zu erkennen, die sich mit einem leisen, ungleichmäßigen Knacken entluden. »Siehst du? Nur statische Elektrizität«, sagte Caitlin, um die Gefahr herunterzuspielen.

Ihre Mom wirkte mitgenommen und leicht verängstigt, aber ihr Schreck hatte sich genauso entladen wie das elektrifizierte Bettzeug. »Na ja«, sagte sie. »Vielleicht hängen wir die Wäsche in Zukunft lieber auf die Leine.«

Auch Petula machte sich Gedanken über die merkwürdigen Erscheinungen, die von dem kreisenden Asteroiden hervorgerufen wurden. Am interessantesten fand sie, dass andauernd lebensmüde Vögel gegen das Wohnzimmerfenster ihres Zuhauses flogen. Als wäre ihnen durch die Störung des irdischen Magnetfelds der Orientierungssinn abhandengekommen.

Das konnte Petula nachempfinden. Und sie fragte sich, welche Rolle sie spielen würde: Vogel oder Fensterscheibe? Im Moment war sicherlich noch beides möglich. Sie könnte genauso gut zum Opfer unsichtbarer Mächte werden wie zu deren Helferin.

Eines war ihr absolut bewusst: Seit sie den Accelerati als Nachwuchskraft diente, spielte sie in einer anderen Liga, in der es immer um alles oder nichts ging.

Sie hatten Vince getötet – auch wenn Vince nun mit einem Gerät verkabelt war, das den Tod zu einer kleineren Unannehmlichkeit werden ließ. Aber von der Batterie dürften die Accelerati kaum etwas gewusst haben, als sie die tödliche Fernbedienung in Nicks Haus geschmuggelt hatten.

Sie hatten eine unschuldige Harfenistin getötet – auch wenn die Frau aus unerfindlichen Gründen überhaupt nichts dagegen gehabt hatte. Ihr Einverständnis änderte nichts daran, dass Ms Planck einen Menschen ermordet hatte.

Konnte Petula ihnen diese Taten verzeihen? Konnte sie diese Taten sogar gutheißen? Und sollte sie jemals dazu aufgefordert werden, könnte sie selbst zur Mörderin werden? Petula war sich einhundertprozentig sicher, wie die Antwort auf diese Frage lautete.

Vielleicht.

Petula verabscheute das Große Vielleicht. Sie bevorzugte schon immer Klarheit und Gewissheit. Doch in letzter Zeit war ihr aufgegangen, wie praktisch es war, die schwierigsten Fragen des Lebens mit einem »Vielleicht« zu beantworten. Hätte sie sich auf ein »Ja« oder »Nein« festlegen sollen, hätte sie ihren moralischen Kompass befragen müssen – und angesichts des magnetischen Wirrwarrs auf der Erde konnte sie nicht wissen, wohin die Nadel zeigen würde! Da war es klüger, sie noch ein Weilchen unbeobachtet kreisen zu lassen. Solange es eben ging.

Das eigentliche Problem war sowieso nicht Petulas Unentschlossenheit. Ihre größte Sorge war die eiskalte Entschlossenheit der Accelerati. Petula vermutete, nein, sie *wusste*, dass Nick ein schlimmes Schicksal blühte, sollte der Große Acceleratus seinen Willen bekommen.

»Solange er uns nützlich ist, passiert ihm nichts«, hatte Ms Planck auf ihre Sorgen entgegnet – ach, wie beruhigend! Petula traute Ms Planck ohne Weiteres zu, Nick eigenhändig aus dem Weg zu räumen, sobald er ihnen nicht mehr »nützlich« war, was auch immer das bedeutete.

»Der Große Acceleratus hat schon mal versucht, ihn umzubringen«, meinte Petula. »Hat Nick mir selber erzählt.«

»Aber nur, weil Nick ihn mit einer Waffe bedroht hat. Mit einer Waffe, die seinen Arm eingefroren hat, und jetzt steht er mit einem Finger weniger da! Dr. Jorgenson wollte sich nur verteidigen. Das kannst du ihm nicht vorwerfen.«

Aus Ms Plancks Mund klang das alles völlig vernünftig. Auch für Nicks Ermordung würden die Accelerati bestimmt eine vernünftige Rechtfertigung finden.

Petula musste vieles gegeneinander abwägen. Durch ihre Mitgliedschaft bei den Accelerati war sie schon jetzt zu etwas Besonderem geworden. Und mithilfe der Accelerati könnte sie vielleicht irgendwann auch der restlichen Welt begreiflich machen, was sie schon immer wusste: dass sie ein großer Geist war. *Ist das der Preis, den man dafür zahlen muss?*, fragte Petula sich. Musste man bereit sein, alles und jeden zu opfern, um wahre Größe zu erlangen?

Stellte man die Frage so, war die Antwort klar:

Vielleicht.

Am Samstag wurde Petula erneut zum Großen Acceleratus zitiert. Nachdem Ms Planck das Untergeschoss aufgebowlt hatte, durchquerten sie wieder den Großen Saal, dessen Fenster auch heute eine prächtige Aussicht boten. Nicht auf das alte Venedig, sondern auf einen dichten Regenwald.

»Versuch einfach, ihm nicht auf die Nerven zu gehen«, sagte Ms Planck. »Er hat eine schwierige Woche hinter sich.«

Als Petula und Ms Planck durch das Hauptquartier marschierten, blieben die Blicke der wenigen anwesenden Accelerati an der schweren, eisengrauen Klarinette in Petulas Händen hängen. Sie hörte ihr Getuschel. Alle wussten, was es war, aber vermutlich nicht, was man damit anstellen konnte. Petula hätte es ihnen gerne demonstriert.

Ms Planck hatte darauf bestanden, dass sie die Klarinette mitbrachte. »Jorgenson hat darum gebeten, und Jorgensons Wunsch ist uns Befehl«, hatte sie gesagt.

Nun ging sie voraus, vorbei an der mürrischen Edison-Statue und der Forschungsabteilung, eine Treppe hinunter bis zu einer eindrucksvollen Holzpforte mit Messingtürklopfer, die Petula vollkommen fehl am Platz vorkam. Andererseits war hier unten alles fehl am Platz.

Jorgenson öffnete ihnen die Tür.

»Miss Grabowski-Jones«, begrüßte er Petula. »Wie schön, dich wiederzusehen.«

Ohne nachzudenken, streckte Petula die Hand aus – bis Jorgenson seine bandagierte Rechte hochhielt. »Tut mir leid«, meinte sie. »Hab's vergessen.«

Ms Planck und sie traten ein.

»Willkommen in meiner Privatresidenz«, sagte Jorgenson.

Das gut ausgestattete Wohnzimmer glänzte mit modernen, minimalistischen Möbeln und großen Fenstern an drei Seiten. Dank der Magie hochauflösender Hologramme schien der Raum zehn Stockwerke über dem New Yorker Times Square zu schweben.

Ms Planck schmunzelte. »Du hältst dich nicht an den Regenwaldtag? Ich hätte gedacht, dass du eine idyllischere Umgebung vorziehst.«

»Da siehst du mal wieder, wie schlecht du mich kennst, Evangeline«, erwiderte Jorgenson und wandte sich sofort wieder an Petula. »Manche Leute blicken aus dem Fenster, um die Ruhe der Natur zu genießen; ich treibe mich lieber in den pulsierenden Zentren des menschlichen Lebens herum.« Er zückte sein Handy und tippte mehrmals auf den Bildschirm. Bei jeder Berührung sprang das Panorama vor den Fenstern zu einem anderen Knotenpunkt der Zivilisation: die Champs-Élysées in Paris, der Platz des himmlischen Friedens in Peking, das Brandenburger Tor in Berlin … »Ein Knopfdruck, und ich kann reisen, wohin ich will.«

Petula war beeindruckt. Sie wäre noch beeindruckter gewesen, wenn Jorgenson nicht selbst so beeindruckt gewesen wäre. Sie wusste, wen sie vor sich hatte, doch die Arroganz des Großen Acceleratus reizte ihre angeborene Streitlust, und so rutschte ihr heraus: »Aber das sind doch nur Bilder.«

Ms Plancks Hand legte sich auf ihre Schulter und packte mit aller Kraft zu, um sie zu ermahnen. Doch Jorgenson wirkte nicht beleidigt. Er überhörte ihren bissigen Unterton.

»Die Realität ist nicht in Stein gemeißelt«, sagte er. »Man kann sich für eine bestimmte Realität entscheiden.«

»Meinetwegen. Aber das sind trotzdem nur Bilder«, beharrte Petula – und tat etwas sehr Freches: Sie streckte die Hand aus und tippte auf Jorgensons Handy, auf die Schaltfläche CLEAR. Plötzlich standen sie in einem Raum mit vielen Fensterscheiben, hinter denen, nur dreißig Zentimeter hinter dem Glas, nichts als riesige schwarze Plasmabildschirme gähnten.

»Eine Realität, die man einfach so ausschalten kann?«

Ms Planck quetschte Petulas Schultern, bis es richtig wehtat. »Tut mir leid, Dr Jorgenson. Petula wollte nicht …«

Zuerst hob Jorgenson seine vierfingrige Hand, um ihr den Mund zu verbieten; dann entließ er Ms Planck mit einem knappen Wink. Ms Planck warf Petula noch einen gestrengen Blick zu, ehe sie aus der Tür verschwand.

Als Ms Planck gegangen war, setzte Jorgenson wieder das Muränenlächeln auf, das so typisch für ihn war. »Ich weiß, wie du dich selbst siehst, Petula – du siehst dich als Nähfehler im Saum der Welt. Darauf bildest du dir einiges ein«, sagte er leise. »Doch Nähfehler wie du und ich werden mit der Zeit zu Perlen. In dir sehe ich die Perle, die du sein könntest.«

So etwas Nettes hatte noch niemand zu Petula gesagt. Sie hätte gerne geglaubt, dass Jorgenson es sogar ernst meinte. Wäre das denn so verrückt?

»Tut mir leid«, meinte sie. »Ich wollte nicht unverschämt sein. Aber ich finde, Bilder sollten uns nicht zeigen, was wir sehen wollen. Sie sollten uns die Wahrheit zeigen.«

Jorgenson nickte. »Wie die Bilder deiner Kamera.«

»Ja. Die zeigen die Welt, wie sie wirklich sein wird.«

Endlich sprach Jorgenson das Offensichtliche an. »Du hast mir ein Geschenk mitgebracht?«

Petula hatte fast vergessen, dass sie die Klarinette in der Hand hielt. »Na ja, es ist kein richtiges Geschenk. Sie haben mir befohlen, sie mitzubringen. Und ich kann sie gar nicht hierlassen.«

In Jorgensons Augen braute sich ein Gewitter zusammen. »Wieso nicht?«

Es war das erste Mal während dieses Gesprächs, dass Petula wirklich mulmig wurde. »Nick hat sie mir gegeben, und er würde es merken, wenn ich sie weggebe. Er … er hat eine besondere Verbindung zu den Sachen.«

Jorgenson winkte ab. »Nonsens! Wie soll er das denn merken? Oder hat er etwa gemerkt, dass du uns die Kameralinse überlassen hast?«

»Nein. Aber nur, weil er die Kamera selbst hat«, entgegnete Petula.

»Nun komm schon. Nick Slates ›Verbindung‹ zu Teslas Erfindungen ist auch nicht stärker als die deiner Mutter zu eurem Wäschetrockner.«

»Bei uns macht mein Vater die Wäsche«, sagte Petula. »Und er weiß es immer schon vorher, wenn der Trockner gleich fertig ist. Noch bevor er piept.« Da Jorgenson schwieg, argumentierte sie weiter. »Sie wollen doch, dass Nick mir vertraut, oder? Dann darf ich mich auf keinen Fall verdächtig machen.«

Mit einem Seufzen streckte Jorgenson die Hand aus. »Darf ich das Instrument wenigstens kurz sehen?«

Zögerlich reichte sie es ihm.

Jorgenson untersuchte die vielen Tonlöcher und Klappen. »Wusstest du, dass ich früher mal gespielt habe?«

»Wo? In einer von diesen Truppen, die bei Festumzügen durch die Straßen lärmt?«

Sein kalter Blick zuckte zu ihren Augen. »Weit gefehlt. Im Symphonieorchester der Universität Harvard.«

Immer diese Arroganz! Wäre Jorgenson nicht der Große Acceleratus gewesen, hätte Petula sich seine großspurige Art niemals gefallen lassen.

Jorgenson legte die Hände – eine mit vier, eine mit fünf Fingern – auf das Instrument, nahm das Mundstück zwischen die Lippen und blies hinein.

Das, was am anderen Ende herauskam, konnte man nicht als Musik bezeichnen. Es war die grausamste, zermürbendste Abfolge von Lauten, die Petula je vernommen hatte. Es war eine Erfahrung, die über reine Schmerzen weit hinausging. Am liebsten hätte Petula sich die Ohren abgerissen und sie wie Kakerlaken zerstampft. Ein einziges Mal hatte sie die Klarinette aus Neugier selbst gespielt, doch diejenige, die spielte, wurde offenbar von einer schalldämpfenden Blase abgeschirmt.

Petula hatte ihr Gedudel nur als schlechte Musik wahrgenommen, während ihre Eltern vor Pein gebrüllt hatten und zum Telefon gehastet waren, um die Polizei zu rufen. Jetzt wusste Petula wieso.

Jorgenson spielte ganze zehn Sekunden lang und jede einzelne Sekunde streckte sich zu einer ewigen Qual. Als es dann doch überstanden war, fand Petula sich am Boden wieder. Ihre Ohren klingelten noch, als würden sie dem Frieden nicht trauen.

Er ließ die Klarinette sinken und sah erstaunt zu, wie Petula sich zu seinen Füßen krümmte. »Bemerkenswert. Das sollten eigentlich die ersten gedehnten Noten von *Rhapsody in Blue* werden. Mir scheint, sie sind mir nicht gelungen.«

»Nicht mal annähernd!«, keifte Petula und starrte ihn zornig an. »Wenn ich Gershwin wäre, würde ich von den Toten auferstehen, nur um Ihnen eine runterzuhauen!«

Einen Moment lang studierte Jorgenson die Klarinette. »Oh ja, daraus könnte man eine famose Waffe machen.« Mit einem zufriedenen Nicken reichte er ihr das Instrument. »Aber bis dahin überlasse ich sie dir zu treuen Händen.«

Petula stemmte sich hoch, nahm die Klarinette entgegen und fragte sich, wo der Haken war. Jede Geste des guten Willens war letztlich nur ein getarnter Gefallen, den man irgendwann zurückzahlen musste. Das wusste Petula aus bitterer Erfahrung. Außerdem konnte sie sich beim besten Willen nicht vorstellen, das Jorgenson ihr vertraute. Niemand vertraute ihr. Nicht mal ihre eigene Familie, nicht mal ihr Chihuahua Hämorrhoide, der sein Fresschen jedes Mal skeptisch beschnüffelte und dabei sein Frauchen beäugte, als würde er sich fragen, ob Petula ihn vergiften wollte. Hämorrhoide hatte eben auch seine Erfahrungen gemacht.

Nein. Petula wusste, dass Jorgensons Geste ihren Preis haben würde. Sie konnte sich sogar vorstellen, wie hoch dieser Preis ausfallen würde.

»Eine Frage, Dr Jorgenson …«, sagte sie. »Was wird aus Nick, wenn wir alle Flohmarktsachen beisammenhaben?«

»Dann sind wir fertig mit ihm«, antwortete Jorgenson. Und fügte rasch hinzu: »Und du wirst einen kräftigen Sprung auf der Karriereleiter machen.«

»Inwiefern *fertig mit ihm*?«, hakte Petula nach.

Jorgenson ließ die Frage unbeantwortet. »Miss Grabowski-Jones«, sagte er stattdessen. »Wir alle müssen uns eines Tages entscheiden, auf welcher Seite wir stehen. Stellen wir uns in den Dienst der höchsten Ziele der Menschheit? Oder suhlen wir uns mit den Schweinen im Dreck? Du siehst nicht aus, als würde dir Letzteres liegen.«

»Es liegt mir auch nicht«, erwiderte Petula. Sie war empört über den unverschämten Vergleich, aber zugleich hin- und hergerissen. Denn was wurde am Ende aus den Schweinen? Sie wurden geschlachtet, damit die Accelerati knusprig gebratenen Speck genießen konnten.

Als hätte er ihren inneren Zwiespalt gespürt, wechselte Jorgenson das Thema. »Übrigens gibt es gute Neuigkeiten: Wir haben große Pläne für die Zeitlinse, die du uns zur Verfügung gestellt hast – wir werden ein Teleskop bauen, das die Fenster der größten Weltenlenker im Blick behält. Stell dir vor, wir wissen schon vierundzwanzig Stunden im Voraus, welche Entscheidungen die mächtigsten Menschen der Erde treffen werden!«

»Dann wären *wir* die mächtigsten Menschen der Erde«, sagte Petula.

»Exakt. Aber bis die Entwicklung abgeschlossen ist, habe ich eine anderweitige Verwendung für die Linse gefunden.« Jorgenson reckte sich nach oben, um die seltsame Deckenlampe herunterzuzerren. Die natürlich gar keine Deckenlampe war. Als Jorgenson daran zog, entpuppte sie sich als unteres Ende eines Periskops.

»Ernsthaft?« Petula konnte ihr Grinsen nicht verbergen. »Und wir sind in einem U-Boot, oder wie?«

Jorgenson lächelte ebenfalls und tippte auf sein Handy, um die Aussicht vor den großen Fenstern in ein Unterwasserreich voller blutgieriger Haie zu verwandeln. Er deutete auf das Periskop. »Die Realität ist immer das, was wir daraus machen.«

»Und es sind trotzdem nur Bilder …«, sagte Petula. Dennoch trat sie näher, um einen Blick zu riskieren.

Das Periskop schien quer durch eine unsichtbare Raumfalte in der Bowlingbahn zu führen. Das andere Ende, in dem wahrscheinlich die Zeitsprunglinse eingebaut war, befand sich nämlich auf dem Dach des Gebäudes.

Gewöhnliche Periskope können beliebig geschwenkt werden, um einen Rundumblick zu gewähren. Dieses Periskop ließ sich nicht bewegen. Es nahm einen einzigen, einige Kilometer entfernten und mehrfach vergrößerten Punkt ins Visier. Und es peilte den morgigen Tag an.

Petula schnaufte. Sie hatte es sofort erkannt. »Das ist Nicks Haus.«

»Es kann nicht schaden, zu wissen, was der Junge im Sinn hat, bevor er es im Sinn hat.«

Also blickte Petula erneut in Nick Slates Zukunft – wie damals, als sie die Fotografie entwickelt hatte, die Vince' verfrühten Tod vorausgesagt hatte.

Und wie damals sah sie etwas, das die Situation grundlegend veränderte.

Doch diesmal wusste sie genau, was zu tun war.

27. Hässliche neue Welt

An dem Tag, als Nick Slate das zwanzigste Objekt zurück-eroberte und Teslas Far Range Energy Emitter um einen »Fleckenentferner« bereicherte, wurden zweihunderteinunddreißig Kugelblitze beobachtet und vom nationalen Wetterdienst offiziell bestätigt.

In allen erdenklichen sozialen Netzwerken wurden bizarre Bilder gepostet, wie an jedem anderen Tag auch. Nur handelte es sich heute um bizarre Bilder von wabernden Klumpen geballter atmosphärischer Energie.

Kugelblitze sind extrem selten. Sie sind so selten, dass die Welt der Wissenschaft jahrelang nicht einsehen wollte, dass sie überhaupt existieren. Wen wundert es da, dass es nur Nikola Tesla gelang, einen Kugelblitz im Labor zu erzeugen?

Ein Kugelblitz, der auf natürliche Weise auftritt, kann unterschiedliche Gestalten annehmen. Er kann sich als pulsierende, funkensprühende Lichtkugel am Nachthimmel zeigen; als blendender Heiligenkreis um einen Fahnenmast oder Blitzableiter; als überirdische Qualle mit tödlichen Hochspannungstentakeln; oder er schießt als Feuerball über das Firmament. Man kann sich denken, dass Kugelblitze von manchen Beobachtern als göttliche Erscheinungen gedeutet werden. Wer könnte schon das Gegenteil beweisen?

Nicht wenige glaubten, nach dem haarscharf gescheiterten Weltuntergang wären nun die himmlischen Heerscharen auf den Planeten Erde herniedergefahren, um zu sehen, was sich dort unten für unerhörte Dinge abspielten. Und vielleicht atmete der Erzengel Gabriel just in diesem Augenblick tief ein, um schon bald in sein Horn zu stoßen und endlich den Anbruch des wahren Jüngsten Tages zu verkünden?

Oder es war nur ein Haufen komischer Blitze.

Die massive statische Elektrizität, die sich in der Erdatmosphäre anstaute, kümmerte Mitch Murló wenig. Aber auch er wusste, dass der Tag des Jüngsten Gerichts nahte – für die Accelerati. Und kein anderer als Mitch würde den Richterhammer schwingen.

Mitch schmiedete unermüdlich Pläne, was für ihn sehr ungewohnt war. Eigentlich schmiedete Mitch nie Pläne. Eigentlich ließ er sich vom Leben mitreißen wie von einem Fluss. Es machte ihm nichts aus, ein Mitläufer zu sein, und besonders gern lief er Nick hinterher. Nick schien immer zu wissen, was er tat, auch wenn er es gerade nicht wusste. Das Gipfeltreffen auf dem Dachboden hatte Mitch zwar wutentbrannt verlassen, doch tief im Inneren wusste er, dass Nick keine andere Wahl gehabt hatte, als Mitchs Zorn für ein paar wichtige Fragen zu nutzen.

An dem Tag, als Nick sich in der Schule mit versagenden

Stromquellen herumschlug, war Mitch wie Vince zu Hause geblieben. Aber Mitch war wirklich krank. Er hatte keine Sekunde geschlafen und das Kopfweh spaltete ihm beinahe den Schädel. Das Problem war, dass er einfach zu intensiv hasste. Die ätzende, hochkonzentrierte Verachtung, die er für die Accelerati empfand, überwältigte seinen Geist und ließ seine Schläfen pulsieren. Als Mitchs Mom zur Arbeit aufbrach, gab sie ihm zum Abschied eine Universaltablette, eine Dose Hühnersuppe und einen Kuss auf die Stirn und drückte ihm ein Gamepad in die Hand. Doch statt zu spielen, versuchte Mitch es bei seinem Vater.

Einen Gefängnisinsassen anzurufen war ein einziger Spießrutenlauf, und wenn das Telefonat nicht im Voraus abgesprochen war, wurde es noch komplizierter. Am Ende konnte Mitch nur eine Nachricht hinterlassen, bevor er zum Zeitvertreib den neuesten Teil von *Grand Theft Psycho* einlegte. Er kaperte einen Monstertruck und walzte wahllos Passanten nieder. Aber trotz der Spur aus zermalmten Körpern, die er hinterließ, ging es ihm kaum besser.

Gegen Mittag rief endlich die altbekannte Stimme vom Band an: »Sie haben ein R-Gespräch eines Insassen des Staatsgefängnisses von Colorado …«

»Dad«, sagte Mitch, sobald sein Vater in der Leitung war, »ich hab sie gefunden.« Er wusste, dass die Telefonate der Häftlinge überwacht und mitgestoppt wurden, und verschwendete deshalb keine Zeit.

»Was hast du gefunden? Ist alles okay bei dir, Mitch? Du klingst so seltsam.«

»Ich hab die Arschlöcher gefunden, die dir das alles angehängt haben. Es ist ein Geheimbund. Sie nennen sich ›Accelerati‹, sie tragen Anzüge aus Spinnweben, und ich werde sie fertigmachen.«

In der Leitung wurde es totenstill. Mitch dachte schon, die Verbindung wäre abgebrochen, aber dann hörte er ein tiefes, ersticktes Einatmen – als hätte sein Vater vor Schreck die Luft angehalten.

»Lass es, Mitch«, sagte er. »Versuch's gar nicht erst. Vergiss sie einfach.«

»Das kann ich nicht. Das mach ich nicht.«

»Hör mir zu.« Seine Stimme nahm einen scharfen, strengen Ton an. »Du musst dich von ihnen fernhalten. Die sind gefährlich.«

»Ich weiß. Aber das ist mir egal.«

»Es gibt so vieles, was du nicht verstehst! Du hast keine Ahnung, wozu diese Leute fähig sind!«

»Die haben keine Ahnung, wozu *ich* fähig bin.«

In Wirklichkeit hatte Mitch selbst keine Ahnung, wozu er fähig war. Er war zu einer tickenden Zeitbombe geworden und er freute sich schon auf den Knall.

Während Mitch an seinen Racheplänen arbeitete, entwickelte Caitlin eine ausgeprägte Sucht nach Nachrichten aller Art. Sie staunte, wie viel sinnloses Geschwafel Funk, Fernsehen und Internet verstopfte. Die wirklich wichtigen Ereignisse verschwanden in einem grellen Dickicht aus Promisichtungen und Verfolgungsjagden.

Aber die paar Brocken, die Caitlin aus der wirren Weltsuppe fischen konnte, deuteten auf großes Unheil hin.

Gänseschwärme erfroren, weil sie den Polarkreis angesteuert hatten, statt in wärmere Gefilde aufzubrechen. Eine rekordverdächtige Anzahl von Schiffen ging verschütt; sie sanken nicht, sondern verloren auf hoher See die Orientierung und fanden nicht mehr zur Küste, bevor ihre Treibstofftanks leer waren. Kraftwerke trennten sich ohne offizielle Erklärung vom Netz – noch nicht so viele, dass die Bevölkerung deswegen in Panik verfallen wäre, aber wer sich nicht von illegalen Straßenrennen ablenken ließ, musste sich langsam ernste Gedanken machen.

Caitlin machte sich an diesem Vormittag so viele Gedanken, dass sie nicht in der Lage war, in Englisch einen zusammenhängenden Aufsatz über Huxleys *Schöne neue Welt* zu schreiben. Wenn es so weiterging, wäre die Erde bald eine äußerst *Hässliche neue Welt*. Doch niemand schien sich darum zu kümmern! Die Menschen waren zu feige, um die Wahrheit einzusehen: dass es nur eine Frage der Zeit war, bis die unzähligen Mini-Stromschläge die Atmosphäre in Brand setzen oder aber alle Lebewesen auf dem Planeten brutzeln würden.

Zwischen erster und zweiter Stunde unterhielt Caitlin sich mit Nick. Seine Augen waren blutunterlaufen, seine Bewegungen fahrig. Er zitterte vor unruhiger Energie. *Wie die ganze Welt*, dachte Caitlin. *Überall fliegen die Funken, aber die Energie kann sich nirgendwo entladen.*

Nick hatte recht: Er musste die Maschine vollenden. Doch es brachte nichts, wenn es ihn dabei selbst in Stücke riss.

»Das Waschbrett können wir von der Liste streichen«, meinte Nick. »Ich hab's eingesackt und eingebaut.«

»Bleiben noch zwölf andere Sachen«, sagte Caitlin.

»Wir müssen einfach immer weitermachen. Irgendwann haben wir sie alle beisammen, da bin ich mir sicher.«

Für Nick war jeder Fund wie ein kleiner Sieg in einem Spiel – aber *irgendwann* reichte inzwischen einfach nicht mehr. Nick hatte Caitlin aufgefordert, das große Ganze zu sehen, doch nun sah sie ein noch größeres Ganzes, das er überhaupt nicht wahrnahm. Auf der anderen Seite war er schon jetzt völlig besessen von der Maschine, und wenn er wüsste, dass ihnen die Zeit davonlief, würde es kaum besser werden.

»Vielleicht schaffen wir das nicht allein«, sagte Caitlin vorsichtig. »Vielleicht sollten wir mal wen anders ranla-«

»Wen denn?« Nick starrte sie an, als hätte sie ihm eine Ohrfeige gegeben. »Die Accelerati? Die Regierung? Nichts da! Teslas Sachen sind mir in die Hände gefallen, und das ist kein Zufall. Das ist mein Schicksal. Das ist *unser* Schicksal, Caitlin.«

Es wurde immer schlimmer. Wenn es um seine Rolle im Mechanismus der mysteriösen Maschine ging, redete Nick schon wie ein Wahnsinniger. Früher hatte er sich bloß verantwortlich gefühlt. Jetzt betrachtete er sich als rechtmäßigen Erben von Teslas Traum.

»Ich wollte doch nur sagen, dass wir Hilfe brauchen.«

Als es zum zweiten Mal gongte, wäre Caitlin fast instinktiv zum Unterricht gerannt. Seltsam, dass etwas so Nebensächliches wie der Stundenplan ihr Leben immer noch so fest im Griff hatte, trotz der Gewitterwolken am Horizont.

Statt sofort zu gehen, probierte Caitlin es noch ein letztes Mal. »Das schaffen wir nicht allein, Nick. Das ist zu viel für uns. Versprichst du mir, dass du wenigstens drüber nachdenkst?«

»Okay«, sagte Nick. »Ich denk drüber nach.«

Nick nahm Caitlin übel, dass sie ihm nicht zutraute, die Sache allein zu Ende zu bringen. Aber vielleicht hatte sie recht. Er war weder allwissend noch allmächtig. Wenn er dicht vor der Maschine stand, hatte er zwar das Gefühl, so vieles zu wissen … aber was genau? Das hätte er nicht sagen können. Die Maschine sprach nicht in Worten zu ihm. Es war eher, als würde er einem Musikstück lauschen. Selbst wenn man ein Lied noch nie zuvor gehört hat, kann man die nächste Note erraten. Man ahnt voraus, wohin die Melodie als Nächstes führen muss, und dieser Instinkt gab Nick Selbstvertrauen. Vielleicht zu viel Selbstvertrauen? Ja, vielleicht sollte er sich an Caitlins Rat halten.

Deswegen lungerte er mittags am Ende der Schlange vor der Essensausgabe herum, bis alle anderen Schüler versorgt waren, und trat erst als Letzter an die Theke. Es war ihm ein bisschen peinlich, Ms Planck anzusprechen, nachdem er neulich hinten in der Küche grundlos ausgerastet war. Aber er hatte noch etwas zu erledigen.

»Ms Planck?«, sagte er, um ihre Aufmerksamkeit zu erregen, und schob ein zusammengefaltetes Blatt Papier unter dem gläsernen Spuckschutz hindurch. »Sie wissen doch noch, worüber wir uns letzte Woche unterhalten hatten? Das sind die Sachen, die ich noch nicht wiedergefunden habe. Es wäre toll, wenn Sie mir irgendwie helfen könnten.«

Ms Planck nahm den Zettel, steckte ihn behutsam in die Schürze und lächelte warmherzig. »Aber natürlich, Nick. Es wird mir ein Vergnügen sein.« Zum Dank gab sie ihm eine doppelte Portion Lasagne.

Im Gegensatz zu Nick hatte Vince kein übernatürliches Gespür für die richtige Zusammensetzung von Teslas großer Erfindung – aber es war relativ offensichtlich, dass der Globus optimal in die Trommel des Wäschetrockners passen müsste. Damit wäre er das Herzstück der Maschine. Nur blöd, dass sich dieses Herzstück momentan am Grund eines extrem tiefen und trüben schottischen Sees befand, der womöglich auch noch von einem Ungeheuer bewacht wurde. Für Nick war das großes Pech, für Vince war es großes Glück. Vince war nämlich nicht besonders scharf darauf, sein Leben für die Vollendung einer seltsamen Apparatur zu opfern.

Er konnte nicht wissen, dass der ahnungslose Nick den Accelerati gerade eine Liste aller fehlenden Objekte ausgehändigt hatte. Aber auch das hätte nicht viel geändert. Vince konnte sich nicht vorstellen, dass die Accelerati eifrige Leser der *Planetary Times* waren, und selbst wenn, wäre ihnen das unscheinbare Foto auf Seite 17 der Ausgabe von voriger Woche wohl kaum aufgefallen. Solange Vince den Mund hielt, würde niemand erfahren, wo der Globus war, und niemand würde die Maschine jemals fertigstellen.

Wayne Slates Interesse an der elektrischen Anomalie, die derzeit den Planeten belagerte, war beschränkt. Es beschränkte sich auf ihre Auswirkungen auf die Kopierer bei NORAD. Er war dafür zuständig, die älteren, analogen Geräte zu reparieren, die in der hochmodernen Hightech-Anlage übrigens noch überraschend häufig zu finden waren. Diese altmodischen Apparate übertrugen die Tonerpartikel durch elektrostatische Anziehung – und wegen des Störfeuers aus der Atmosphäre waren nun alle Kopien vollständig schwarz.

Doch die zusätzliche Arbeit, die er dadurch hatte, bereitete ihm weniger Sorgen als die riesigen, nicht gekennzeichneten Mannschaftswagen, die immer mehr Leute in die gewaltige Festung unter dem Cheyenne Mountain karrten.

Natürlich wusste die Regierung mehr als alle anderen, das brachte die Macht so mit sich. Aber der aktuelle Betrieb erinnerte Mr Slate auf gespenstische Weise an die Zeit vor ein paar Wochen, als sich etliche bedeutende Personen unter dem Berg verkrochen hatten, um sich vor der nahenden Apokalypse zu verstecken.

Danny war früher in Florida aufgewachsen und in Florida gehörten unvorhergesehene Gewitterstürme einfach zum Leben. Daher fand er die elektrische Überladung der Erdatmosphäre nicht weiter ungewöhnlich. Es machte ihm sogar Spaß, seinen Freunden Streiche zu spielen, indem er über den Teppich schlurfte, sich von hinten an die anderen heranschlich und sie am Ohrläppchen berührte. Echt witzig, wie der Stromschlag jedes Mal ihre Füße vom Boden abheben ließ.

Er wusste, dass sein Bruder in irgendwelche unguten Dinge verwickelt war. Aber sein Bruder war doch der Größte! Obwohl Danny ahnte, dass Nick sich übernommen hatte, wollte er unbedingt daran glauben, dass er das Kind schon irgendwie schaukeln würde.

Okay, auf dem gruseligen Dachboden standen lauter gruselige Erfindungen mit gruseligen Fähigkeiten herum. Aber Nick hatte Danny und seinen neuen Freund Seth doch gerade erst zum Eisessen eingeladen! Das hätte er doch nicht gemacht, wenn er irgendwelche *ernsthaften* Schwierigkeiten hätte!

Also nervte Danny seine Freunde mit Stromschlägen, genoss das Nordlicht des Mittleren Westens und vertraute weiter darauf, dass alles okay war und dass er im nächsten Match endlich ohne fremde Hilfe einen Ball fangen würde.

Fünfundzwanzigtausend Kilometer entfernt konnte sich der Himmelskörper Felicity Bonk derweil kaum noch beherrschen. Felicity war ganz kribbelig vor elektrischer Spannung, und sie konnte es kaum erwarten, den Planeten Erde an ihrer unbändigen Energie teilhaben zu lassen.

28. Der Hund, der dem Sattelschlepper entkam

Man kann nicht behaupten, dass die Welt kalt erwischt wurde. Vieles deutete darauf hin, dass Felicity Bonk drauf und dran war, vollkommen durchzudrehen. Doch das Nordlicht war so schön, so himmlisch schön, dass sich kaum jemand vorstellen konnte, dass etwas wirklich Schlimmes bevorstand.

Erst als der gesamte Luftverkehr wegen unlösbarer Navigationsprobleme eingestellt wurde, erkannten die Leute den Ernst der Lage. Eine Welt ohne Flugzeuge war undenkbar, fast so beängstigend wie eine Welt ohne Fernsehen. Aber auch das schien nicht mehr ausgeschlossen, denn immer mehr Sender verblassten, und die Satellitenschüsseln suchten nach Signalen, die sich im Magnetnebel verloren.

Als Felicity Bonk auf ihrem alles vernichtenden Kollisionskurs unterwegs gewesen war, waren die Menschen in Panik ausgebrochen. Jetzt fehlte den meisten die Kraft, schon wieder in Panik auszubrechen. Sie ließen die Grausamkeiten einfach auf sich zukommen.

Eine dieser Grausamkeiten hieß Petula Grabowski-Jones.

Am Sonntagvormittag verkündeten die Radios erstmals ein

allgemeines Startverbot für Flugzeuge. Gleichzeitig eilte Petula zu Nick und bat mit einem Hämmern, das selbst Tote aus den Federn gerissen hätte, um Einlass.

Kaum hatte Nick die Tür geöffnet, packte sie ihn und schüttelte ihn kräftig durch.

Er schlug ihr die Arme weg. »Was soll das denn!?«

»Dazu wäre es sowieso irgendwann gekommen«, antwortete sie. »Ich wollte es lieber gleich hinter mich bringen.«

Danny spähte aus der Küche, wo er gerade frühstückte. »Ist das nicht das komische Mädchen mit den Zöpfen? Ich dachte, die hasst du total!«

»Alles ist relativ«, erwiderte Nick, was Petula offenbar als Kompliment auffasste.

Nick wusste, dass Petula bei der ersten Gelegenheit ins Haus stürmen und sich im Wohnzimmer festsetzen würde, und versperrte ihr deshalb die Tür. »Was ist los?«

»Die Harfe«, sagte Petula. »Ich weiß, wo sie ist.«

Das machte Nick so neugierig, dass er doch den Weg frei machte. Aber er ließ Petula nur bis in den Flur. »Ich dachte, die ist bei den Accelerati?«

»Ist sie ja auch! Aber ich hab rausgefunden, wo sie das Ding aufbewahren.«

Eigentlich eine tolle Neuigkeit – aber Nick hatte noch eine Frage: »Und wie hast du es herausgefunden?«

»Das ist doch egal. Hauptsache, ich weiß, wo sie ist!«

»Wir haben sie alle gesucht und keiner konnte sie finden. Also, wie hast du das gemacht?«

Aus Petulas Lippen drang eine Mischung aus Seufzen und

Grunzen. »Wenn du's unbedingt wissen willst … ich war im Einkaufszentrum, und da wurde eine Dame in einem pastellblauen Kostüm von einem Sattelschlepper überfahren.«

»Was hatte der Sattelschlepper denn dort zu suchen?«

»Natürlich war es *vor* dem Einkaufszentrum!«

»Vor welchem eigentlich?«

»Ist doch egal! Das Entscheidende ist, was sich dabei von ihrem zerschmetterten Körper gelöst hat.« Petula hielt einen goldenen Anstecker hoch, ein winziges A mit dem Unendlichkeitssymbol als Querstrich. Das Erkennungszeichen der Accelerati. »Da ist mir klar geworden, dass sie zu *ihnen* gehört, und ich bin ihr gefolgt.«

»Wie? Ich dachte, sie ist tot?«

»Ich bin doch nicht der Frau gefolgt, sondern ihrem Hund! Sie hatte einen Hund dabei, und der wurde nicht vom Sattelschlepper überfahren. Und dem bin ich dann gefolgt.«

»Was war es für ein Hund?«, fragte Danny, der aus der Küche herübergekommen war.

Petula wirkte zunehmend frustriert. »Ein Hund, der weiß, wie er alleine nach Hause kommt, wenn sein Frauchen von einem Sattelschlepper überfahren wird. Klar?«

»Erzähl weiter«, sagte Nick. »Was ist dann passiert?«

»Na, der Hund hat mich zum Schlupfwinkel der Accelerati geführt.«

Nick betrachtete Petula prüfend. Sie wirkte zugleich aufrichtig und verschlagen – eine Kombination, mit der er nichts anfangen konnte. »Und warum sollte ich dir die Story abnehmen?«

Petula fasste ihn an den Schultern, als wollte sie ihn schon wieder durchschütteln. Aber dann fiel ihr wohl ein, dass sie das bereits erledigt hatte, und sie ließ die Arme sinken. »Hör mal. Mir ist klar, dass du keinen echten Grund hast, mir zu vertrauen. Aber jetzt musst du mir vertrauen. Ich weiß, wo sie die Harfe verstecken, und wir können sie zurückholen. Ist schon okay, wenn du mir sonst kein Wort glaubst, aber das kannst du mir glauben.«

Bei ihren letzten Worten schlug Nicks innere Waage zugunsten von Petula aus. Nick zog sein Handy aus der Tasche. »Ich rufe die anderen an.«

Als er wählte, tauchte sein Vater aus der Küche auf. »Wie war das? Wer ist vom Sattelschlepper überfahren worden?«

Seit dem Gipfeltreffen auf Nicks Dachboden hatten sich die fünf Eingeweihten nicht mehr versammelt. Jetzt standen sie gemeinsam in der Garage, wo alles angefangen hatte, und Nick betrachtete seine Mitstreiter nachdenklich: Vince, Mitch, Petula und natürlich Caitlin. Er musste sie irgendwie überreden, sich auf die Mission einzulassen. Er musste sie davon überzeugen, dass die Aktion Erfolg haben könnte. Das war eine schwierige Aufgabe, da er selbst nicht hundertprozentig überzeugt war. Doch die Harfe war endlich in Reichweite, und dagegen war jedes Risiko unwichtig.

»Wir können doch nicht einfach so ins Accelerati-Hauptquartier marschieren und die Harfe mitgehen lassen«, sagte Caitlin.

»Natürlich können wir«, erwiderte Nick. »Eben weil sie

nicht damit rechnen. Wir haben das Überraschungsmoment auf unserer Seite.«

»Die machen wir alle!«, rief Mitch, der in ungewohnt kämpferischer Stimmung war.

Caitlin schüttelte den Kopf. »Wie soll das gehen? Fünf Teenies gegen eine Fantastilliarde Accelerati?«

»Ich glaube, so viele sind es gar nicht«, meinte Petula. »Vor allem am Wochenende.«

»Wie? Denkst du, die sind alle zu Hause und gucken Football?«

»Wieso nicht? Wenn sie nicht gerade Accelerati spielen, müssen sie doch auch ein normales Leben haben.«

Alle hatten sich mit ihren Verteidigungsobjekten bewaffnet. Vince hatte den Narkoseteufel mitgebracht, Mitch den Wirbelsturmblasebalg, und Petula war extra noch mal nach Hause gegangen, um die Klarinette zu holen. Nick hatte den frostigen Ventilator vom Dachboden entführt, und Caitlin hatte das Kraftfeldsieb dabei, das die Gruppe theoretisch von allen Attacken abschirmen konnte. Sie hatten Karabinerhaken an den Erfindungen befestigt und die Haken an den Gürtel geschnallt, um die Hände frei zu haben. Es war keine sehr elegante Lösung, und Nick ahnte, dass sie wie ein Trupp lächerlicher Möchtegern-Superhelden aussahen.

Vince war der Einzige, der die Diskussion schweigend verfolgt hatte. Das war nicht ungewöhnlich, Vince war eben kein Teenager großer Worte. Deshalb waren die anderen umso verblüffter, als er auf einmal den Mund aufmachte.

»Nennt mir einen einzigen guten Grund, wieso ich den

Accelerati freiwillig meine Batterie vorbeibringen sollte«, sagte er. »Da kann ich mich auch gleich selber ausstöpseln.«

Eine Zeit lang herrschte betretenes Schweigen. Vince hatte zum ersten Mal eine rote Linie gezogen. Und Nick wollte den Tag doch dazu nutzen, ihr Gemeinschaftsgefühl wiederzubeleben! Er hätte Vince fast die Sonnenbrille von der Nase gerissen, um ihm in die Augen zu schauen. Doch an der Brille hing die Batterie, von daher ging das nicht.

»Auf welcher Seite bist du eigentlich?«, fragte Nick.

»Auf gar keiner. Da bin ich nicht der richtige Typ für. Ich war bloß bei deinem blöden Flohmarkt, und wurde in einen Riesenmist reingezogen, auf den ich null Lust habe.«

Caitlin trat einen Schritt vor. »Keiner hat Lust darauf, Vince. Aber wir müssen da jetzt trotzdem durch.«

»Ihr müsst da durch. Ich nicht.«

»Soll ich ihm eine scheuern?«, sagte Petula.

»Ich glaube nicht, dass das was bringt«, meinte Mitch. »Aber was soll's, kann ja nicht schaden.«

Nick hob die Hand, um Petula aufzuhalten. »Vince. Das ist deine Chance, die Welt zu verändern.«

Vince winkte ab. »Ihr werdet die Welt nicht verändern. Die Maschine wird sowieso nie fertig. Das schwör ich euch!«

»Wieso?«, fragte Nick mit ruhiger Stimme. »Weil du dann vielleicht sterben musst? Und zwar für immer?«

Damit war es geschehen – Nick hatte es ausgesprochen. Nun wartete er auf Vince' Reaktion. Doch Vince schüttelte bloß den Kopf, und Nick hatte das eigenartige Gefühl, dass er ihm etwas verschwieg.

»So weit wird es nicht kommen«, sagte Vince. »Glaubt mir, selbst mit der Batterie wärt ihr noch komplett aufgeschmissen.«

Durch die dunkle Brille waren Vince' Gefühle nur schwer abzulesen. Es war kaum zu erahnen, worauf sich seine Augen richteten. Noch ein paar Sekunden standen sich Nick und Vince gegenüber wie zwei Schlägertypen kurz vor einer Prügelei – bis Vince ihm den Narkoseteufel überreichte.

»Ich komme nicht mit. Ich bin vielleicht tot, aber noch lange nicht lebensmüde.« Dann ging er. Einfach so.

»Wir brauchen ihn eh nicht«, meinte Mitch.

Doch ausgerechnet Petula wirkte direkt panisch wegen Vince' plötzlichem Abgang. »Aber … aber er *muss* mitkommen!«

Nick schnallte sich den Narkoseteufel an den Gürtel. »Ach, vergiss ihn. Wir kriegen das auch zu viert hin.«

29. Ohrenschmalztief

Fünf Minuten später hielt ein Pick-up in der Einfahrt. Petula schob ihre Sorgen über Vince' unerwartetes Verschwinden beiseite und ging mit den anderen vor das Haus, um ihnen den Mann hinterm Steuer vorzustellen: ihren Cousin Harley. Darauf folgte eine sehr kurze Preisverhandlung; für einen angemessenen Lohn befolgte Harley jedermanns Befehle, seien sie gut oder böse.

Als die Abmachung getroffen war, durften sie auf der Ladefläche des Pick-ups Platz nehmen. Unter einem bedenklich aufgewühlten Himmel ging es zu einer heruntergekommenen Bowlingbahn in einem verruchten Stadtviertel.

»Das Atomic Lanes?«, fragte Caitlin. »Im Ernst?«

»Da ist der Hund hingelaufen.« Petula sprang von der Ladefläche. »Kommt, gehen wir rein.«

Harley interessierte sich nicht für die Ziele der Mission. Er wollte sich nur fünfundzwanzig Dollar plus Mittagessen verdienen und ansonsten bei voll aufgedrehtem Death Metal im geparkten Wagen hocken – der optimale Soundtrack für einen Angriff auf die Accelerati.

Sonntags herrschte im Atomic Lanes Hochbetrieb. Bowlingfreaks, Familien und Geburtstagspartys teilten sich die Bahnen.

»Holt euch Schuhe, schnappt euch eine Kugel und tut so, als wärt ihr zum Bowlen hier«, meinte Petula.

»Du machst immer noch Scherze, oder?«, fragte Caitlin.

Petula antwortete im Flüsterton. »Wir wollen doch nicht auffallen, oder?«

»Na ja«, sagte Nick. »Wir haben einen Ventilator, einen Blasebalg, ein Mehlsieb, eine Klarinette und einen Springteufel am Gürtel hängen. Wie sollen wir da bitte *nicht* auffallen?«

Statt zu antworten, schritt Petula zur Theke und bat um Bahn 5, obwohl diese Bahn schon vergeben war. »Dann warten wir eben«, sagte sie und klimperte den gelangweilten Angestellten mit ihren Wimpern an. »Das ist nämlich meine Glücksbahn.«

»Bahn 5 ist eigentlich eine Geheimtür«, flüsterte sie ihren Kumpanen zu, während sie zusahen, wie ihre Vorgänger an Bahn 5 langsam zum Ende kamen. »Man muss bestimmte Konstellationen aus Pins werfen, um sie zu öffnen.«

»Und das hat dir alles der Hund erzählt?«, fragte Caitlin.

Petula schnaubte. »Der Hund hat mich zur Bowlingbahn geführt, und in der Bowlingbahn hat ein Typ im Pastellanzug an Bahn 5 gebowlt. Ich bin dann ein Weilchen geblieben und habe beobachtet, wie noch zwei weitere Accelerati genau dieselben Muster gebowlt haben – und verschwunden sind.«

»Wie, verschwunden?«, fragte Nick.

In diesem Moment war die Gruppe an Bahn 5 fertig. Petula

hob abwehrend die Hände. »Ihr immer mit euren nervigen Fragen!«, sagte sie und marschierte einfach die Bahn hinunter zu den Pins. Sie hatte sich nicht mal eine Kugel genommen.

»Ich glaube, das darf man nicht!«, rief Mitch, bevor ihm wieder einfiel, dass Petula sich davon sowieso nie aufhalten ließ.

Petula beugte sich über die Pins und warf sie von Hand um, bis nur noch die jeweils äußersten der letzten Reihe standen. »Drückt mal auf Neustart!«

Nick betätigte den Knopf, und Petula stolperte gerade noch nach hinten, ehe sie vom herabsinkenden Oberkiefer des automatischen Pin-Aufstellers zermalmt werden konnte. Als die Pins wieder standen, schmiss sie bis auf drei Pins wieder alle um und befahl einen weiteren Neustart. Nick sah Caitlin entgeistert an und drückte nochmals auf den Knopf.

Diesmal warf Petula die zweite und dritte Reihe um. Und nach dem nächsten Neustart stiefelte sie einfach alle Pins zu Boden.

Als der letzte Pin fiel, sank das hintere Ende der Bahn in die Tiefe. Nick konnte es nicht glauben. Er stand vor einer Rampe in einen dunklen, geheimnisvollen Abgrund.

»Wahnsinn«, sagte Nick.

»Gute Leistung, Petula!«, rief Mitch.

»Ich glaub das nicht«, ächzte Caitlin. »Im Ernst – ich nehme ihr das nicht ab. Wie soll sie das denn rausgekriegt haben?«

»Tja«, sagte Mitch und stand auf. »Sie ist halt schlauer, als ihr alle glaubt.«

Nick hob die Augenbrauen. »Sieht so aus, was?«

Von den anderen Gästen schien niemand bemerkt zu haben, dass sich Bahn 5 in eine Zugangsrampe verwandelt hatte, über die nun fünf Teenager spazierten. Aber Nick kannte die Accelerati inzwischen gut genug, um sich nicht darüber zu wundern. Er hätte sich gleich denken können, dass der Geheimbund einen Weg gefunden hatte, sich vor den Augen der Öffentlichkeit in Luft aufzulösen.

Was hatte Jorgenson zu ihm gesagt, kurz nachdem Danny seinen ersten Meteoriten gefangen hatte? *Das ist alles wissenschaftlicher Schwindel. Taschenspielertricks.*

Nun würde Nick selbst ein kleines, aber feines Zauberkunststück aufführen – er würde die Harfe verschwinden lassen. Aber dazu mussten sie das Ding erst mal finden.

Die Abneigung zwischen Caitlin und Petula beruhte auf Gegenseitigkeit. Was Caitlin anging, lag es nicht an Petulas krankhafter Schwärmerei für Nick. Sie hatte andere Gründe, etwa die Caitlin-Voodoopuppe, die Petula in der dritten Klasse gebastelt hatte (die zum Glück nicht funktioniert hatte), oder das Stinkbombenshampoo, das Petula ihr in der vierten Klasse geschenkt hatte (das hatte leider hervorragend funktioniert).

Seit sie bei Nicks Haus angekommen war, wurde Caitlin von einem hartnäckigen Gefühl verfolgt: *Hier stimmt doch was nicht.* Doch das war in letzter Zeit nicht ungewöhnlich. Wenn man sich die letzten Wochen so ansah, musste man sich eher fragen: *Was stimmt hier überhaupt noch?* Aber egal. Petula hatte ihnen versprochen, sie in die Höhle der Accelerati zu führen, und sie hatte Wort gehalten. Vielleicht hatte Caitlin sich in ihr geirrt.

Mitch war währenddessen einfach nur stolz darauf, dass seine Freundin der Gruppe ausnahmsweise wirklich weitergeholfen hatte. Und Nick? Nick war in Gedanken schon bei der Harfe.

Zu viert liefen sie die Rampe hinunter und gelangten in einen dunklen Gang unterhalb des Pin-Aufstellers. Nach etwa zehn Metern stießen sie auf eine bronzene Doppeltür, die mit aufwendigen Reliefs verziert war.

»Rodins *Höllentor*«, sagte die Kunstkennerin Caitlin, »aber in einer anderen Version. Interessant.«

Hinter der Tür lag … eine Besenkammer? Doch mit jedem Schritt dehnte sich der Raum ziehharmonikaartig in die Breite und Tiefe, bis sie schließlich in einem lächerlich großen Saal standen, praktisch in einem Kirchenschiff. Blickte man aus den Fenstern, sah man die schneebedeckten Gipfel des Himalaya – eine beinahe perfekte 3D-Projektion.

Und Petula behielt schon wieder recht: Hier waren wirklich nicht übertrieben viele Accelerati unterwegs. Die Halle war so gut wie leer.

Aber *so gut wie* war nicht gut genug. Ganz hinten führten zwei Männer im Pastellanzug eine hitzige Debatte über das Thema Zeitdehnung. Als sie die Neuankömmlinge bemerkten, kamen sie ihnen entschlossenen Schrittes entgegen.

»Ich mach das schon«, sagte Nick, schnallte den Narkoseteufel ab und drehte an der Kurbel. Er war froh, dass das Kistchen keine nervtötende Klimpermelodie abspielte. Aber um eine schlaffördernde Ladung zu generieren, waren mehrere vollständige Umdrehungen nötig.

»Wie seid ihr hier reingekommen?«, fragte einer der Männer, die sich rasch näherten.

»Wegschauen!«, zischte Nick, kurz bevor der Clownskopf auf seiner Feder aus der Kiste schoss.

Die beiden Accelerati japsten nach Luft und kippten um. Bewusstlos.

Schnell drückte Nick das Ungeheuer wieder in den Kasten und verriegelte ihn. »Die Harfe ist irgendwo hier unten. Das spüre ich.«

»*Spürst* du hier auch irgendwo einen Lageplan?«, fragte Caitlin. »Und ein paar Schlüssel für verschlossene Türen?«

Hinter dem Großen Saal lag ein kleiner, runder Raum mit marmornen Wänden, von dem die Gänge in alle Richtungen abzweigten wie Radspeichen. In der Mitte stand die imposante Bronzestatue eines Mannes, der eine Glühbirne in die Luft streckte. Thomas Edison. Die Statue schien auf einen bestimmten Gang zu deuten, aber Nick wollte dem Fingerzeig lieber nicht folgen. Teslas Erzfeind würde ihm bestimmt nicht weiterhelfen, nicht mal in Statuenform.

Da trat ein kurzgewachsener, dicklicher Mann in einem blassen Lavendelanzug aus einem Korridor und blieb abrupt stehen, als er die ungebetenen Gäste entdeckte. Nick erkannte ihn wieder – der Kerl hatte zu dem Team gehört, das seinen Dachboden ausräumen wollte.

Nick drohte ihm mit dem Ventilator. »Die Harfe. Wo ist sie?«

Der Mann zögerte.

»Zwingen Sie mich nicht, das Ding einzuschalten!«

Da deutete der Mann, der genau wusste, was der Ventilator anrichten konnte, mit einem zittrigen Finger auf einen bestimmten Gang.

Nachdem Nick ihm mit dem Narkoseteufel vorübergehend die Lichter ausgeknipst hatte, liefen sie den Gang hinunter. Er endete vor einer Tür mit der Aufschrift FORSCHUNG UND ENTWICKLUNG.

Der Raum dahinter war leer. Bis auf eine große Kiste, auf der ein Paketschein klebte.

»New Jersey?«, sagte Mitch, als er die Anschrift studierte. »Warum wollen die die Harfe an den Arsch der Welt schicken?«

»Noch wissen wir nicht, ob die Harfe da drin ist«, sagte Nick und öffnete die Verankerung der Seitenwand – doch, die Harfe war da drin. Sie wurde von einem magnetischen Befestigungssystem fixiert, das einen sehr komplizierten Eindruck machte. Nur die Aufschrift auf dem einen Schalter war recht unkompliziert: *Aus*. Nick schaltete es aus und nahm die Harfe problemlos aus der Kiste. Das Ganze kam ihm viel zu einfach vor. Es hätte ihn nicht überrascht, wenn er irgendeine gemeine, *Indiana-Jones*-mäßige Falle ausgelöst hätte, wenn plötzlich Giftpfeile aus den Wänden gezischt wären oder so. Doch es tat sich rein gar nichts.

»Nicht an den Saiten zupfen!«, rief Petula. »Wir können nicht wissen, was dann passiert!«

»Ich sehe da keine Saiten«, meinte Mitch.

Caitlin beugte sich vor. »Dann schau mal genauer hin.«

Nick schaute genauer hin und konnte immer noch nichts entdecken. Doch als er den Blick wieder abwandte, tauchten sie plötzlich auf. Es waren keine echten Saiten, sondern Linien, die den Raum vertikal durchschnitten. Man sah sie nur aus dem Augenwinkel.

Caitlin überprüfte, ob die Luft rein war, während Nick und Mitch die Harfe durch den Gang trugen, der zur Edison-Statue führte. Doch dort mündeten sechs Gänge, was das Risiko, einem Accelerati zu begegnen, mindestens versechsfachte. Und tatsächlich: Eine Gruppe Frauen und Männer kam den Korridor zu ihrer Linken heruntergelaufen.

Sogleich setzte ein großes Geschrei ein: »Sie haben die Harfe! Haltet sie auf! Ruft den Sicherheitsdienst!«

»Lasst mich mal machen«, sagte Mitch, stellte sein Ende der Harfe ab und postierte sich breitbeinig vor dem Gang – wie ein Cop, der einen flüchtigen Verbrecher niederstrecken wollte. Mitch zielte mit dem Blasebalg, drückte die Griffe kräftig zusammen und jagte einen einzigen heftigen Windstoß durch den Korridor.

In dem engen Flur erzeugte der Blasebalg keinen Minitornado. Er verwandelte den Gang in einen Windtunnel. Die kunterbunte Accelerati-Schar wurde von den Füßen gefegt und bis ans andere Ende des scheinbar endlosen Korridors gepustet, wo sie erst mal niemanden mehr nerven sollte.

Nick betrachtete die sechs Gänge, die zur Auswahl standen. Er wusste nicht wohin. Er hatte sogar schon vergessen, woher sie gerade gekommen waren.

Caitlin erriet seine Gedanken. »Da geht's lang«, sagte sie. »Rechts von dem Gang, auf den Edison zeigt.«

Doch die Accelerati hatten inzwischen mitbekommen, dass sie Gäste hatten. Als sie in den Gang einbiegen wollten, rannten ihnen drei weitere Agenten entgegen.

Dieses Problem wollte Petula regeln. »Finger in die Ohren!«, kommandierte sie. »Ohrenschmalztief!«

Selbst mit verstopften Gehörgängen war der grauenhafte Klarinettenlärm nicht zu überhören. Es war die mit Abstand schlimmste Erfahrung, die Nicks Gehörsinn je gemacht hatte. Als würden gedopte Fingernägel über eine Tafel kratzen. Als würde man ihm eine grelle Rückkopplung direkt ins Hirn pumpen. Seine Knie wurden weich. Doch da er die Finger in den Ohren hatte und der Schallbecher des Instruments nicht auf ihn, sondern auf den Gang gerichtet war, konnte er sich genau wie seine Freunde halbwegs auf den Beinen halten. Anders als die nahenden Accelerati, die von der vollen Wucht des seelentötenden Klarinettensolos getroffen wurden. Sie gingen zu Boden und hielten sich unter Qualen den Schädel.

Nick hob die Harfe an. Caitlin, die gerade am nächsten stand, nahm das andere Ende, und so schnell sie konnten, hetzten sie den Gang entlang. Erst im Großen Saal fiel Nick auf, dass sie einer zu wenig waren.

»Wo ist Mitch?«

Mitch war nicht wegen der Harfe mitgekommen. Er hatte andere Pläne. Pläne, die nur ihn etwas angingen. Vince wurde von einer langlebigen Batterie auf Touren gehalten, Nick von seiner immer stärkeren Verbindung zu Teslas Maschine, und auch Mitch hatte seinen persönlichen Antrieb.

Angefangen hatte es mit einer unbändigen Gier nach Rache für seinen zu Unrecht verurteilten Vater. Lange Zeit hatte Mitch nicht gewusst, an wem er sich rächen könnte, und als er dann herausgefunden hatte, dass die Accelerati seinen Dad ausgenutzt und ans Messer geliefert hatten, wünschte er zunächst, er könnte sie genauso leiden lassen, wie seine Familie gelitten hatte. Doch seitdem hatten sich seine Rachegelüste weiterentwickelt. Ihm war klar geworden, dass etwas anderes viel wichtiger war: Er musste den Namen seines Vaters reinwaschen und sicherstellen, dass er eine angemessene Entschädigung für das lange Jahr erhielt, das er hinter Gittern vergeudet hatte. Mitch fand, dass 725 Millionen Dollar angemessen wären.

Während Mitchs Mitstreiter die Harfe aus dem runden Marmorraum geschafft hatten, waren die klarinettengeschädigten Accelerati davongehastet – feige, wie sie waren. Mitch hatte sich einen von ihnen gegriffen und mit Gewalt um die Ecke eines Korridors gezerrt.

Mitch war kein besonders kräftiger Junge, aber seine Extrapfunde verliehen seinen Bewegungen zusätzliches Gewicht. Und wenn dann noch die Zielstrebigkeit eines feurigen Zorns dazukam, war er ein einschüchternder Gegner.

Als der Accelerati um Hilfe rufen wollte, schob Mitch ihm die Düse des Blasebalgs in den Mund. Die Augen des Mannes weiteten sich.

»Sie können sich denken, was passiert, wenn ich die Griffe

zusammendrücke«, meinte Mitch. »Wie soll ich es sagen …
einmal pumpen, und es bläst Sie auf wie einen Riesenluftbal-
lon. Und weil Sie nicht aus Gummi sind, macht es ganz laut
Puff.«

»Gwa gwillst uu vo gmir?« Wegen der Düse zwischen seinen Lippen hatte der Mann ein paar Probleme mit der Aus-
sprache.

»Wo ist das Geld?«, fragte Mitch. »Wo sind die 725 Millionen, für die Sie meinen Dad reingelegt haben!?«

Der Mann schüttelte den Kopf. »Cchhaben ihn gnicht
gneingelegt.«

Mitchs Hände krampften sich um die Griffe des Blasebalgs.
Er bluffte nicht.

Und das schien der Mann endlich zu begreifen. »Gro-kay,
gro-kay! Ich gsags gir!«, lallte er.

»Ich höre. Sie haben drei Sekunden.«

»Gustav Qualens Alligator!«, rief der panische Accelerati.
»Grinfton! Grinfton! Gustav Qualens Alligator.« Dann stieß er
den Blasebalg beiseite und stolperte den Gang hinunter.

»Moment! Was soll das heißen?«, brüllte Mitch.

Damit konnte er doch überhaupt nichts anfangen! In einem
Anfall von Wut drückte Mitch die Griffe zusammen und
schickte dem Flüchtenden einen Windstoß hinterher – der
ihn aber nur noch weiter wegblies, uneinholbar weit.

Trotzdem hätte Mitch ihn verfolgt, wäre in diesem Augenblick nicht Nick aufgetaucht.

Nick fasste ihn am Arm. »Was machst du noch hier? Wir
müssen abhauen!«

»Grinfton!«, schrie Mitch. »Gustav Qualens Alligator!«

Nick sah ihn an wie einen Wahnsinnigen. Mitch war sich selbst nicht mehr sicher, dass er keiner war.

Im Großen Saal trafen sie auf das letzte Aufgebot der Accelerati – auf die paar Frauen und Männer, die an diesem Sonntagvormittag im Hauptquartier waren und immer noch die Nerven hatten, sich den Eindringlingen entgegenzustellen. Sie waren etwa zu zehnt und Nick erkannte kein einziges Gesicht wieder. *Wie viele Accelerati gibt es eigentlich?*, fragte er sich. *Und in wie vielen Städten sind sie?* Führten sie wirklich alle ein normales Leben, wie Petula vermutete, während sie ihren Intellekt unbemerkt in den Dienst der Geheimgesellschaft stellten? Und wie standen die Chancen, dass Nick jemals einen so mächtigen und so gut getarnten Gegner besiegen konnte? Aber was sollte es. Wenn er die Accelerati kleinkriegen konnte, die er im Moment vor der Nase hatte, wäre das schon mal ein guter Anfang.

Ein paar von ihnen hatten Waffen im Anschlag. Nick hatte keine Ahnung, was diese Waffen mit ihnen anstellen würden, aber er konnte sich denken, dass sie auf einer »eleganten« Technologie basierten. »Elegant« war Jorgensons Lieblingswort. Vielleicht würden sie ihr Inneres auf künstlerisch wertvolle Weise nach außen stülpen oder ihnen einen dritten Arm wachsen lassen, der sie dann erdrosselte, oder ihre Zellen auf molekularer Ebene in ein Edelmetall umwandeln, das die Accelerati gewinnbringend verkaufen könnten. So oder so würden sie sie höchst elegant töten.

»Kraftfeld!«, schrie Nick.

Caitlin hatte offensichtlich zu Hause geübt. Sie wusste genau, was sie tun musste.

»Bleibt dicht bei mir!«, rief sie und fing an, in Höchstgeschwindigkeit am Hebel des Mehlsiebs zu klappern.

Wäre das Mehlsieb an eine Stromquelle angeschlossen gewesen, hätte es vermutlich ein wirklich eindrucksvolles Kraftfeld erzeugen können. Im Handbetrieb reichte es nur für einen Schutzwall, der sie zu viert gerade so umschloss. Als ein Accelerati feuerte, schlug die Kugel (oder was auch immer er da verschoss) in das Kraftfeld ein, prallte ab und zertrümmerte eines der Hologrammfenster, und schon fand das Duell nicht mehr mitten im verschneiten Himalaya statt.

Nicks Truppe stieß weiter zum Ausgang vor. Doch auf dem Weg stolperte Caitlin über einen Kaffeebecher, den eines ihrer ersten beiden Opfer fallen gelassen hatte. Sie geriet nur leicht ins Straucheln, aber durch den Ruck rutschte ihre Hand vom Mehlsiebhebel ab – und das Kraftfeld schwand. Nick blieb keine Zeit zum Nachdenken. Er riss den Ventilator hoch und schaltete ihn auf maximaler Kältestufe ein.

Die Accelerati reagierten schnell, sie flohen vor der nahenden Kältefront. Nur ein Einziger blieb stehen und kehrte ihnen den Rücken zu. Nick wunderte sich. Und er wunderte sich noch mehr, als er das eigentümliche Ding auf dem Rücken des Mannes sah: ein gekrümmter Ganzkörperschild, der wie ein Schildkrötenpanzer aussah!? Was trieben die Accelerati bloß hier? Verwandelten sie sich in ihrem unterirdischen Bau langsam in eine Bande aus Mutantenschildkröten mit Ninja-Fähigkeiten? Nick wollte gar nicht wissen, was es damit wieder auf sich hatte.

Er richtete den Ventilator auf den Schildkrötenpanzer, damit der Kerl sich nicht umdrehen konnte. »Los!«

Die anderen schleppten die Harfe durch die bronzene Tür. Sobald sie in Sicherheit waren, rannte Nick hinterher, knallte das *Höllentor* hinter sich zu und vereiste die Türangeln mit dem Ventilator, bis es sich garantiert nicht mehr öffnen ließ.

»Es ist so weit«, sagte Caitlin, als sie noch einen Blick auf Rodins massive Bronzepforte warf. »Die Hölle ist zugefroren.«

30. Das Zischen Tausender Schlangen

Der Accelerati-Stützpunkt in Colorado Springs war an diesem Tag nicht weitgehend verlassen, weil Sonntag war. Gerade sonntags ging es in der Untergrundbasis meist hoch her. Experimente und Forschungsprojekte wurden vorangetrieben, theoretische Diskussionen wurden geführt, und dann war da natürlich noch der traditionelle Sonntagsbrunch. Am Buffet warteten stets einige genetisch modifizierte Spezies in einzigartigen Geschmacksrichtungen, die man über kurz oder lang in die globale Lebensmittelindustrie einschleusen wollte.

Einer der Gründe, weshalb das Hauptquartier an diesem Sonntag nicht von einer stattlichen Schar Accelerati bewacht wurde, war das elektromagnetische Chaos. Allmählich musste wirklich jeder einsehen, dass es ein Problem gab. Selbst die geübtesten Anhänger der Vogel-Strauß-Taktik taten sich schwer, weiter den Kopf in den Sand zu stecken.

Die Accelerati beobachteten den sprunghaften Anstieg der statischen Elektrizität, die immer häufigeren magnetischen Anomalien, die vielen verirrten Vögel und ungeplanten Hochspannungsstromschläge. Die amerikanische Luftfahrtbehörde selbst hatte sie insgeheim gebeten, sich um den Navigations-albtraum zu kümmern, der die Flugzeuge aller Länder an den Erdboden fesselte. Damit standen die Accelerati vor einer un-gewohnten Herausforderung – normalerweise wurden sie an-gefleht, ein Problem zu lösen, das sie selbst geschaffen hatten. Normalerweise hatten sie die Lösung also schon in der Tasche, und alle Außenstehenden staunten über ihre genialen, fast schon magischen Fähigkeiten.

Doch Dr. Alan Jorgenson hatte Nick schon früh darauf hin-gewiesen, dass er mit Magie nichts am Hut hatte. Er war Wis-senschaftler. Er arbeitete mit wissenschaftlichem Schwindel. Mit Taschenspielertricks.

Einige Accelerati saßen am Sonntagvormittag in den Denk-fabriken der Regierung und versuchten, sich zu einer Lösung des Problems durchzugrübeln; andere waren im Außeneinsatz und überprüften den Grad der magnetischen und elektrischen Störungen; und die Ängstlichsten unter ihnen feilschten um Plätze in den tiefsten Tiefen von NORAD, wie so viele hoch-rangige Angsthasen, die Unterschlupf vor dem zweiten Welt-untergang in wenigen Wochen suchten.

So war die Lage, als Petula, Nick, Mitch und Caitlin von Harley Grabowski zu Nicks Haus gefahren wurden. Harley hatte die Harfe gesehen, aber keine blöden Fragen gestellt, als hätte er mit seinem Pick-up schon ganz anderes Diebesgut transportiert.

Von der offenen Ladefläche aus hatte man freie Sicht auf den Himmel und die seltsamen violetten Wolken, die sich dort oben zusammenballten. Das waren keine normalen Gewitterwolken mehr. In ihrem Inneren flimmerte grelles Licht, und gelegentlich schoss ein Blitz heraus, der aber nicht von einem gewöhnlichen Donnern begleitet wurde. Es klang nach dem Zischen Tausender Schlangen.

»Ich fürchte, wir haben ein Problem«, sagte Caitlin, als das Fauchen und Kreischen immer weiter anschwoll.

Doch Nick befand sich noch im Missionsmodus. »Eins nach dem anderen. Erst bringen wir die Harfe nach Hause.«

»Du kannst doch nicht so tun, als wäre alles in Ordnung. Schau doch mal nach oben!«

Nick sah in den Himmel. »Und was soll ich jetzt dagegen machen?«

Da sagte Mitch etwas, was ihnen allen schon seit Wochen bewusst war. Niemand hatte es aussprechen wollen, aber es war eine simple Tatsache: »Das ist unsere Schuld. Das ist alles unsere Schuld.«

Nick wusste, was er eigentlich meinte: Das ist *deine* Schuld. Nick hatte die Büchse der Pandora geöffnet, die dabei war, die Welt auf den Kopf zu stellen. Aber wie hätte er das ahnen sollen? Woher hätte er wissen sollen, welche Konsequenzen sein harmloser Flohmarkt haben würde? »Okay«, meinte er. »Es ist schlimmer, als wir dachten. Aber wir können es immer noch in Ordnung bringen. Dazu ist die Maschine doch da! Wir müssen sie nur vollenden.«

»Aber was, wenn wir sie nicht vollenden können?«, fragte Caitlin.

Fast wäre Nick handgreiflich geworden. Warum ließ sie ihn nicht einfach in Frieden? Er wollte jetzt nicht *nachdenken*.

Nick schaute in den Himmel. Vor allem, weil er Caitlins allwissenden Blick nicht ertrug.

Aber was er dort oben sah, holte ihn mit einem Schlag zurück auf den Boden der Tatsachen.

Ein paar blaue Flecken schimmerten noch durch den wachsenden Wolkenschleier und durch eine dieser Lücken erhaschte Nick einen Blick auf den Asteroiden in der Umlaufbahn. Felicity Bonk besaß einen Durchmesser von achtzig Kilometern, was sich vielleicht riesig groß anhört, nach kosmischen Maßstäben aber ziemlich klein ist. Bei Tag war der Komet vom Boden aus kaum zu erkennen, höchstens als graues Pünktchen am Himmel. Doch jetzt versprühte dieses Pünktchen beängstigende, spinnenbeinartige Funken und Nick erkannte die bittere Wahrheit.

Er kam zu spät.

Ja, er war an allem schuld. Nicht Petula, Mitch, Vince oder Caitlin. Sondern er ganz allein. Und es war seine Bestimmung, es in Ordnung zu bringen. Und ja, die Maschine war der Schlüssel … aber die Maschine war nicht fertig.

Selbst mit den Objekten, die sie sich an den Gürtel geschnallt hatten, und auch mit der Harfe fehlten noch eine Menge Teile. Trotz ihrer vielen Erfolge, obwohl sie gerade erst einen Triumph über die Accelerati gefeiert hatten. Nick fühlte sich wie ein Versager …

… er fühlte sich genauso nutzlos wie damals, als er aus dem brennenden Haus gerannt war und zu spät begriffen hatte, dass seine Mom nicht mehr hinter ihm war. Er fühlte sich genauso hilflos wie in dem Augenblick, als die Fenster explodierten und die Veranda einbrach und er nichts mehr tun konnte, um es wiedergutzumachen. Er hatte versagt.

Und jetzt hatte er schon wieder versagt.

Mitch begnügte sich mit einem flüchtigen Blick auf den unheilvollen Himmel. Danach ignorierte er ihn wieder, denn es war leichter, sich mit einem noch dringenderen Problem zu beschäftigen: mit den Accelerati.

Von einem zugefrorenen Höllentor ließ sich der Geheimbund offensichtlich nicht aufhalten. Drei schimmernde Geländewagen waren dem Pick-up dicht auf den Fersen.

Nur Petula durfte sich neben ihrem Cousin auf dem bequemen Beifahrersitz fläzen, Mitch und die anderen kauerten auf der Ladefläche. Verzweifelt hämmerte er gegen das Rückfenster der Kabine. »Geht's auch ein bisschen schneller?«

Doch aus dem Autoradio schepperte ohrenbetäubender Death Metal, und so machte Petula ein Handzeichen, das in aller Welt dasselbe bedeutete: *Ich höre nichts!* Und ihr Cousin war sowieso nicht der Aufgeweckteste.

Nick starrte immer noch in den Himmel und Caitlin beobachtete Nick. Keiner der beiden bemerkte die Accelerati, die immer weiter aufholten. Das war Mitchs Chance – wie oft hatte er schon mehr Probleme produziert, als er gelöst hatte? Heute würde er alles wiedergutmachen.

Er nahm den Blasebalg, zielte auf die feindlichen Fahrzeuge und drückte die Griffe in einem Tempo zusammen, das Windböen mit Überschallgeschwindigkeit erzeugte.

Wind lässt sich selbst bei hohen Geschwindigkeiten relativ leicht berechnen. Wirbelstürme drehen sich immer in dieselbe Richtung, ein Zusammentreffen von Warm- und Kaltfronten führt stets zu einem Gewitter, und Superzellengewitter voller unruhig umherschwappender Warm- und Kaltluft bringen regelmäßig Tornados hervor. Man kann nicht immer vorhersagen, wie gewaltig ihre Zerstörungskraft ausfallen wird oder wo genau sie ihre unverkennbare Spur der Verwüstung ziehen werden, aber ihr grundlegendes Verhalten ist nicht mysteriöser als das des Regens.

Von Menschenhand erzeugte Winde sind eine andere Geschichte. Im Gegensatz zu den üblichen Wetterphänomenen der Erde hatte Teslas Blasebalg keinen jahrmillionenlangen Praxistest hinter sich. Wäre der Himmel nicht von Wolken verhüllt gewesen, hätte man sagen können: Mitch pustete nur so ins Blaue hinein. Niemand wusste, was geschehen würde.

Die Wirkung des Blasebalgs steigerte sich mit jedem Pumpen. Ein einziger Windstoß erzeugte eine steife Brise, die einen Haufen Accelerati ans andere Ende eines Korridors katapultieren konnte; das hatte Mitch schon herausgefunden. Zwei Windstöße erzeugten eine Böe, die ein Segelboot zum Kentern bringen würde. Aber niemand, nicht mal Nikola Tesla persönlich, hätte voraussagen können, was drei Windstöße anrichten würden.

Mitch Murló würde es sehr bald wissen.

Der erste Windstoß fegte einen Smart von der Straße und räumte den Accelerati den Weg frei. Der zweite fabrizierte eine kleine Windhose, die die Accelerati geschickt umkurvten.

Aller guten Dinge waren drei. Beim dritten Mal überschlug sich der erste Geländewagen und landete auf dem zweiten, der letzte wurde durch das Schaufenster eines Möbelgeschäfts geschleudert – und in der Mitte der Straße wirbelte auf einmal ein zorniger, herrenloser Tornado. Natürliche Tornados hängen an brodelnden Gewitterwolken im Himmel, doch dieses Exemplar war selbstständig und dadurch auch zerstörerischer. Es nährte sich von seiner eigenen Energie. Der tosende Strudel sog alles ein, was er kriegen konnte, bis die Luft schwarz war von Trümmern.

Passanten flohen. Autos rasten auf den Gehsteig, um noch irgendwie auszuweichen. Und Mitch musste zu seinem großen Kummer einsehen, dass er mal wieder mehr Probleme produziert hatte, als er lösen konnte.

Andernorts spielte sich etwas ab, das auf den ersten Blick in keinem Zusammenhang mit Mitchs Missgeschick stand: Einer der vielen ziellosen Blitze, die der verwüstete Himmel abfeuerte, landete in einem Haus, in dem 437 Minikatzen wohnten. Der Stromschlag tötete keine Einzige davon, aber seine Energie reichte exakt aus, um die Miniaturisierung zu destabilisieren – und mit einem Schlag wuchsen alle Katzen wieder zu ihrer Originalgröße an. Man stelle sich eine Tüte Mikrowellenpopcorn vor, in der alle Körner im selben Augenblick poppen und alle Körner Katzen sind.

Die Fenster barsten, die Tür flog aus den Angeln, die Katzen quollen hervor wie eine Lawine und fielen über die Straße her wie eine Heuschreckenplage.

Und wie es der Zufall wollte, tänzelte ein einsamer Tornado genau in diesem Moment genau diese Straße hinunter.

436 von 437 Katzen wurden in die Windhose gerissen.

Nur eine blieb in den Armen ihrer katzenverrückten Besitzerin zurück, die dem Tornado hinterherblickte und entschied, dass sie endgültig genug hatte. Sie ging in die Küche und öffnete eine einzige Dose Futter für ihre einzige Mieze.

Charles Fort, der neben vielen anderen Leistungen Anfang des 20. Jahrhunderts den Begriff der »Teleportation« prägte, führte über alle kuriosen Begebenheiten Buch, die ihm zu Ohren kamen. Unter seinen Aufzeichnungen finden sich auch Berichte über Lachse und Frösche, die über ansonsten unverdächtigen, friedlichen Städten vom Himmel herabregneten. Man spekulierte, dass diese armen Kreaturen zur falschen Zeit am falschen Ort gewesen seien – als ein Tornado oder eine Wasserhose ihr Heimatgewässer besuchte und dessen Bewohner einsog wie ein Strohhalm, um sie anderswo wieder auszuspucken. Zeugen dieser Wunder konnten sich nicht entscheiden, ob es sich um eine Warnung vor dem Jüngsten Tag oder um eine gnädige Gabe des Himmels handelte, oder ob Gott ihnen einfach mal wieder einen dummen Streich spielen wollte.

Da Charles Fort zur selben Zeit lebte wie Nikola Tesla, könnte man auf den Gedanken kommen, dass der große Erfinder hinter einigen der seltsamen Ereignisse gesteckt haben könnte.

Hätte Mitch den Blasebalg noch ein viertes Mal zusammengedrückt, hätte der Tornado wahrscheinlich so viel Schwung entwickelt, dass er echten Schaden angerichtet hätte. Doch da der Sturm nicht von einer massiven Superzelle angetrieben wurde, behielt er seine jetzige Gestalt bei. Er war keine ausgewachsene Naturkatastrophe, sondern eine kuriose Sehenswürdigkeit.

Wäre Charles Fort noch am Leben gewesen, hätte er seinen Aufzeichnungen ein weiteres Kapitel hinzufügen können.

Der Zufall hatte an diesem Tag wirklich alle Hände voll zu tun: Theo Blankenship, der gerade aus dem Haus gegangen war, um ein paar irre Gewitterfotos zu schießen und auf Krapchat zu posten, wurde zum Zeugen des Katzen-Supergaus. Den er natürlich gleich eifrig mitfilmte.

Der alleinstehende Tornado hatte sich in eine wirbelnde, jaulende Fellmasse verwandelt, die die panische Bevölkerung mit Katzen bombardierte, und Theo war überglücklich. Dieses Video würde ihm tonnenweise Likes einbringen und seinem Auftritt in den sozialen Medien das gewisse Etwas verleihen.

Er erinnerte sich an einen Fernsehfilm, den er mal gesehen hatte – da hatte ein Tornado einen Schwarm Haie durch die Gegend geschleppt. Aber das war natürlich Unsinn.

Dem Zufall war es ebenfalls zu verdanken, dass Ms Planck gerade auf dem Dach ihres Reihenhauses stand. Die Accelerati hatten sie dort hinauf beordert, als sie begriffen hatten, dass die Harfendiebe in Ms Plancks Richtung unterwegs waren.

In den Händen hielt Ms Planck ein Scharfschützengewehr

mit weitreichenden Modifikationen. In Gedanken verfluchte sie Petula, die offensichtlich einen schweren Verrat begangen hatte, und Jorgenson, der sich ausgerechnet jetzt sonst wo herumtrieb.

Deshalb war Ms Planck dafür zuständig, das Schlimmste zu verhindern. Als der röhrende Pick-up mit den Teenagern und der Harfe näher kam, legte sie das Gewehr an und blickte durch das Zielfernrohr.

Ein gewöhnlicher Scharfschütze hätte auf den Fahrer gezielt, doch Ms Planck wusste, dass der Junge hinter dem Steuer bedeutungslos war. Sie musste den Kopf der Bande ausschalten. Sie nahm Nick ins Visier, wartete noch kurz, bis sie freies Schussfeld hatte, und drückte ab.

Doch exakt in diesem Augenblick schleuderte ein verirrter Tornado eine extrem desorientierte Katze auf Ms Planck, und als sich die Klauen des schwarz-rot-gefleckten Tiers in ihre Schulter gruben, riss sie vor Schmerz den Arm nach oben – wodurch die Kugel nicht Nick traf, sondern einen unbeteiligten Zuschauer.

Einen unbeteiligten Zuschauer namens Theo Blankenship. Wie die bereits erwähnten Lachse und Frösche hatte Theo das besondere Talent, immer zur falschen Zeit am falschen Ort zu sein. Doch er hatte Glück im Unglück: Die Kugel war eine Entwicklung der Accelerati. Statt zu töten, sollte sie das Zielobjekt auf sehr spezielle Weise umwandeln.

Es handelte sich um ein antidimensionales Projektil, das jedem Ziel, egal ob es ein Gegenstand oder eine Person war, die

Z-Achse entzog. Anders ausgedrückt: Es verwandelte dreidimensionale Objekte in zweidimensionale Objekte. Wäre in diesem Moment jemand vorbeigekommen, hätte er Theo nur als flaches Wandbild auf der Betonmauer wahrgenommen.

Theo war irritiert, aber wirklich unwohl war ihm nicht. Anderen wäre es vielleicht total gegen den Strich gegangen, nur noch zwei Dimensionen zu besitzen, aber Theo könnte sich daran gewöhnen. Wenn er ehrlich war, hatte sein Charakter sowieso nie besonders viel Tiefe besessen.

Inzwischen war auch Harley Grabowski aufgefallen, wie ernst die Lage außerhalb seiner eigenen kleinen Welt war. Er geriet in Panik und setzte zu halsbrecherischen Überholmanövern an, um dem Tornado auszuweichen, der immer noch enorm angefressene Katzen hervorwürgte und nicht aussah, als würde er bald Ruhe geben. Petula versuchte, ihren Cousin irgendwie in die Richtung von Nicks Haus zu lenken, und Nick und Caitlin klammerten sich mit aller Kraft an die Harfe, damit das Instrument – und sie selbst – nicht von der Ladefläche flogen.

Am hinteren Ende der Ladefläche kauerte Mitch, die Augen fest auf den Tornado gerichtet. Das war alles seine Schuld. Er hatte die Winde in Bewegung versetzt. Also musste er sie auch wieder stoppen. Als Harley sich gerade von der Fahrbahn verabschiedete, über die Bordsteinkante bretterte, in den Memorial Park raste und dabei unglücklicherweise Teslas ärmliche Gedenktafel ummähte, kletterte Mitch über die schwankende Ladeklappe.

»Mitch!«, schrie Nick. »Was machst du da?«

»Ich hab's verbockt!«, erwiderte Mitch. »Ich muss es wieder in Ordnung bringen!«

Und mit dem Blasebalg in der Hand sprang er ab.

Im selben Augenblick nahmen die Auswirkungen der angestauten elektromagnetischen Ladung in aller Welt biblische Ausmaße an. In San Antonio, Texas, erhoben sich die Bewohner der Bracken Cave, der angeblich größten Fledermaushöhle der Erde, bereits zur Mittagszeit in die Lüfte, weil sie dachten, es würde schon dämmern. Da sie noch größere Orientierungsprobleme hatten als Vögel, schwirrten sie nicht in ihrer üblichen Schwarmformation aus der Höhle, sondern flitzten konfus in der Stadt umher und bissen aus Frust die menschliche Bevölkerung.

In Sydney, Australien, prasselte ein Hagelschauer auf die Straßen ein. An sich nichts Dramatisches, doch in diesem Fall waren die Hagelkörner von magnetisch aufgeladenen Atmosphärepartikeln umhüllt, die sich beim Kontakt mit dem Boden entluden. Die anschaulichste Bezeichnung für dieses Phänomen wäre wohl »Feuerhagel«.

In Greenwich, England, wo die Weltzeituhr den Takt der globalen Zeit bis auf die Millisekunde genau vorgab, waren die offiziellen Zeitwächter verblüfft und auch ein bisschen verängstigt – die Zeit war buchstäblich stehen geblieben oder gönnte sich zumindest einen kleinen Urlaub.

Und in Colorado Springs konnten die Menschen nicht begreifen, wieso sie von einer Katzenplage befallen wurden.

Die Untergangspropheten, die jedes Ereignis als göttliches Zeichen deuteten, bestanden darauf, dass der Jüngste Tag nun wirklich gekommen war – doch sollte es so sein, hießen die vier apokalyptischen Reiter Nick, Caitlin, Petula und Mitch. Und vor Nicks Haus wartete ein fünfter.

31. Energiegötter

Vince war nach Hause gegangen, um in aller Ruhe über sein »Leben« nachzudenken, aber er war schon bald zu Nicks Haus zurückgekehrt. Während er vor der Tür wartete und den Himmel beobachtete, spürte er dieselbe nagende Angst wie der Rest der Welt. Vince war ein Fan von Gewitterstürmen, aber normale Stürme kamen und gingen. Dieser Sturm war ein Dauergast, der einfach nicht mehr abhauen wollte.

Er fragte sich, ob er sich auf eine Wiese stellen und sich von einem der seltsam zischenden Blitze abschießen lassen sollte. Dadurch könnte er seiner Batterie vielleicht eine dauerhafte Megaladung verpassen. Falls die Batterie dabei nicht explodierte. Vince kam zu dem Schluss, dass man sich manche Experimente lieber sparen sollte.

Niemand störte ihn, als er so vor Nicks Tür hockte. Nicks Vater arbeitete trotz des eigenartigen Wetters hinten im Garten und von Nicks kleinem Bruder fehlte jede Spur. Vince befand sich in seiner liebsten Gesellschaft – er war allein mit seinen Gedanken.

Aber heute gingen ihm seine Gedanken auf den Senkel.

Vince war das Gegenteil eines Teamplayers. Trotzdem musste er zugeben, dass er sich mittlerweile wie ein echter Teil von Team Nick fühlte, und das ärgerte ihn. Er wollte unbedingt ein einsamer Wolf bleiben, aber das Rudel machte es ihm nicht leicht.

Was, wenn die anderen nicht zurückkehrten? Vince versuchte, sein Gewissen mit vernünftigen Argumenten zu beruhigen – es hätte doch bestimmt nichts geändert, wenn er sie begleitet hätte. Aber das glaubte er selbst nicht, und als der rostige Pick-up endlich in die Einfahrt einbog, war er so erleichtert, dass man eine außergewöhnliche Szene beobachten konnte: Vince lächelte.

Doch er brachte keine Entschuldigung über die Lippen, als Nick ihn entdeckte. »Hey«, sagte Vince bloß. »Ich helfe euch, die Harfe hochzutragen.«

Einen unangenehmen Moment lang befürchtete Vince, Nick könnte sein Angebot ablehnen. Aber Nicks Antwort überraschte ihn: »Du hattest recht, Vince. Es ist vorbei. Wir haben unser Leben ganz umsonst aufs Spiel gesetzt. Die Harfe bringt uns jetzt auch nichts mehr.«

Unter gewöhnlichen Umständen hätte Vince irgendetwas Besserwisserisches gemault, »Was hab ich gesagt?« oder so. Doch dieser Moment verlangte nach einer anderen Reaktion, die genauso deprimierend war, aber freundlicher: »Na und?«

Eine Sekunde lang sah Nick ihn an, als hätte er kein Wort verstanden. »Hast du nicht zugehört? Der Himmel wird gleich explodieren, und der Einzige, der ihn noch aufhalten könnte, ist vor ungefähr fünfundsiebzig Jahren verrückt geworden und abgekratzt. Tesla kann uns nicht mehr retten und seine Maschine wird nicht mehr rechtzeitig fertig.«

»Ich weiß, das ist nur noch verlorene Liebesmüh. Aber wenn man mal drüber nachdenkt, ist doch eigentlich *alles* verlorene Liebesmüh, oder? Wir werden alle sterben, die Sonne wird zur Supernova, die Milchstraße kracht irgendwann in den Andromedanebel und früher oder später knipsen sich sowieso alle Sterne in allen Millionen und Milliarden Galaxien aus und es herrscht nur noch Finsternis.«

»Weißt du was, Vince?«, sagte Caitlin. »Du könntest super Texte für Glückwunschkarten schreiben.«

»Ich meine ja nur … wenn wir aufhören zu kämpfen, nur weil es verlorene Liebesmüh ist, was wären wir dann für Menschen?«

Nick atmete tief durch. »Wir wären verloren.« Er nickte. »Los, bringen wir die Harfe auf den Dachboden.«

Unterdessen stellte Petula mal wieder fest, dass es verdammt mühselig war, die Zukunft eigenhändig herbeizuführen.

Genau vierundzwanzig Stunden zuvor hatte sie durch das Zeitreiseperiskop gelinst und sich selbst erblickt – sich selbst und Nick, Vince und Caitlin, die die Harfe zu Nicks Haustür geschleift hatten. Da die Linse immer die Wahrheit sagte, musste die Harfe zu Nick zurückkehren.

Doch einer fehlte auf dem prophetischen Bild: Mitch. Und wenn er nicht bald freiwillig verschwand, müsste Petula einen Weg finden, ihn verschwinden zu lassen, um die korrekte Zukunft zu realisieren. Die Zukunft, von der sie wusste, dass sie geschehen musste. Oder von der sie weiß, dass sie geschehen sein wird. Oder von der sie gewusst hatte, dass sie geschehen würde.

Grrrrr! Die Tesla-Linse war echt das Letzte! Allein das Chaos, das sie in den Zeitformen der Sprache anrichtete, machte Petula fuchsteufelswild.

Doch als sie vor Nicks Haus aus dem Pick-up stieg, stellte sie erfreut fest, dass Mitch offenbar während der Fahrt von der Ladefläche gefallen war. Damit wäre dieses Problem gelöst. Wie nett von Mitch! Wie nett vom Universum, dass es sich ausnahmsweise selbst um die korrekte Zukunft gekümmert hatte, statt Petula die ganze Arbeit aufzuhalsen!

In einem zwielichtigen Stadtviertel wurde ein zwielichtiger Tornado von einem zwielichtigen Stalker beschattet. Der Tornado führte ein verblüffendes Eigenleben. Statt stärker oder schwächer zu werden, wütete er einfach immer weiter, als wäre er ein luftiges Perpetuum mobile.

Irgendwann machte er kehrt und näherte sich seinem Verfolger. Dann schien er sogar innezuhalten und auf der Stelle zu kreiseln, als wollte er den Stalker zum Duell herausfordern. Und der Stalker war bereit.

Mitch hob den Blasebalg.

Er wusste, dass ein Blasebalg nicht nur Luft ausstieß – er saugte sie auch ein, allerdings deutlich langsamer. Doch wenn Mitch die Griffe genauso kräftig auseinanderzerrte, wie er sie vorhin zusammengedrückt hatte, könnte er den Prozess vielleicht umkehren. Vielleicht …

Mitch stand mitten auf der Straße. Mitten zwischen durchgedrehten Autofahrern und Passanten, die nicht glauben wollten, dass es Katzen regnete, und sich vermutlich fragten, ob als Nächstes Hunde vom Himmel fallen würden.

Und als Mitch in den brausenden Wind starrte, hatte er auf einmal das Gefühl, in einen Spiegel zu blicken. Okay, in seinem Inneren flogen natürlich keine fauchenden Katzen herum. Dafür war es voller umherwirbelnder Gedanken und Gefühle, die er kaum kontrollieren konnte …

Nach und nach wurde ihm klar, dass der Tornado nicht bloß ein zielloser Windstrudel war. Wie so viele Tesla-Erfindungen hatte auch der Blasebalg tief ins Herz seines Besitzers geblickt. Er hatte in Mitchs Seele gegriffen und den zornigen Sturm in seinem Inneren hinaus ans Tageslicht gezerrt. Und wenn Mitch den einen Sturm zähmen könnte, könnte er vielleicht auch den anderen zähmen.

Als der Tornado näher kam, atmete Mitch tief ein. Er musste sich beruhigen. Er schüttelte alle Gedanken an die Accelerati ab, an seinen Vater und an die vielen Katastrophen, die er ausgelöst hatte, obwohl er immer nur helfen wollte. Dann begann er, die Griffe des Blasebalgs auseinanderzuziehen, um den Sturmwind in dessen Körper zu saugen.

Einmal. Zweimal. Dreimal.

Wieder bewahrheitete sich das alte Sprichwort: Aller guten Dinge sind drei. Beim dritten Mal schnurrte der Tornado zu einem lauen Lüftchen zusammen, und Mitch wurde unter einer flauschigen Lawine begraben, unter einem Riesenhundehaufen aus Katzen.

Als der Wind abflaute, beruhigte sich auch der Tumult in Mitchs Innerem. Die Katzen stolperten wankend davon, als sehnten sie sich nach einem warmen Fensterbrett, und der Lärm, der durch Mitchs Gedanken gegellt hatte, wurde von der klaren Stimme der Wahrheit verdrängt. Er begriff alles.

Es gibt so vieles, was du nicht verstehst! Mit diesen Worten hatte ihn sein Vater vor den Accelerati gewarnt. Jetzt verstand Mitch sehr wohl.

Ächzend und schnaufend schleiften Nick, Vince und Caitlin die Harfe zur Haustür, während Petula es anscheinend völlig normal fand, ihre Bemühungen zu beaufsichtigen und selbst keinen Finger zu rühren. Nick kam es vor, als würde das Gewicht der Harfe mit jedem schleppenden Schritt wachsen, aber wahrscheinlich waren bloß seine Arme müde, weil er sie schon durch das halbe Accelerati-Hauptquartier getragen hatte. Auf der anderen Seite hätte er es Tesla inzwischen jederzeit zugetraut, dass er dem Instrument eine variable Dichte eingeimpft hatte, die sich steigerte, je erschöpfter die Personen waren, die das Ding durch die Gegend manövrieren mussten. Kurz vor der Haustür schwankte die Harfe in ihren Armen und kippte zur Seite, und Caitlin streckte die Hand aus, um sie zu stabilisieren …

»Vorsicht!«, rief Petula.

Doch Caitlins Hand war schon an die Saiten gekommen. Die Vibration waberte durch Nicks Körper, ein gleichzeitig angenehmes und unangenehmes Gefühl – wie ein Schauer, der über seinen Rücken huschte, ein warmer Schauer. Und in seinem Nachhall spürte Nick, wie alles zusammenhing. Er begriff es nicht mit dem Verstand, sondern mit dem Gefühl.

Was heute geschah, war absolut entscheidend – und noch stand nicht fest, wie es ausgehen würde. Teslas Plan war nicht exakt vorherbestimmt. Er setzte sich aus einer Reihe von Wahrscheinlichkeiten zusammen, und für den heutigen Tag galt eine besonders simple Wahrscheinlichkeit, so simpel wie der Wurf einer Münze: fifty-fifty. Morgen würde die Welt auf jeden Fall vollkommen anders aussehen, aber wie? Es könnte noch mal gut gehen, sehr gut sogar, es könnte aber auch schrecklich schiefgehen. So einfach war das. Es war ein ernüchternder, aber auch ermutigender Gedanke. Noch hatte Nick nicht verloren. Noch nicht!

Wie sagte sein Vater so gern? »Solange der letzte Ball nicht geworfen ist, darfst du die Hoffnung nicht aufgeben.« Nicks Dad hatte eben immer nur Baseball im Kopf.

Mein Dad!

Vince hatte ihm erzählt, dass sein Dad hinten im Garten arbeitete, und in diesem Moment der Klarheit begriff Nick, dass er ihn beschützen musste. Er musste ihn mal wieder vor einer Realität beschützen, die er nicht vertragen würde.

»Caitlin«, sagte er. »Kannst du nach hinten gehen und nach meinem Dad schauen? Pass auf, dass er nicht ausgerechnet jetzt ins Haus geht, und … und pass einfach auf ihn auf, okay?«

Nick dachte, sie würde ihn fragen, wie er jetzt darauf kam, aber sie fragte nicht. Stattdessen schnallte Caitlin den Mehlsieb-Kraftfeldgenerator vom Gürtel ab und reichte ihn herüber. »Noch ist nicht alles verloren, was?«

Obwohl er wusste, wie viel heute auf dem Spiel stand, musste Nick lächeln. »Danke, Caitlin. Für alles.«

Dann tat er etwas, was er trotz seines hellseherischen Moments nicht vorausgeahnt hatte: Er küsste sie. Es war bloß ein flüchtiger Kuss auf die Wange, aber der Funke, der dabei übersprang, war mehr als statische Elektrizität.

»Aua«, sagte Caitlin automatisch. Sie fasste sich an die Wange und lachte.

»Tut mir leid«, meinte Nick. Aber ihm tat gar nichts leid.

Caitlin marschierte zügig davon, um nicht vor Nick und den anderen rot zu werden. Ein Glück, dass Petula in die andere Richtung geblickt hatte, als hätte sie den Kuss kommen sehen. Doch Vince starrte sie mit einem gruseligen, leidenschaftslosen Lächeln an, das Caitlin übrigens genauso gruselig gefunden hätte, wenn er nicht tot gewesen wäre.

Sie ging hinter das Haus. Mr Slate grub in der Erde, aber mit Gartenarbeiten hatte seine Beschäftigung nichts zu tun. Er war dabei, eine riesige Stahlplatte auszubuddeln.

Jedenfalls sah es nach Stahl aus. Wahrscheinlich Edelstahl, denn das Metall hatte keinen Rost angesetzt, obwohl es bestimmt schon lange unter der Erde lagerte. Mr Slate hatte bisher etwa zweieinhalb Meter davon freigelegt – genug, um zu erahnen, dass es keine simple Platte war, sondern die gut dreißig Zentimeter breite Oberkante eines leicht gekrümmten Reifs. Das Ding war so groß, dass Mr Slate noch nicht bis zur Unterkante vorgestoßen war.

»Hi, Caitlin«, sagte er, ohne von seiner Arbeit aufzublicken.

»Ich denke mir andauernd: Nur noch dreißig Zentimeter oder so, dann bin ich unten angekommen. Aber es geht immer weiter runter.«

Caitlin zog die gebogene Linie mit den Augen weiter. Wie es aussah, bildete der Metallring einen perfekten Kreis um das Haus.

»Aber ich gebe nicht auf!«, rief Mr Slate vergnügt. »Jetzt erst recht!«

Misstrauisch studierte Caitlin sein Gesicht. Sein Verhalten beunruhigte sie, und als er ihr endlich in die Augen blickte, sah sie etwas, das ihre Sorgen weiter steigerte – einen geistesabwesenden Blick, der ihr irgendwie bekannt vorkam. Über ihnen zuckten flimmernde Blitze zwischen zwei Wolken auf und ab wie ein Springseil.

»Mr Slate«, sagte Caitlin. »Sie können jetzt nicht hier draußen rumstehen und irgendein metallisches Ding ausbuddeln. Schauen Sie doch mal rauf.«

»Ja.« Er blickte in den Himmel, betrachtete die gigantischen Blitze, die zwischen den beiden Wolken hin und her jagten, und rückte sich die Baseballkappe zurecht. »Hübsch, nicht wahr?«

»Aber …« Caitlin verstand die Welt nicht mehr. Wie konnte der Mann nur so cool bleiben? Als wäre das Wetter völlig normal?

Dann begriff sie plötzlich, was Mr Slate hatte. Sie rang nach Luft, ließ ihn stehen und rannte zum Haus. »Nick! Geh nicht auf den Dachboden!«

Doch Nick war schon auf dem Dachboden. Er zerrte schon die Harfe durch die Luke.

Vince stemmte sich von unten dagegen, während er die Klappleiter hinaufkletterte, bis sie schließlich den Sockel durch die Öffnung gewuchtet hatten. »Und wo gehört sie jetzt hin?«, fragte er.

Ein kurzer Blick, und Nick wusste Bescheid. »Schieb mal die Kraftmaschine beiseite.«

»Okay …« Vince atmete tief ein und krempelte sich die Ärmel hoch, legte die Hände auf die Kraftmaschine und lehnte sich mit seinem vollen Gewicht dagegen. Die Kraftmaschine rührte sich nicht vom Fleck.

»Ach ja, sorry.« Nick beugte sich rüber und schaltete die Kraftmaschine ein. »Versuch's noch mal.«

Nun konnte Vince die Kraftmaschine mit Leichtigkeit aus dem Weg schieben, und als Nick die Harfe an ihren Platz bugsierte, rastete sie hörbar ein. Sie passte perfekt vor den hohen Bühnenscheinwerfer.

Dann rückte Nick die Kraftmaschine wieder zurück, bis ihre Griffe sanft über die unsichtbaren Saiten der Harfe strichen. Schon die kleinsten Schwingungen der kosmischen Strings hallten in seinem Innersten wider – aber der Ton klang irgendwie schief. Nick spürte eine klaffende Lücke im Mittelpunkt der Maschine, einen Hohlraum, den die vielen fehlenden Erfindungen ausfüllen müssten. Den Ventilator, den Blasebalg und die anderen Objekte, die sie sich für ihren Angriff auf die Accelerati ausgeborgt hatten, könnte er natürlich noch einbauen, aber selbst dann wäre das Zentrum der Maschine noch weitgehend hohl. Der Moment der Vollendung von Teslas Werk rückte immer näher und war trotzdem noch so fern wie das am weitesten entfernte Objekt. Wo auch immer dieses Objekt war.

Es tat weh, so kurz vor dem Ziel zu scheitern. Es schmerzte körperlich wie ein bohrendes Kopfweh. Aber wahre Schmerzen erlebte Nick erst, als er einen Schlag auf den Hinterkopf erhielt und k.o. ging.

Die Klarinette war überraschend schwer, viel schwerer als ein gewöhnliches Instrument. Vielleicht weil sie aus einer Kobalt-Molybdän-Legierung gefertigt war? Kein Material, das von Orchesterleitern empfohlen wurde, aber ein hervorragender Leiter von elektrischem Strom.

Die Accelerati wollten die Klarinette zu einer Waffe weiterentwickeln, aber als Waffe eignete sie sich schon in ihrer gegenwärtigen Form recht gut. Sie eignete sich hervorragend, um Nick eins über den Kopf zu ziehen.

Petula hoffte nur, dass sie ihm nicht den Schädel angeknackst hatte. Sie hatte die Attacke zu Hause an Melonen geübt, bis sie wusste, welche Kombination aus Kraft und Einschlagswinkel eine Melone zwar eindellte, aber nicht platzen ließ. Jetzt musste sie die Daumen drücken, dass Nicks Kopf eine melonenähnliche Widerstandskraft besaß.

»Hey«, sagte Vince, der nicht gerade der Schnellste war, »was machst du d-«

Petula riss ihm die Sonnenbrille von der Nase und stöpselte ihn dadurch von der Batterie in seinem Rucksack ab. Ein schauriges Kribbeln huschte über ihren Rücken – war ein Mord noch ein Mord, wenn das Opfer schon mehrmals verstorben war? Doch im Moment hatte sie keine Zeit, um über solche Fragen nachzudenken.

Noch während Vince umkippte, zerrte sie ihm den Rucksack von den Schultern. Dass Vince gleich durch die Dachbodenluke in den ersten Stock plumpsen würde, war nicht geplant, aber genau so kam es. Und dabei kegelte er auch noch Caitlin um, die gerade die Leiter hinaufkletterte.

»Zwei auf einen Streich!«, rief Petula.

»Petula! Hilfe!«, brüllte Caitlin unten, als hätte sie ihre missliche Lage noch nicht vollständig überblickt.

»Hilf dir selbst, so hilft dir Gott!«, erwiderte Petula, bevor sie die federquietschende Dachbodenleiter mit einem Ruck einfuhr, die Falltür zuknallte und den kaputten Baseballschläger durch den Klappmechanismus schob, sodass man die Tür von unten nicht mehr öffnen konnte. Caitlin und der nicht mehr ganz so frisch verstorbene Vince waren ausgesperrt und damit nicht mehr Petulas Problem.

Als sie sich umdrehte, kroch Jorgenson unter Nicks Bett hervor wie das sprichwörtliche Monster.

»Gut gemacht.« Der hoch aufgeschossene Acceleratus stand auf und blickte auf Petula herab. »Sehr gut sogar.«

Während Jorgenson die Maschine inspizierte, fühlte Petula Nicks Puls. Er war bewusstlos, aber noch am Leben, und sein Kopf blutete nicht mal. Petula gratulierte sich zu ihrem perfekt dosierten Schlag.

Voller Ehrfurcht musterte Jorgenson die Maschine. »Wir

hatten sie die ganze Zeit vor der Nase. Ich war selbst hier und habe trotzdem nicht erkannt, was ich da vor mir habe.« Dann betrachtete er Petula, als würde er auch sie mit neuen Augen sehen. »Bitte entschuldige, dass ich an dir gezweifelt habe.«

Vierundzwanzig Stunden und fünf Minuten zuvor hatte Petula durch das Zeitreiseperiskop geblickt und gesehen, wie die Harfe zu Nicks Haustür geschleift wurde. Damit hatte sie genau zwei Möglichkeiten gehabt:

Sie konnte die Accelerati verraten, was sie allem Anschein nach auch tun würde …

… oder sie konnte die Situation geschickt zu ihrem Vorteil nutzen.

Und als das Periskop den widerlichen kleinen Kuss offenbart hatte, den Nick der dummen Caitlin aufdrücken würde, war ihre Wahl unwiderruflich gefallen.

»Was siehst du?«, hatte Jorgenson sie gefragt.

»Sehen Sie selbst.« Petula war einen Schritt zurückgewichen, um Jorgenson einen Blick zu gewähren. Nach einem Moment der Stille hatte Jorgenson sie mit kalten Augen fixiert, als wollte er jeden Moment den Sicherheitsdienst rufen, um Petula fortschaffen zu lassen.

Doch bevor er den Mund öffnen konnte, hatte Petula ihm den Wind aus den Segeln genommen. »Sperren Sie mich ruhig ein. Das wird nichts ändern. Wenn Sie es sehen, wird es auch passieren.« Sie hatte eine Pause gemacht. »Aber wir können bestimmen, wie es danach *weitergeht.*«

Und Jorgenson hatte mitgespielt. Ohne seinen Accelerati-

Kollegen zu verraten, was er im Sinn hatte, hatte er die Harfe in einer Frachtkiste verstaut und unbeaufsichtigt im Hauptquartier zurückgelassen, das nur von einer stark abgespeckten Truppe bewacht werden sollte. Er war zu Nicks Haus gegangen, hatte sich dessen Vater mit einem neuen, noch wirkungsvolleren Gedankenvernebelungsschlüsselanhänger gefügig gemacht und auf Nicks Rückkehr gewartet. Er wusste, dass Nick zurückkehren würde. Er hatte es gesehen.

Doch hätte er noch ein wenig länger durch das Periskop geblickt, hätte er beobachten können, was etwas später geschehen würde, und nun wäre vielleicht alles anders.

»Weißt du, wohin die Objekte gehören?«, fragte Jorgenson, der immer noch die Maschine auf dem Dachboden studierte.

»Denke schon …« Petula platzierte die Klarinette dort, wo Nick sie eingebaut hatte, nahm den Kastenteufel, das Sieb und den Ventilator von Nicks Gürtel und fügte sie ebenfalls hinzu. Als sie fertig war, griff Jorgenson in die Tasche, zog die zeitverzerrende Linse hervor und setzte sie in die Halterung der Boxkamera ein, die nun direkt in den Schallbecher der Klarinette blickte.

Unmittelbar über ihnen, Tausende Kilometer über der Glaspyramide an der Spitze des Dachbodens, wob der Asteroid ein dichtes Spinnennetz aus Blitzen.

»Die Batterie!«, japste Jorgenson. »Die Pole müssen an das Waschbrett angeschlossen werden, an die kleinen Stäbe hier!« Sein Verhalten wandelte sich von Minute zu Minute – aus dem nüchternen Professor wurde ein verrückter Wissenschaftler, und passenderweise ließ die statische Elektrizität sein graues Haar zu Berge stehen. »Das ist der Anlasser! Verstehst du? Es ist wie bei einem Motor! Und ich kann ihn kurzschließen! Ich kann den Motor anlassen!«

»Aber die Maschine ist noch nicht fertig!«, erwiderte Petula.

Jorgenson wischte ihren Einwand mit seiner unverletzten Hand beiseite. Er hatte nur noch Augen für Teslas Apparatur. Sein Blick sprang von Bauteil zu Bauteil, als müsste er die gesamte Konstruktion in seinen Geist aufnehmen. »Ja, sie ist noch unfertig. Aber ich glaube, die Komponenten reichen für einen kleinen Probelauf.«

Petula zögerte. Sie blickte zur Harfe und erinnerte sich an das Gefühl, das sie ergriffen hatte, als sie das eine Mal an den Saiten gezupft hatte. »Nein, nein ... *ich* muss den Stromkreis vollenden.«

Mit der Geschmeidigkeit einer Eule, die eine Maus aufs Korn nimmt, schwenkten Jorgensons Augen zu Petula. »Mein ganzes Leben habe ich auf diesen Moment gewartet«, sagte er. »Das lasse ich mir von niemandem wegnehmen.«

Petula zerrte die Batterie aus Vince' Rucksack. »Sie sind der Falsche. Das können Sie nicht verstehen, aber ... aber *ich* muss es tun! *Ich muss den Stromkreis vollenden!*«

Sie wollte ihm die Batterie auf keinen Fall überlassen – doch Jorgenson riss sie einfach aus ihren Händen und stieß Petula nach hinten. Sie stolperte zurück, über Nick, der sich wieder rührte. Langsam ächzte er aus der Bewusstlosigkeit zum Tageslicht.

»Bald werden wir wissen, was Tesla wusste!« Jorgenson nahm die Batteriekabel in die Hand. »Bald werden wir die Gottheiten der Elektrizität sein! Die Energiegötter!«

Da trat Petula ihm von hinten in die Kniekehle. Jorgensons Bein knickte ein, die Batterie krachte zu Boden.

»Ich werde den Stromkreis vollenden!«, rief Petula. »Die Harfe hat's mir gesagt!«

Jorgenson drehte sich um. Zur Strafe für diese Frechheit würde er sie in Stücke reißen. Aber Petula scheute nicht vor dem Gefecht zurück. Wozu hatte sie denn einen Online-Kampfkunstkurs belegt? Wozu hatte sie denn einen schwarzen Gürtel in theoretischem Ju-Jutsu erworben?

Nick dröhnte der Kopf. Ein lautes Schrillen in seinen Ohren. Sein Verstand war noch benebelt, aber er begriff in etwa, was um ihn herum vorging. Jorgenson war hier, warum auch immer. Er hatte Nick niedergeschlagen, und nur die tapfere Petula versuchte noch, den Bösewicht aufzuhalten.

Vor Nick lag die Batterie. Vince' Batterie. Dahinter stand die Maschine.

Das Zischen, Fauchen und Knistern des Himmels hatte sich zu einem höllischen Lärm gesteigert – und Nick wusste, was er zu tun hatte. Die Maschine war noch nicht fertig, aber er musste es versuchen. Er musste sie einschalten. Auch wenn sie am Ende nicht funktionierte, selbst wenn sie sofort in die Luft flog. Es ging nicht anders. Sonst würde Felicity Bonk die Menschheit rösten wie eine Toastscheibe.

Während Petula mit Jorgenson rang und ein paar theoretisch korrekt ausgeführte Kampftechniken anbrachte, kroch Nick zur Maschine. Hoch über der Glaspyramide des Oberlichts schwebte der Asteroid. Seine Umlaufbahn hatte ihn geradewegs hierher geführt.

Nick schnappte sich die beiden Kabel der Batterie. Und Jorgenson, der sich im Moment auf dem Rücken wand, beobachtete ihn dabei.

»Nein!«, kreischte der Große Acceleratus wie ein beleidigtes Kind. »Das ist meine Maschine!«

Da irrte er sich. Jorgenson würde Teslas Erfindung nie besitzen.

Mit angehaltenem Atem klemmte Nick die Batteriekabel an die Pole des glitzernden Waschbretts.

32. Eine mysteriöse Mission

anche Experten sind überzeugt, dass der verheerende »Kometeneinschlag« im Tunguska-Tal, der im Jahr 1908 zweihunderttausend Quadratkilometer des schönen Sibiriens dem Erdboden gleichmachte, in Wirklichkeit von einem missglückten Experiment Nikola Teslas ausgelöst wurde. Dieser Theorie zufolge hatte Tesla sich an einer drahtlosen Energieübertragung mittels einer gewaltigen Teslaspule versucht – ganz ähnlich der Maschine, die sich seit einiger Zeit auf Nicks Dachboden breitmachte.

Teslas Beteiligung am Tunguska-Ereignis ist reine Spekulation. Sicher ist, dass der Erfinder in Shoreham, New York, einen 57 Meter hohen Turm errichtete und mit einer gigantischen Teslaspule krönte. Dieser Turm, der sogenannte »Wardenclyffe Tower«, sollte eine elektrische Resonanzwelle durch den Planeten schicken, die alle Menschen auf Erden mit Gratisstrom versorgen würde. Doch die reichen Geschäftsleute, die Teslas Experimente mit ihrem Geld finanzierten, hatten kein Interesse daran, der Menschheit Geschenke zu machen. Sie drehten den Geldhahn zu und brachen das Projekt ab, bevor die Welt begreifen konnte, was für Möglichkeiten darin schlummerten.

Tesla ging pleite, und die vielleicht bedeutendste Erfindung der Weltgeschichte wurde abgerissen und als Metallschrott verscherbelt, um seine Schulden abzuzahlen.

Doch im Jahr 1903, kurz bevor die Abrissbirne an die Tür hämmern sollte, hatte Tesla den Turm der Legende nach zum ersten und letzten Mal in Gang gesetzt. Das Glühen der kolossalen Spule soll bis ins Hunderte Kilometer entfernte Connecticut zu sehen gewesen sein, über die lang gezogene Bucht von Long Island hinweg, und manche behaupteten, sie hätten die elektrische Ladung noch im fernen Paris gespürt. Die *New York Sun* berichtete gar von blitzenden Funken, die in alle Richtungen gestoben seien, als befänden sie sich auf einer »mysteriösen Mission«.

Als Nick Slate die unfertige Maschine einschaltete, nahm eine andere mysteriöse Mission ihren Anfang.

Danny, der den ganzen Tag mit seinem Mannschaftskameraden Seth unterwegs gewesen war, wurde gerade von Beverly Webb nach Hause gefahren, als Nick die Maschine auf dem Dachboden startete.

Der Wagen war eben in ihre Straße eingebogen, und Danny spürte sofort, dass zu Hause irgendetwas komisch war. Vielleicht weil das Haus höher wirkte als am Morgen?

Was daran lag, dass der Dachboden in die Höhe stieg!?

Das schwebende Dreieck des Dachstuhls erinnerte an das Symbol, das sich auf jedem Dollarschein findet: eine Pyramide mit einem strahlenden Auge an der Spitze. Der Dachboden hatte kein Auge, doch er strahlte umso heller.

Ein paar Sekunden später bemerkte es auch Beverly. »Was in aller Welt …«

Das Schauspiel fesselte ihre ganze Aufmerksamkeit und prompt steuerte Beverly das Auto in den Gegenverkehr. Kurz vor einem entgegenkommenden Wagen riss sie das Lenkrad herum, rumpelte dadurch auf den Gehsteig und ermordete einen armen, wehrlosen Briefkasten.

Danny stieg aus. Während Beverly ein paar Flüche ausstieß, die er ihr niemals zugetraut hätte, eilte er nach Hause. Auch viele andere Leute, die eigentlich nur den bedrohlichen Himmel beobachten wollten, strömten herbei, um Dannys unfassbar eigenartiges Haus zu begaffen.

Erst aus der Nähe sah Danny, dass der Dachboden gar nicht schwebte. Er wurde von einem Mechanismus aus Zahnrädern, Kurbeln und Stützbalken in die Höhe gehievt.

»Cool«, sagte Seth, der ihm gefolgt war. »Schade, dass unser Haus nie so was macht.«

Auch Mr Slate sah den aufsteigenden Dachboden. Und er sah, dass der Stahlring, den er im Garten freilegte, vor elektrostatischen Entladungen schimmerte und flimmerte.

Doch das Logikzentrum seines Gehirns wurde nach wie vor durch Accelerati-Technologie blockiert, und so fand er das alles nicht weiter ungewöhnlich. Ein Dachboden, der fast sechzig Meter über dem restlichen Haus schwebte? So etwas begegnete einem doch jeden Tag! Oder etwa nicht?

Mr Slate wollte seine Ausgrabung fortsetzen, aber irgendwo in seinem Inneren, an einem Ort, von dem er im Moment auf rätselhafte Weise abgeschnitten war, regte sich das lästige Gefühl, dass er etwas Wichtiges übersah.

Und als ein massiver, anhaltender Blitz vom fernen Asteroiden in die Tiefe und mitten durch das gläserne Oberlicht des Dachbodens schoss, erkannte er seinen Fehler.

Vor lauter Schaufeln hatte er ganz vergessen, zu Mittag zu essen!

Petula Grabowski-Jones glaubte an das Prinzip der Selbsterhaltung. Sich selbst zu opfern, um anderen Menschen oder dem Fortschritt der Wissenschaft zu dienen – das gehörte nicht zu ihrer psychischen Grundausstattung. Andere Menschen waren es schlicht nicht wert, sich für sie zu opfern, und was die Wissenschaft anbetraf, wäre Jorgenson doch das viel bessere Opfer. Der war schließlich Professor.

Als Nick die Batterie anschloss und plötzlich der ganze Dachboden bebte, beschloss Petula daher, schleunigst die Fliege zu machen. Sie zog den kaputten Baseballschläger aus dem Klappmechanismus und stieß die Luke auf.

Zu ihrer Überraschung reichte die Dachbodenleiter nicht mehr bis in den ersten Stock. Der Dachboden entschwebte in den Himmel, und wenn Petula nicht bald den Absprung schaffte, wäre es zu tief.

»Wo ist Nick?«, schrie Caitlin von unten herauf. »Petula! Wo ist Nick?«

Petula drehte sich um und sah Nick bei der Maschine stehen. Vielleicht hätte sie ihn gepackt und durch die Luke gezerrt, um ihn zu retten … doch da produzierte die Kraftmaschine eine leichte Schwankung der Schwerkraft, und Petula verlor das Gleichgewicht.

Sie kullerte über die Sprossen der Dachbodenleiter, wurde drei Meter über dem restlichen Haus ausgespuckt wie von einer Rutsche und flog auf Caitlin zu, die aber einfach einen Schritt zur Seite trat. Nur Vince, der immer noch mausetot auf dem Boden lag, hätte ihren Sturz noch abfangen können, doch Petula verfehlte ihn, donnerte auf die Holzdielen und brach sich den Arm an drei Stellen.

Jorgenson wusste, dass es ein Risiko war, Teslas Maschine einzuschalten – aber er konnte, er musste dieses Risiko auf sich nehmen. Doch dann war er von Petula attackiert worden und nun hatte der junge Slate das Ruder an sich gerissen. Als die Apparatur sich unter lautem Knarren in Bewegung setzte, stemmte Jorgenson sich wieder auf die Beine.

Er stand vor der Erfüllung seines Schicksals. Sein ganzes Leben hatte er der Suche nach dieser Maschine gewidmet. Diesen Triumph würde er sich nicht von einem Minderjährigen nehmen lassen. Die Maschine würde ihm einen festen Platz in den Geschichtsbüchern sichern. Er würde sie »Jorgenson Power Transducer« nennen.

Jorgenson stolperte über den wankenden Untergrund und bemerkte dabei nicht, dass der Dachboden in die Höhe stieg und Petula abstürzte. Er sah nur den Jungen, der die Maschine bediente – und als er den Bengel an den Schultern packte, fand die elektrische Ladung, die sich in dem Billionen Tonnen schweren Kupferasteroiden angestaut hatte, endlich ein Ziel. Sie feuerte Jorgenson quer durch den Raum.

Als der mächtige Blitz in den Dachboden einschlug und die Wände bersten ließ, nahmen die Schaulustigen unten am Boden die Beine in die Hand. Auch Beverly zerrte ihren Sohn davon. Doch Danny sprintete zum Haus.

Er rannte zu seinem Vater, der im Garten stand und mit leicht befremdetem Blick auf den Dachboden starrte, während es um ihn herum rauchende Holzsplitter regnete.

»Hey, Danny«, sagte Mr Slate. »Hi.«

»Was ist hier los, Dad?«

»Der Dachboden ist explodiert«, antwortete sein Vater fröhlich. »Wie wär's, wenn wir zu Hometown Buffet gehen? Ich hab einen Bärenhunger.«

Danny konnte nicht glauben, was er da hörte. Deshalb tat er einfach so, als hätte er es nicht gehört. »Wo ist Nick? Er ist doch nicht da oben, oder?«

Als Petula aus dem Haus gerannt kam, drehte Danny sich um. Sie machte ein grimmiges Gesicht und hielt sich den rechten Arm, der seltsam herumschlackerte. Aber Nick war nicht bei ihr.

»Dad!« Danny schüttelte seinen Vater. »Wo ist Nick?«

In diesem Moment wurde hoch über ihnen ein kleiner Gegenstand aus Dr. Alan Jorgensons Tasche geschleudert – ein Schlüsselanhänger, der knapp sechzig Meter tief in Dannys Zimmer fiel, das neuerdings keine Decke mehr besaß, und in sein Aquarium plumpste, wo das Gerät sofort einen Kurzschluss hatte.

Im selben Augenblick schreckte Mr Slate aus seinen Tagträumen hoch. Sein Verstand kam wieder in Gang, und als er sich umsah, füllte sich sein Blick mit Schatten.

»Mein Gott!«, brüllte er und rannte ins Haus, um seinen Sohn zu retten.

Nick hatte keine Ahnung, was passiert war. Er wusste nur, dass ein stabiler Energiestrom aus dem Himmel in Teslas Maschine schoss – und dass die Maschine zum Leben erwacht war!

Die Lockenwickler hoben und senkten sich wie die Kolben eines Motors; die Trockenhaube glühte wie ein Reaktor; der Toaster warf blaue, spiralförmige Pulse aus, die von der Kameralinse zu einem Fluss purer Elektrizität gebündelt und in den Schallbecher der Klarinette geschickt wurden. Die Kraftmaschine stemmte ihre Gewichte und richtete ihr Antigravitationsfeld in die Tiefe, sodass der gesamte Dachboden in die Höhe stieg.

Nick spürte, wie sein Gewicht durch die verringerte Schwerkraft abnahm. Er fühlte sich leicht, als stünde er auf dem Mond. Oder auf einem Asteroiden.

Die Wände des Dachbodens waren verschwunden, weggesprengt von dem gewaltigen Blitzschlag. Nur der Boden unter Nicks Füßen und die Maschine hatten überlebt.

Nick wusste, dass die Maschine nicht sauber lief. Dazu fehlten noch zu viele Teile. Der Mechanismus konnte die Energie in sich aufnehmen, aber nicht weiterleiten.

Als er einen Schrei hörte, blickte er sich um. Das Brüllen kam vom bröckelnden Rand der schwankenden Plattform, die früher mal Nicks Zimmer gewesen war. Dr. Alan Jorgenson hing an einer Hand über dem Abgrund, knapp außerhalb des Antigravitationsfelds der Kraftmaschine – sollten seine Finger abrutschen, würde sie nicht verhindern, dass er in den Tod stürzte. Sein Anzug war zerfetzt und angesengt, die wertvolle Spinnenseide aus Madagaskar hatte ihr Perlmuttschimmern verloren. Doch in Jorgensons Augen sah Nick keine Reue und kein Flehen um Gnade; sie waren eiskalt, als hätte er sich mit seiner eigenen Fernbedienung die Seele eingefroren. Und vielleicht bildete Nick es sich nur ein, weil die Schwingungen der kosmischen Harfe durch sein Inneres hallten, aber er glaubte fast, Jorgensons Gedanken lesen zu können.

Ich werde sterben, sagte Jorgensons Blick. *Dieser jämmerliche Knirps hat alles zerstört, und nun wird er mich zerstören.*

Nick hätte einfach stehen bleiben und zuschauen können, wie Jorgenson fiel. Jorgenson hätte es verdient gehabt.

Ja, Jorgenson war ein Unmensch. Aber Nick konnte ihn trotzdem nicht sterben lassen. Er wollte die Accelerati besiegen, aber nicht, indem er einen Menschen in den Tod stürzen ließ. Also streckte er die Hand aus.

Wieder spürte er Jorgensons Gedanken: *Ich traue ihm nicht! Er wird meine Hand nehmen – und wieder fallen lassen, um mich endgültig dem Tod zu weihen!*

Nick sagte nichts. Ihm war egal, was Jorgenson von ihm dachte. Er hielt ihm weiter die Hand hin. Jorgenson konnte sie ergreifen oder nicht. Es war seine eigene Entscheidung.

Am Ende packte Jorgenson mit seiner freien Hand zu – zufälligerweise war es die mit dem grausig gekappten kleinen Finger.

Nick lehnte sich nach hinten, stemmte die Füße gegen eine aufgebogene Bodendiele und hievte Jorgenson aus der Gefahrenzone. Und dabei hatte er eine kleine Erleuchtung.

Er hatte Jorgenson soeben die Hand geschüttelt.

Caitlin hatte vom ersten Stock aus zugesehen, wie der Dachboden in den Himmel stieg.

Sie spürte die Schockwelle, als sich der Asteroid schlagartig entlud, und ging in Deckung, um nicht von den Trümmern des Speichers getroffen zu werden. Zuerst war sie überzeugt, dass Nick nie und nimmer überlebt haben konnte. Dann sah sie, wie Jorgenson über ihr vom Rand baumelte, und in ihr erwachte wieder ein leiser Hoffnungsschimmer.

Es gab nur einen Weg nach oben: das ziehharmonikaartige Gerüst, das den Dachboden noch mit dem Haus verband. Caitlin begann zu klettern.

Nick wusste, dass der Asteroid dabei war, die Maschine zu überlasten. Der nächste Energieschub würde nicht nur den Dachboden auslöschen, sondern einen kilometerbreiten Krater hinterlassen.

»Es hat keinen Sinn!«, rief Jorgenson. »Wir müssen hier verschwinden!«

»Und wie sollen wir das machen, Einstein?«

Dr. Alan Jorgenson, das große Genie, wusste keine Antwort.

Die Maschine zitterte wie wild. Die kosmischen Erschütterungen der klimpernden Harfensaiten würden jeden Moment Raum und Zeit zerfetzen. Und von dem tausendfach überladenen Asteroiden schoss immer mehr Energie herab.

Da tauchte Caitlin auf. Sie war völlig außer Atem, aber offensichtlich bereit, Jorgenson zwei bis drei innere Organe herauszureißen.

»Sie!«, knurrte sie. »Ich hätte mir gleich denken können, dass Sie mal wieder an allem schuld sind!«

»Vergiss ihn!«, sagte Nick. Ihm war gerade erst klar geworden, wie unwichtig Jorgenson war. Und wenn er sich noch so sehr aufplusterte. »Wir müssen das Ding abstellen!«

»Wusstest du, dass da so ein Metallring um euer Haus ist?«, meinte Caitlin. »Vielleicht ist das die Lösung?«

Caitlin hatte kaum ausgeredet, als Nick schon instinktiv erkannt hatte, dass sie sich irrte: Der Ring war nicht die Lösung, sondern Teil des Problems. Die Maschine war darauf ausgelegt, die elektrische Ladung weiterzuleiten – und der Ring, den sein Vater entdeckt hatte, war wahrscheinlich eine Art Speicherzelle, wie ein Akku. Doch die unfertige Maschine fand keinen Weg, sich damit zu verbinden.

Nur Nick konnte die Maschine einschalten. Nur er konnte sie wieder ausschalten. Die Frage war bloß: Wann? Wann hätte sich genügend Energie entladen? Wäre er zu früh dran, würde die Welt bald wieder an demselben Abgrund schweben wie einige Minuten zuvor. Wäre er zu spät dran, würde die Maschine in die Luft fliegen und ihn, Caitlin, Jorgenson und alle anderen in einem Umkreis von mehreren Kilometern töten.

Caitlin hatte offensichtlich eigene Überlegungen angestellt. Sie riss einfach die Kabel der Autobatterie vom Waschbrett, aber das änderte nichts. Das konnte die Maschine nicht aufhalten.

»Die Batterie war nur der Anlasser!«, sagte Nick. »Sie hat das Ding zum Leben erweckt. Aber jetzt bekommt sie ihre Energie vom Asteroiden!«

Eines war klar: Um die Maschine zu stoppen, brauchte es mehr als ein bisschen Sand im Getriebe. Nick musste ihr Innerstes auseinanderreißen. Mit einem tiefen Einatmen machte er einen Schritt nach vorne und bereitete sich darauf vor, die Hände bis zum Ellenbogen in dem überladenen Mechanismus zu versenken.

»Nicht!«, brüllte Jorgenson durch das elektrische Jaulen. »Du hast doch keine Ahnung, was passiert!«

Er wollte sich auf Nick stürzen, doch Caitlin hielt ihn auf. »*Sie* haben vielleicht keine Ahnung. Nick weiß genau, was er tut.«

Hätte ihr Leben nicht am seidenen Faden gegangen, hätte Nick laut losgelacht. *Ich hab keinen blassen Schimmer, was ich hier tue! Aber ich muss es trotzdem tun.*

Das zischende Schrillen der Maschine zerfiel zu einem stotternden Blubbern. Nick hatte keine Zeit für Zweifel, er durfte keine einzige Sekunde mehr vergeuden. Er biss die Zähne zusammen und schob beide Hände ins Herz der Apparatur.

Ein schneidender Schmerz zuckte durch seinen Körper und seinen Geist und hüllte ihn von Kopf bis Fuß ein, als stünden seine Hände in –

– Flammen!

Das ganze Haus stand in Flammen!

Auf Händen und Knien

Ein Blick zurück

Seine Mutter ist hinter ihm

Alles wird gut, sagt sie

Durch die wirbelnden Schwaden ist sie kaum zu erkennen, aber –

– ist da nicht noch jemand?

Hinter seiner Mom?

Oder bildet er sich das nur ein?

Ja, was sonst?

Plötzlich ist er draußen auf der Wiese

Hustet und würgt

Und sie ist nicht mehr bei ihm

Sie ist nicht mehr hinter ihm

Dann platzen die Fenster

Bricht die Veranda zusammen

Und Nicks Welt ist kaputt kaputt kaputt.

Mit einem Schmerzensschrei sperrte Nick die Erinnerungen aus. Er packte die Klarinette und zerrte sie aus der Maschine, schleuderte die knisternden Lockenwickler auf den Boden und stieß die Kraftmaschine mit dem Fuß nach hinten, weg von der Harfe.

Der Stromkreis war unterbrochen. Die Maschine kam zum Stillstand. Die Teile, die noch unter Spannung standen, spien ihre restliche Energie in Form von spinnenbeinartigen Blitzen durch die Gegend. Der Toaster schien vor lauter Wut winzige Spiralgalaxien auszuspucken, ehe er sich vom F.R.E.E. losriss und gegen Nicks Kopf knallte.

Elektrizität lässt sich nur ungern unterbrechen. Sie gleicht einem Fluss, der durch ein Unwetter zu einem reißenden Strom anschwillt – sie hat nicht nur eine Richtung, sondern auch ein klares Ziel, und kommt man ihr in die Quere, wird ihr Zorn in neue, unberechenbare Bahnen gelenkt.

Als der Stromkreis unterbrochen wurde, strahlte ein elektromagnetischer Puls vom Herzen der Maschine in sämtliche Richtungen ab – der mächtigste je gemessene EMP.

Einen merkwürdigen und glorreichen Moment lang schalteten sich alle elektrischen Geräte im Umkreis von fünf Kilometern ein; auch die, die nicht eingesteckt waren. Staubsauger und Föns und Motorsensen erwachten röhrend zum Leben, wie von Geistern besessen, jedes Radio dudelte unaufgefordert los, und alle Glühbirnen, selbst die in den Schachteln im Baumarktregal, leuchteten auf.

Für einen kurzen Augenblick hatte sich Teslas Traum auf etwas andere Weise erfüllt: Gratisenergie für alle.

Doch schon im nächsten Augenblick ging es dahin. Die Motoren der Haushaltsgeräte verendeten, Handys loderten in den Taschen ihrer Besitzer auf, Computer brannten durch und ihre Festplatten waren unwiederbringlich gelöscht.

Der EMP hatte sich kaum abgeschwächt, als er die NO-RAD-Anlage tief im Cheyenne Mountain erreichte. Doch der Puls rauschte daran vorbei, ohne Schaden anzurichten, da

NORADs Daten- und Verteidigungsnetz durch vielen Tonnen Granit und zusätzlich durch viele, viele paranoide Bleischichten abgeschirmt wurde. Es gehörte zu NORADs Pflichten, auf alle Eventualitäten vorbereitet zu sein, selbst auf so unwahrscheinliche Eventualitäten wie techniktötende Pulse aus reizenden hundertjährigen Häusern.

In größerer Entfernung waren die Auswirkungen des EMP weniger intensiv, aber trotzdem nicht zu übersehen: Ein Stadtviertel von Salt Lake City erlebte eine massenhafte Garagentoröffnung und in Las Vegas warfen dreitausend einarmige Banditen im selben Moment ihren Jackpot aus.

Und was war mit den Menschen, die sich im Zentrum des Pulses befanden? Die wurden wahrscheinlich eingeäschert oder zumindest von innen nach außen gegart wie ein Stück Fleisch in der Mikrowelle – sollte man meinen. Doch Nikola Tesla hielt weder sich selbst noch seine Erfindungen für unfehlbar. Er hatte ein paar einfache Sicherheitsmechanismen eingebaut; etwa einen als Mehlsieb getarnten Kraftfeldgenerator, der einerseits Attacken von außen abwehren konnte und andererseits alles vor Schaden bewahrte, was sich innerhalb seines Kraftfelds befand.

Wobei natürlich niemand damit rechnen konnte, dass irgendjemand so blöd sein würde, seine Arme mitten in den Far Range Energy Emitter zu stecken. Da konnte selbst das Mehlsieb nicht mehr viel ausrichten.

Nick fiel zu Boden, benommen von schmerzhaften Stromverbrennungen und vom Einschlag des hyperaggressiven Toasters. Und kurz darauf stellte er fest, dass er immer noch in die Tiefe stürzte. Seit die Kraftmaschine deaktiviert war, gaben die dürren Streben, die den Dachboden in die Höhe gehievt hatten, unter der Last des F.R.E.E. nach. Gelenke knickten ein, Zahnräder flogen in hohem Bogen davon, Balken brachen zusammen, und die Überreste des Dachbodens rasten wieder Richtung Haus.

Caitlin hatte sich die Hand vor die Augen gehalten, als die Maschine den Geist aufgegeben hatte. Das Mehlsieb-Kraftfeld schützte sie vor der Energieexplosion – aber nicht vor dem halben Erdnussbutter-Marmeladen-Sandwich, das Nick vor einiger Zeit samt Teller auf dem Boden abgestellt und vergessen hatte. Caitlin rutschte darauf aus, der Teller schoss davon wie ein Diskus und verschwand im Nirgendwo, und Caitlin stürzte durch die Falltür, als wollte sie es Petula nachmachen. Im Gegensatz zu Petula konnte sie sich noch an einem der Stützbalken unter dem erhöhten Dachboden festhalten … aber als das Feuerwerk endete und der Dachboden den Weg in die Tiefe antrat, brachen die Balken ein. Das Gerüst löste sich in seine Einzelteile auf und Caitlin musste sich auf eines von drei möglichen Szenarien einstellen: Sie wurde zerquetscht und starb; sie stürzte in die Tiefe und starb; sie wurde von einem scharfen Stahlteil aufgespießt und starb. Während sie noch überlegte, welche Todesart am erträglichsten wäre, tat sich ein viertes Szenario auf. Aber dazu musste sie schnell handeln. Caitlin stieß sich ab und sprang in Dannys Zimmer, das wie der ganze erste Stock keine Decke mehr hatte.

Sie hatte gut gezielt. Caitlin schlug mit einem solchen

Karacho in Dannys Bett ein, dass Lattenrost und Rahmen in Stücke gingen.

Eine Sekunde später prallte der Dachboden auf den ersten Stock. Holz, Stahl und Putz rieselten herab, und die Fische in Dannys Aquarium wunderten sich mal wieder, wie merkwürdig es auf dem Trockenen so zuging.

Als Wayne Slate die oberste Stufe der Treppe erklomm, blieb ihm fast das Herz stehen – bis er begriff, dass der Junge, der tot im Flur lag, nicht sein Sohn war. Sondern der Zwillingsbruder des Jungen, der vor einem Monat in Slates Haus gestorben war! Da blieb ihm schon wieder fast das Herz stehen.

Doch all diese Gedanken wurden aus seinem Kopf gefegt, als der Dachboden in die Tiefe rauschte.

Kurz nachdem Slate sich in Deckung gehechtet hatte, setzte der Speicher auf dem ersten Stock auf, bog die Wände nach außen und erschütterte die letzte Standfestigkeit des Hauses. Dann klappte sich die gefederte Dachbodenleiter aus und Nick schoss in Slates Arme wie ein Geschenk des Himmels. Er war voller Blut und blauer Flecken, aber eindeutig am Leben.

»Alles ist gut«, sagte sein Vater und schloss ihn in seine kräftigen Arme. Um sie herum war gar nichts mehr gut, doch sein Sohn hatte überlebt und deshalb war trotzdem alles gut.

Die auffälligste Nachwirkung der Megaentladung war die Stille. Alle Kraftwerke und Transformatoren im Umkreis von fünf Kilometern um Nicks Haus waren explodiert. Alle elektrischen Geräte waren restlos ruiniert.

Aber die Stille ging über das Schweigen der Maschinen hinaus. Auch am Himmel war Frieden eingekehrt. Rund um den Erdball hatten sich die zischenden und knisternden Sturmwinde gelegt und zwischen nördlichem und südlichem Polarkreis schimmerten keine Polarlichter mehr. Der Asteroid war wieder zu einem rötlich-grauen Pünktchen am Firmament geschrumpft, viel kleiner noch als der Mond.

Irgendwann traf Mitch bei Nick ein, mit einem Gefolge aus sieben Katzen, die ihn als ihren Erlöser verehrten. Zu diesem Zeitpunkt waren die Rettungskräfte schon vor Ort.

Das Haus sah aus, als hätte ein Riese darauf Platz genommen, und die roten Blinklichter von Löschzügen und Krankenwagen flimmerten durch den Qualm. Mitch wusste sofort, was das zu bedeuten hatte: Nick hatte die halb fertige Maschine eingeschaltet.

Petula, die von mehreren Sanitätern umsorgt wurde, sonnte sich in der ungewohnten Aufmerksamkeit wie eine sterbende Diva.

In der Einfahrt wurde Nick auf einer Liege in einen Krankenwagen verladen, begleitet von Caitlin und seinem Vater, die eine links, der andere rechts. Mitch sah, wie fest Nick die Hand seines Dads gepackt hielt. Nick hatte also überlebt. Doch der Krankenwagen verschwand, bevor Mitch nach seinem genauen Zustand fragen konnte.

Und aus der Ruine des Hauses marschierte Dr. Alan Jorgenson. Er sah genauso erledigt aus wie alle anderen, aber das minderte Mitchs Hass nur ein bisschen.

Augenblicklich eilten Sanitäter herbei, um den Neuankömmling zu versorgen. Jorgenson verscheuchte sie mit einer derart herrischen Geste, dass sie ihn einfach weitermarschieren ließen.

Mitch stellte sich ihm in den Weg. Er hatte ihm so vieles zu sagen, doch aus Millionen Möglichkeiten stieg ein bestimmter Satz an die Oberfläche wie eine Blase.

»Mein Dad gehört zu Ihnen, oder? Sie haben ihn nicht reingelegt – er gehört zu Ihnen.«

Jorgenson betrachtete ihn angewidert, wie ein scheußliches Etwas am Straßenrand. »Er *hat* zu uns gehört. Wir haben ihn aus unserer Gemeinschaft ausgestoßen. Accelerati lassen sich nicht erwischen.« Eine kurze Pause. »Da hättest du eigentlich früher draufkommen können.«

»Ich werde auch noch draufkommen, was ›Grinfton‹ bedeutet. Und wer oder was ›Gustav Qualens Alligator‹ ist.«

Jorgensons angewidertes Starren wich einem ratlosen Stirnrunzeln. »Ich habe nicht die leiseste Ahnung, wovon du da sprichst. Was ich aber auch sagen würde, wenn ich eine Ahnung hätte.«

Hinter ihnen hielten mehrere Accelerati-Geländewagen auf der Straße, gefolgt von weiteren Fahrzeugen der Polizei und der Rettungskräfte. Mitch bemerkte sie kaum.

»Ich werde Sie fertigmachen«, sagte er. »Bis auf den letzten Mann.«

»Das bezweifle ich, mein Junge«, sagte Jorgenson mit einem freundlichen, selbstherrlichen Lächeln. »Uns ist doch beiden klar, dass …«

»*... die Sache für Sie böse enden wird*«, platzte Mitch heraus und grinste, da er wusste, dass sich seine Worte bewahrheiten würden.

Aber Jorgensons Sorgen hielten sich in Grenzen. »Wenn du mich jetzt entschuldigen würdest ...« Er schob Mitch aus dem Weg. »Ich muss mich um ein Katastrophengebiet kümmern.«

Mitch überlegte, ob er ihm mit dem Blasebalg einen kräftigen Rückenwind verpassen sollte, um ihn in die fünfte Dimension zu befördern. Aber die beiden Sanitäter, die aus dem Haus kamen, lenkten ihn ab. Sie trugen einen Leichensack.

»Ist das nicht seltsam?«, hörte er den einen sagen. »Mir kommt es vor, als hätten wir vor ein paar Wochen denselben Jungen aus demselben Haus geschleppt.«

Als gerade niemand hinsah, schlich Mitch sich in die Ruine, kletterte die zerbrochene Treppe hinauf und stieg in die Trümmer des Dachbodens. Dort legte er den Blasebalg auf den Boden wie eine Rose auf ein Grab und nahm stattdessen die Batterie mit.

Ein paar Minuten später war der tote Junge aus dem Leichensack verschwunden und der Sanitäter dachte sich: Na, wenn das nicht das perfekte Sahnehäubchen auf einem gelungenen Tag ist.

33. Quid pro quo

Nick erwachte in einem gemütlichen Krankenhauszimmer. Falls Krankenhauszimmer überhaupt gemütlich sein können.

»Hey«, sagte eine vertraute Stimme.

Er richtete sich auf. In der Tür stand Caitlin.

»Erst wollten sie mich nicht reinlassen, weil ich nicht von einem Erwachsenen begleitet werde«, meinte sie und trat an die Bettkante. »Aber ich hab mich einfach taub gestellt und irgendwann war's ihnen nur noch egal.« Sie warf einen Blick auf Nicks verbundene Arme und auf die geschwollenen Finger, die aus den weißen Mullschichten ragten. »Hättest du nicht ein bisschen besser auf deine Arme aufpassen können?«

»Leider nein«, erwiderte Nick. »Wie geht's den anderen?«

»Haben alle überlebt. Bis auf Vince natürlich.«

Nick seufzte. »Also müssen wir ihn noch mal wiederbeleben?«

»Nein, das hat Mitch schon erledigt.«

»Gott sei Dank.« Nick lehnte sich zurück und schloss die Augen.

»Ja, Gott sei Dank«, sagte Caitlin. »Seit damals wird mir immer schlecht, wenn ich ein Geleebonbon sehe. Oder eine Stretch-Leggings.«

Dann erzählte sie ihm, dass Mitch einen außerplanmäßigen Ausflug zum Staatsgefängnis von Colorado unternommen hatte, um mit seinem Vater zu sprechen, und dass der wieder-wieder-wiederbelebte Vince und seine Mom umziehen würden, weil sie nicht riskieren konnten, dass die Accelerati ihnen auf die Spur kommen und ihnen die Batterie abnehmen würden.

»Er meinte, sie wollen nach Schottland auswandern«, sagte Caitlin. »Und ich war mir nicht mal sicher, ob das ein Witz sein sollte oder nicht.«

Petula war dagegen spurlos verschwunden. »Und wenn mir ihre blöde Visage noch einmal unter die Augen kommt, sorge ich dafür, dass sie keine Visage mehr hat«, fügte Caitlin hinzu.

Nick drehte sich zum Fenster. »Blauer Himmel.« Er stemmte sich hoch und berührte Caitlins Arm mit der Spitze des Zeigefingers. »Und keine Stromschläge mehr.«

»Sicher?« Caitlin lächelte. »Ich dachte, ich hätte was gespürt.«

Nick bemerkte, wie er rot anlief, und damit der Moment nicht noch peinlicher wurde, sagte er schnell: »Hey, hast du hier irgendwo meinen Dad und Danny gesehen?«

»Ja, die waren vorhin hier … vielleicht sind sie in die Cafeteria, was essen. Den Gang runter ist übrigens ein Automat. Soll ich uns was zu trinken holen? Dann können wir darauf anstoßen, dass du schon wieder die Welt gerettet hast.«

Als Caitlin das Zimmer verlassen hatte, blickte Nick wieder aus dem Fenster. Doch einen Moment später kam der nächste Besucher herein.

»Du verfügst über eine bemerkenswerte Begabung, Junge. Du bist wie ein Parasit, der jedes Gewässer verdirbt.«

Nick drehte sich zur Tür und erblickte einen hageren Mann in einem brandneuen Vanilleanzug. »Sie sind hier der Parasit, Dr. Jorgenson. Nicht ich.«

Jorgenson trat einen Schritt näher und betrachtete den Monitor, der Nicks Herzschlag überwachte.

Nick wurde mulmig. »Wollen Sie mich umbringen?«

»Ich hätte viele gute Gründe, dein Leben und das deiner Freunde zu beenden, was ganz nebenbei eine Myriade Probleme lösen würde. Normalerweise hätte ich deswegen auch keine Gewissensbisse – aber du kennst doch das alte Prinzip: Quid pro quo.«

»Ich kann kein Latein.«

»Du hast mir das Leben gerettet, obwohl du keinerlei Grund dazu hattest«, sagte Jorgenson. »Der Anstand gebietet es, dass ich im Gegenzug dich am Leben lasse.«

»Sie lassen mich laufen?«

»Nicht ganz. Ich lege dein Schicksal in die Hände einer höheren Macht.«

Nach mehreren Versuchen konnte Caitlin den Automaten endlich überreden, ihr Kleingeld anzunehmen.

Doch als sie mit zwei schäumenden Dosen Dr Pepper in Nicks Zimmer zurückkehrte, war Nick nicht mehr da. Außerdem war das Bett frisch bezogen, und der Raum war blitzsauber, als wäre er seit längerer Zeit nicht mehr belegt gewesen. Caitlins Magen sank in bodenlose Tiefe.

»Entschuldigen Sie«, sagte sie mit bebender Stimme zu einer Krankenschwester, die zufällig vorbeikam. »Wo ist der Junge, der eben noch in dem Zimmer hier lag?«

»Das muss ein Irrtum sein«, antwortete die Krankenschwester. »Das Zimmer ist seit heute Morgen frei.«

Auch als sie auf Caitlins starrköpfiges Bitten im Krankenhauscomputer nachsah, entdeckte sie keinen Hinweis auf einen Nick Slate. Und Mr Slate und Danny waren weder in der Cafeteria noch irgendwo sonst zu finden.

Caitlin erkannte sofort, dass die Accelerati mal wieder einen wissenschaftlichen Schwindel inszeniert hatten – einen ihrer heiß geliebten Taschenspielertricks.

34. Irgendwo in New Jersey

Die erste Etappe legten sie in einem Privatjet zurück, die zweite in einer Limousine, und schließlich erreichten sie ein altes Haus tief im Wald. Nick wusste nicht, wo er sich befand, doch da der Flug mehrere Stunden gedauert hatte und die Sonne im Schnelldurchlauf untergegangen war, tippte er darauf, dass sie weit nach Osten gereist waren.

Begleitet wurde er von zwei Accelerati, die sich vermutlich darum kümmern sollten, dass er sich gut benahm, und ihn andernfalls ruhig stellen würden. Wie man sich denken kann, war Nick kein gut gelaunter Passagier. Ein Grund dafür waren seine wunden Arme. Sie waren immer noch geschwollen, die Brandblasen unter den Verbänden waren noch frisch, und seit Kurzem juckte es ihn auch noch andauernd unter dem Mull, wo er sich nicht kratzen konnte. Die Ärzte hatten gesagt, das Jucken sei ein gutes Zeichen, weil es bedeutete, dass die Verletzungen verheilten. Als wäre es egal, dass es ihn langsam in den Wahnsinn trieb.

Die beiden Accelerati schwiegen ihn während des gesamten Fluges an. Nick versuchte, mit ihnen zu reden und Fragen zu stellen. Er wollte herausfinden, wohin die Reise ging, aber sie speisten ihn immer mit demselben Satz ab: »Wir haben die klare Anweisung, nicht mit dir zu sprechen.«

Nach der Ankunft wurde Nick von seinen Begleitern gepackt und mehr oder weniger zur Haustür getragen, als könnte er sonst auf die Idee kommen, die Kurve zu kratzen. Es war ein Haus im viktorianischen Stil, ähnlich Nicks zerstörtem Zuhause in Colorado Springs, aber viel größer und besser in Schuss. Eine freundliche Haushälterin mit etwas eigenartiger Ausstrahlung ließ sie herein.

»Sieh an! Sieh an!«, rief sie fröhlich. »Was haben wir auf dich gewartet, Jungchen!«

Nicks Reisegefährten zogen sich zurück, und einen flüchtigen Moment lang überlegte er tatsächlich, ob er fliehen sollte. Bis ihm auffiel, dass die Tür sich automatisch dreifach verriegelt hatte.

»Wie wär's mit einem Teechen?«, fragte die Haushälterin. »Oder vielleicht ein leckeres Eiswasser? Unser Quantenkühler-Dingsbums funktioniert wieder ganz wunderbar.«

»Nein, danke.« Die Haushälterin war so gut aufgelegt, dass Nick gar nicht anders konnte, als höflich zu sein. Dabei war er nicht in der Stimmung für Nettigkeiten.

Sie führte ihn in einen Salon, in dem sich auf den ersten Blick nichts als Möbel befanden, lauter Antiquitäten in hervorragendem Zustand. Doch nach einer Weile bemerkte Nick den alten Mann in den Schatten.

Er saß in einem Ledersessel mit hoher Lehne, der zu einem Rollstuhl umgebaut worden war. Wie fast alles in diesem Haus wirkte sein wollener Anzug altmodisch, aber nicht alt. Doch der Mann selbst war alt. Sehr, sehr alt.

»Wann fühlt man sich nicht mehr zu Hause im eigenen Haus?« Die heisere, raue Stimme des Mannes knarrte wie eine Flagge im Sturmwind. »Wenn an sieben Tagen die Woche Touristen durchs Wohnzimmer spazieren!« Er fuhr den Rollstuhl einige Zentimeter nach vorne, aber nicht so weit, dass das Licht direkt auf ihn gefallen wäre. »Wir befinden uns nicht im Original. Dieses Haus ist eine Nachbildung, allerdings eine sehr exakte. Das Original steht in West Orange, mehrere Kilometer entfernt von hier, und befindet sich im Besitz des National Park Service, der es auch betreibt.«

Der Mann hob eine verdorrte Hand, um Nick zu sich zu winken.

»Komm doch näher«, sagte er. Und als wäre es ihm erst nachträglich eingefallen, meinte er noch: »Bitte.«

Nick rührte sich nicht. »Wer sind Sie?«

»Ich?« Der alte Mann kicherte. »Ich bin der, der die Dinge in Bewegung setzt. Ich bin der, der einen ärmlichen Klumpen Kohle in einen Diamanten verwandeln kann, wenn man mich denn lässt. Ich bin die éminence grise hinter der éminence grise.«

Der Greis hörte sich wahnsinnig gern reden – das hatte er mit Jorgenson gemeinsam. Aber Nick fragte sich, wieso sich auf einmal alle in irgendwelchen Fremdsprachen mit ihm unterhalten wollten. »Ich kann kein Französisch.«

»Hinter jedem scheinbar mächtigen Mann steht einer, der die Macht über *ihn* besitzt. Es ist klüger, Macht nicht eigenhändig auszuüben. Aber wem sage ich das …« Der alte Mann deutete auf Nicks bandagierte Arme.

Nick blieb stumm. Das Einzige, was im Moment in seiner Macht stand, war ein stures Schweigen.

Als hätte er alle Zeit der Welt, zog der alte Mann genüsslich an einer Zigarre und blies den Rauch in Nicks Richtung. Nick bemühte sich, nicht zu husten.

»Ach, was hat mein Großer Acceleratus da nur für einen Schlamassel angerichtet! Bitte versteh mich nicht falsch, Jorgenson ist ein ausgezeichneter Wissenschaftler. Aber vor Selbstüberschätzung ist eben niemand gefeit. Übermäßiger Stolz ist der größte Feind des Erfolgs. Ich versichere dir, dass Jorgenson angemessen gemaßregelt werden wird.« Als der Greis mit der Hand wedelte, stieg der Rauch in trägen Spiralwolken zur Decke. »Wir können von Glück sagen, dass du das Bonk-Objekt noch rechtzeitig entladen konntest. Nun wird es mindestens einen Monat dauern, bis die Ladung wieder ein lebensbedrohliches Ausmaß erreicht. Wir haben reichlich Zeit, eine langfristigere Lösung zu erarbeiten.«

Jetzt rollte der Greis seinen Sessel aus den Schatten. Sein Gesicht kam Nick bekannt vor, aber woher? Der Mann wirkte älter als alt. Er hatte etwas Gebrechliches, Mumienhaftes an sich, das kaum in Worte zu fassen war. Haut wie knittriges Pappmaschee, dünn wie Papier und aschgrau. Gelbliche Augen, eingerahmt von schlaffen Tränensäcken.

Und plötzlich wusste Nick, wen er vor sich hatte. Doch im nächsten Moment verwarf er den Gedanken wieder. Das war doch albern. Das war vollkommen unmöglich. Außer …

Nick trat einen Schritt vor. Hinter dem Rollstuhl befand sich ein großes, zylinderförmiges Objekt, das mit einem roten Satintuch abgedeckt war. Nick streckte die Hand aus und riss es herunter. Der alte Mann versuchte nicht, ihn daran zu hindern.

Unter dem Tuch verbarg sich eine Batterie. Sie ähnelte Vince' Batterie, war aber viel größer, fast zwei Meter hoch. In ihrem Inneren schwamm eine neblige Flüssigkeit, die Metallstifte der Pole waren verätzt, und dick isolierte Kabel schlängelten sich von dort aus über die Rückenlehne des Ledersessels und verschwanden unter dem Anzugkragen.

Der Greis grinste wie ein Halloween-Kürbis. »Ah!« Er lachte. »Du hast mein kleines Geheimnis offengelegt.«

»Sie …«, stotterte Nick. »Sie sind Thomas Edison!«

»Thomas Alva Edison, wenn ich bitten darf. Aber meine Freunde nennen mich Al, und ich fände es schön, wenn auch wir Freunde werden könnten.«

Nick wich entgeistert zurück, bis er gegen einen Tisch stieß. Eine Lampe fiel herunter und zerbrach, was er aber kaum mitbekam.

Er spürte, wie seine Atmung beschleunigte. Edison musste ungefähr 170 Jahre alt sein – aber warum auch nicht? Warum auch nicht, wenn man an einer Batterie mit unbegrenzter Lebensdauer hing!

Der Knall der zerspringenden Lampe hatte die Haushälterin angelockt. »Ach du je«, jammerte sie. »Das kann so nicht bleiben!« Sie klaubte die Scherben auf und kehrte ein paar Sekunden später mit einer identischen Ersatzlampe zurück.

Nick musste irgendwie seine Atmung unter Kontrolle bringen. Sonst würde er gleich ohnmächtig werden.

»Lassen Sie mich hier raus!«, rief er.

»Wie du dir sicher schon zusammengereimt hast, habe ich mir die Technologie hinter der Batterie vor vielen, vielen Jahren von unserem gemeinsamen Freund Nikola Tesla geborgt.«

»Geborgt? Sie haben sie geklaut! Tesla hat Sie gehasst. Und ich hasse Sie auch!«

Edison atmete gedehnt aus – ein Seufzer der Jahrhunderte. »Du hasst mich, weil ich Erfolg hatte, wo Tesla gescheitert ist. Du hältst mich für Nikolas Feind – dabei war Nikola sein eigener Feind. Er wollte partout seinen eigenen Weg gehen und sein Weg führte nun mal von einem Verlustgeschäft ins andere.«

»Vielleicht hat er sich einfach nicht für Geld interessiert«, sagte Nick und verschränkte trotzig die verbundenen Arme, obwohl es ziemlich wehtat.

»Ein Genie ohne finanzielle Mittel ist wie eine Glühbirne ohne Glühfaden. Aber das hat dein Held nie begriffen. Ein verhängnisvoller Fehler ...«

»Sie haben ihn zerstört!«

Edison erhob die Stimme – nur leicht, aber seine Wut war deutlich durchzuhören. »Tesla hat sich selbst zerstört! Er war ein Genie, aber als Geschäftsmann war er außerordentlich unfähig. Ich wollte mich mit ihm zusammentun, doch er wollte keinen gemeinsamen Erfolg. Er wollte ›Edison besiegen‹. Und so wuchsen mein Reichtum und mein Ansehen beständig, während er verarmt und vergessen starb. Aber was konnte ich dafür? Sieh doch in den Geschichtsbüchern nach. Ich habe mir nichts vorzuwerfen, außer dass ich ihn am Ende einfach in Ruhe gelassen habe!«

Seine Aufregung legte sich. An Edisons verwelktem, vertrocknetem Gesicht ließen sich kaum Gefühle ablesen, aber nun wirkte er betrübt. Aufrichtig betrübt.

»Denkst du, ich hätte mich gefreut, als Marconi, dieses aufgeblasene Großmaul, die Lorbeeren für die Erfindung des Radios geerntet hat, obwohl es eindeutig Teslas Verdienst war? Denkst du, ich hätte gejubelt, als der Wardenclyffe Tower niedergerissen wurde und die Spule beim Schrotthändler landete? Von wegen! Ich war todtraurig.«

»Sie hätten den Tower retten können! Sie hätten nur Teslas Schulden bezahlen müssen!«

Edisons Haltung versteifte sich, als hätte Nick ihn persönlich beleidigt. »Es verstößt gegen meine Prinzipien, anderer Leute Schulden zu begleichen!« Dann zog er seine dürren Achseln hoch, ein kraftloses Schulterzucken. »Aber selbst wenn ich es ihm angeboten hätte, Tesla hätte niemals Wohltaten von mir angenommen. Ebenso wenig wie ich an seiner Stelle. Stolze Männer erheben sich auf eigene Faust in die Lüfte – oder stürzen einsam und allein ab.«

»Und was ist mit den Accelerati?«

Da wandte Edison den Blick ab. »Ich wusste, dass Tesla seine größten Erfindungen geheim gehalten hatte, und ich ahnte, dass er seinen Far Range Energy Emitter nach dem Fehlschlag in Wardenclyffe im Stillen perfektioniert hatte. Er ließ die Menschheit lieber im Dunkeln schlummern, als mir zu er-

lauben, wenigstens einen Bruchteil seines Genies weiterzu-
geben.«

»Er hat der Menschheit das Licht geschenkt!«

»Ja, genau wie Prometheus. Genau wie Luzifer, wenn man
so will. Und was hatten sie davon?«

Einige Sekunden lang starrten sie einander wortlos an.

Schließlich zog Edison ein Spitzentaschentuch hervor und
tupfte sich einen Speicheltropfen von den Lippen. »Ich habe
dir einen Vorschlag zu machen, Nick. Vielleicht wirst du mich
dafür hassen. Aber ich denke, die Vorteile sollten deine Abscheu überwiegen.«

»Ich höre«, sagte Nick mit fester Stimme.

»Ich bin mir nicht sicher, ob du es schon mitbekommen
hast, aber … dein Vater sitzt im Gefängnis. Die Anklage lautet
auf Hochverrat.«

»*Was?*« Nick machte einige Schritte nach vorne.

»Ja. Die Regierung glaubt, dein Vater hätte die Apparatur
auf eurem Dachboden aus gestohlener NORAD-Technologie
der höchsten Geheimhaltungsstufe konstruiert.«

»Aber das stimmt nicht! Er hatte nichts damit zu tun!«

»Du und ich, wir kennen die Wahrheit. Die Regierung hat
eine etwas andere Sichtweise.«

Nicks Herz hämmerte in der Brust. Seine verletzten Arme
pulsierten schmerzhaft. »Wo ist mein Bruder?«

»Momentan befindet er sich in der Obhut des Jugendamts.
Bis sich eine Pflegefamilie für ihn findet.«

Sie hatten Dad und Danny auseinandergerissen? Danny
sollte bei wildfremden Leuten landen!? Vor Wut hätte Nick

beinahe die Kabel von Edisons Rücken gerupft. Aber ihm war klar, dass er es damit nur noch schlimmer machen würde.

Der alte Mann klatschte in die Hände – ein Donnern, als hätte er einen alten Wälzer zugeschlagen. »Nun zu meinem Vorschlag: Die Accelerati bewegen sich in den höchsten Sphären des Straf- und Justizsystems und ihre Repräsentanten sitzen auch in einer Reihe anderer Regierungsbehörden. Es würde uns beträchtlichen Aufwand kosten, aber wenn wir wollten, könnten wir die Anschuldigungen gegen deinen Vater verpuffen lassen. Ich kann deinen Bruder und deinen Vater wiedervereinen und sicherstellen, dass sie ein friedliches Leben führen können.«

»Und was wollen Sie dafür?«

»Dich.« Edison sah ihn an. »Weißt du, wieso Jorgenson dich so sehr verabscheut? Weil er ahnt, dass du ein mehr als ebenbürtiger Gegner bist. Du bist intelligent und dein wissenschaftlicher Instinkt ist nicht zu unterschätzen.«

»So schlau bin ich nun auch wieder nicht.«

»Wirklich nicht? Da sprechen deine alten Zeugnisse aus Tampa aber eine andere Sprache.«

»Meine Schulakten sind doch alle verschwunden, als wir nach Colorado gezogen sind.«

»Nicht doch. Wir haben sie sorgfältig aufbewahrt. Zum Beispiel deine Testergebnisse aus der dritten Klasse – Hochbegabung in Mathematik und Naturwissenschaften.«

»Das war mal. Jetzt schreibe ich nur noch Zweier.«

»Aber das hat doch seinen Grund.«

Nick zuckte mit den Schultern.

»Deine Mutter wusste, wie intelligent du bist.«

»Kein Wort über meine Mutter«, zischte Nick.

Edison schenkte seinem Zorn keine Beachtung. »Sie wollte dich auf eine besondere Schule schicken, auf eine Schule für hochbegabte Kinder. Ich vermute, deshalb hast du angefangen, absichtlich durchschnittliche Noten zu schreiben. Du wolltest nicht die Schule wechseln und nach einer Weile ist es zur Gewohnheit geworden. Du hast dein Talent vor allen verborgen, auch vor engsten Freunden.« Edison beugte sich vor. »Auch vor dir selbst.«

»Ein Intelligenztest ist was anderes als das echte Leben.«

»Sicher. Aber er kann auf das Potenzial eines Menschen hindeuten.« Edison lehnte sich zurück, als wäre er sich seiner Einschätzung von Nicks »Potenzial« sehr sicher. Und am meisten nervte Nick, dass er sogar recht haben könnte. »Abgesehen von der Batterie konnten wir alle Objekte aus dem Dachboden bergen und daneben konnten wir noch einige andere ausfindig machen – dank der Liste, die du Evangeline Planck gegeben hast.«

»Nein!« Nick wollte es nicht glauben.

»Doch, Ms Planck ist eine von uns. Schon lange.« Der alte Mann seufzte. »Aber nach unseren Berechnungen fehlen uns noch immer drei Objekte, und wir sind uns auch nicht sicher, wie die Einzelteile im Detail zusammengesetzt werden müssen. Da wärst du am Zug.« Edisons Augen blitzten. »Hilf uns, Nick. Tritt den Accelerati bei, und ich kümmere mich persönlich darum, dass dein Vater freikommt.«

»Und wenn ich mich weigere?«

Edisons Gesichtsmuskeln erschlafften. »Dann müssen wir der Justiz ihren ungehinderten Lauf lassen.« Er hob die Hand. Zwischen seinen Fingerspitzen glitzerte etwas. »Nick. Du musst Teslas Maschine für mich vollenden.«

Nick sah genauer hin. Edison wollte ihm einen goldenen Anstecker überreichen – ein *A* mit dem Unendlichkeitssymbol als Querstrich.

»Du wurdest dazu geboren, unserer Gemeinschaft anzugehören. Wir sollen keine Feinde sein, sondern Verbündete. Früher oder später wirst du es schon begreifen.«

Nick wusste, dass es den Accelerati nur um Macht ging. Um Macht, Kontrolle und Besitz. Gegen all das hatte Tesla gekämpft.

Edison schien seine Gedanken lesen zu können. »Mach nicht denselben Fehler wie der arme Nikola. Deine Geschichte muss kein tragisches Ende nehmen. Du kannst dich für eine glorreiche, strahlende Zukunft entscheiden.«

Nick streckte die Hand aus, nahm den Anstecker und drehte ihn in seinen schmerzenden Fingern, und Edison, das Relikt der vorletzten Jahrhundertwende, betrachtete ihn abwartend.

Es war ein simples Tauschgeschäft: Nicks Seele gegen das Leben seines Bruders und seines Vaters. Edison tat, als wäre es Nicks freie Entscheidung, aber was hatte er denn zu entscheiden? Vielleicht hatte diese Taktik Edison zu einem so erfolgreichen Geschäftsmann gemacht – er ließ seinem Gegenüber die Wahl zwischen schlecht und schlechter. Nick dachte an Caitlin. Er dachte an Mitch und Vince. Sein einziger Trost war, dass sie nicht mehr in der Gleichung auftauchten. Es ging nur um Nick selbst. Um ihn und Edison.

»Du musst entscheiden, welchen Weg du gehen willst«, sagte der Greis. »Ich werde deine Wahl respektieren.«

Nick durfte nicht zögern. Unentschlossenheit war ein Zeichen von Schwäche und vor dem Alten wollte er auf keinen Fall schwach erscheinen. Also unterdrückte er den Schmerz in seinen blasenübersäten Fingern – und in seinem Herzen – und steckte sich das goldene *A* an den Kragen.

Mit einem Lächeln legte Edison ihm seine runzelige Pappmascheehand auf die Schulter.

»Willkommen«, sagte er. »Willkommen im ehrbaren Orden der Accelerati.«

Neal Shusterman fing schon als Kind an, Bücher zu schreiben. Allerdings musste er erst noch Psychologie und Theaterwissenschaften studieren, bevor sein Talent als Autor entdeckt wurde und er sein erstes Buch veröffentlichen konnte. Heute lebt er als Drehbuchschreiber und preisgekrönter Autor von mehreren Jugendbüchern mit seiner Familie in Südkalifornien.

Eric Elfman ist Drehbuchschreiber für Film und Fernsehen, veröffentlichte aber auch schon einige Kinder- und Jugendbücher. Wenn er nicht gerade selbst an einem Manuskript sitzt, bringt er als Autorencoach auch anderen das Schreiben bei. Sein besonderes Interesse gilt übernatürlichen Erscheinungen und verrückten Rekordversuchen. Er lebt mit seiner Frau und seinem Sohn in Los Angeles.

Ein Dachboden voller
genialer Erfindungen

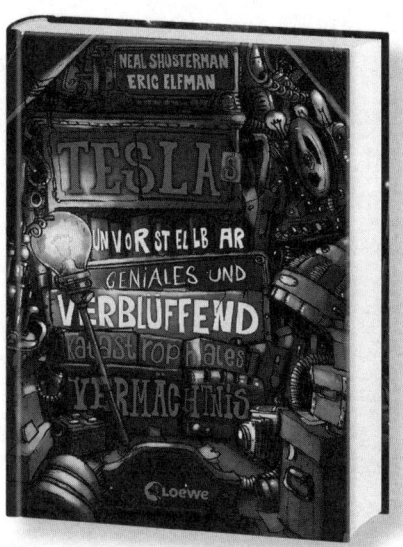

Band 1
ISBN 978-3-7855-7957-2

Ein kaputter Toaster, eine uralte Kamera,
eine defekte Autobatterie ... Wie hätte Nick ahnen sollen,
dass es sich bei dem Schrott auf seinem Dachboden um
bahnbrechende Erfindungen Nikola Teslas handelt?
Leider sind die Gegenstände nicht nur genial, sondern
auch gefährlich. Denn der Geheimbund der
Accelerati will sie für sich – um jeden Preis!